86
— 에이티식스 —

Judgment Day.
The hatred runs deeper.

[글]
아사토 아사토

[일러스트]
시라비

[메카닉 디자인] **I - IV**

EIGHTY
SIX Ep.**11**

— Dies Passionis —

ASATO ASATO PRESENTS

The number is the land
which isn't
admitted in the country.
And they're also boys and
girls from the land.

작 전 개 요

OPRATION OVERVIEW

목 적	1) 기아데 연방 구원파견군(지휘관 리햐르트 알트너 소장. 5개 여단, 총원 5만여 명)의 철수. 2) 산마그놀리아 공화국 모든 시민의 피난 지원.
개 요	기동타격군은 1), 2)의 달성을 위해 작전영역을 확보, 유지한다.

〈 오 퍼 레 이 션 로 리 카 사 쿠 라 〉

Judgment Day.
The hatred runs deeper.

[참 가 병 력]

제86독립기동타격군 제1, 제2, 제3, 제4기갑 그룹.

[작 전 영 역]

서방제국간 고속철도, 남부 화취 루트 일대.
(공화국 일렉스 시 - 연방 벨루데파델 시 사이. 거리 약 400킬로미터)

[작전중 식별명]

· 작전 개시 지점(서방 전선 진지대 센티스 히스토릭스선 안)을 포인트 조디악스로 호칭.
· 포인트 조디악스 서쪽 30킬로미터 지점을 통제선 피스케스로 호칭. 이하 30킬로미터별로 통제선 아쿠아리우스, 카프리코르누스, 케이론, 오피우코스, 안타레스, 리브라, 레귤루스, 비르고, 칸케르, 게미니, 타우루스, 아리에스로 호칭.
· 구원파견군 및 공화국 시민의 피난 개시 지점(일렉스 시 터미널)을 포인트 사쿠라로 호칭.

[협 동 전 력]

· 구원파견군 기갑지대(포인트 사쿠라 주변의 확보, 유지)
· 구원파견군 헌병소대(포인트 사쿠라에서 차량 승차 유도)
· 서방방면군 수송지대(구원파견군 인원 및 공화국 시민의 철도 수송)

비 고	· 로아 그레키아 연합왕국 파견연대, 발트 맹약동맹 파견 교도대는 본 작전에 참가하지 않는다. · 구원파견군 철수는 장병 및 차량, 전투 장비를 최우선으로 하고, 우선도가 낮은 장비, 시설은 파기하는 것으로 한다. · 공화국 시민의 피난은 인원에 한하고 화물 수송은 실시하지 않는다. · 상기 작전 진행 중, 구원파견군 공병지대가 그랑 뮬(80, 81, 82번) 파괴를 실시한다. · 피난민의 유도, 대응은 공화국 임시정부가 실시한다.

The number is the land which isn't
admitted in the country.And they're also boys
and girls from the land.

86

OPRATION
OVERVIEW

Episode.
ELEVEN

— Dies Passionis —

086

불만 따윈.
원한 따윈.
상처 따윈.
이미 없다.

「더는 녀석들이

우리가 살아가는 걸

방해하게 두지 않는다.

[EIGHTY
SIX]

Judgment Day. The hatred runs deeper.

86
—에이티식스—

Judgment Day.
The hatred runs deeper.

[글]
아사토 아사토

[일러스트]
시라비

[메카닉 디자인] **I - IV**

[EIGHTY
SIX Ep.**11**]
— Dies Passionis —

ASATO ASATO PRESENTS

⚜

The number is the land
which isn't
admitted in the country.
And they're also boys and
girls from the land.

신에이 노우젠 중령에게 바친다.

블라디레나 밀리제 『회고록』

D-DAY MINUS TWO.

At the Celestial year of 2150.9.29

DIES PASSIONIS

성력 2150년 9월 29일
D-2

Judgment Day. The hatred runs deeper.

The number is the land which isn't
admitted in the country.
And they're also boys and girls
from the land.

86
EIGHTY SIX

"이전에 언급되었던 〈레기온〉 사령거점군에 대한 반격 작전. 일단 시기와 작전명만 정해졌고, 과거의 일에서 이름을 따서 〈오퍼레이션 오버로드〉라고 한다는 모양이야."

홍차를 타면서 잡담처럼 말한 것은 신보다 열 살 정도 나이가 많은 마이카 후작가의 청년으로, 그 또한 기아데 연방군의 장교이자 이능력을 가진 특기병이다.

당번병과 부관도 물리고 신과 그밖에 없는 서방방면군 통합사령부 기지의 집무실 중 하나. 티 세트를 손에 챙겨서 돌아온 요슈카 마이카 중령은 얼마 전부터 신이 이능력 제어를 위해 자주 면담하는 상대다.

"그건 참…… 안일한 선택이군요."

"그렇지. 그보다 조금 더 낙승, 쾌승이었던 작전의 이름에서 따왔으면 좋겠는데 말이지. 승리했다고는 해도 상륙전에서 사상자가 많았던 작전이었다고 하고, 애초에 지금 민주공화제인 연방에서 대군주(오버로드)란 이름도 조금 아니다 싶으니까."

군인답게 짧게 친 빨강 머리와 장신에 어깨 폭이 넓고 가슴팍이 탄탄해서 건장한 체구. 그것과 반대로 얼굴은 살짝 동안에 진홍색 두 눈도 처진 느낌인 요슈카는 자기가 탄 홍차를 소리도 없이 마셨다.

이에 응하듯이 신도 받은 찻잔에 입을 댔다. 얇은 종이 같은 백자에는 동방풍의 금색과 붉은색 그림. 찻잔 안쪽에까지 정교하게 그려진 것이 붉고 투명한 차 너머에서 빛났다.

"작전 결행 시기는…… 뭐, 연방군을 총동원한 일대 공세, 연합왕국군이나 맹약동맹군과도 협동하는 작전이다 보니까. 아마도 빨라야 넉 달 뒤…… 2월의 속죄제 무렵이든가, 완벽을 기하려면 반년 뒤인 부활제 정도가 되겠지."

그렇게 말하는 작전 예정에 신은 제86독립타격군에서 자신의 <ruby>스트라이크 패키지</ruby> 소속인 제1기갑 그룹의 임무와 휴가 주기를 떠올렸다.

성교국에 파견된 9월로 제1기갑 그룹의 임무 기간은 일단 끝나고, 이 주기대로 가면 휴가와 훈련으로 두 달을 거쳐서 임무에 복귀하는 것은 12월과 내년 1월. 4월 부활제 언저리라면 모를까, 2월 속죄제가 작전 결행이라면 다시 돌아오는 휴가 때와 겹칠 텐데.

"어찌 되든 기동타격군은 전원이 참가하겠습니다."

담담하게, 당연하다는 듯이 말한 신을 보며 요슈카는 쓴웃음을 지었다.

"그건 그렇지. 너희 기동타격군은 애초에 그걸 위한 부대고, 상부도 너희가 그렇게 말하리란 걸 이미 알고 있어. 기동타격군의 임무는 당분간 중지. 한 달 동안 푹 쉰 다음에 작전까지 단단히 훈련, 이렇게 되겠지."

그렇게 말한 뒤 요슈카는 빙긋 웃었다.

"들었어. 너희는 저번 작전으로 학교를 통째로 빼먹었다지?"

신은 침을 꿀꺽 삼켰다. 휴가와 그때 다녀야 할 전용 학교의 통학을 중단한 것은 제3, 제4기갑 그룹이지 신과 제1기갑 그룹이 아니지만, 결국 그레테에게는 총대장 네 명이 같이 야단을 맞았다.

다음에는 용납하지 않겠다는 그 말이 옳다는 거야 물론 이해하고, 연대책임은 군대의 기본이지만…… 조금 억울하다는 생각이 들었다.

요슈카는 다음으로 히죽거리는 얼굴을 보였다.

"그러면 못쓰지. 아무리 특수사관학교를 나왔더라도 너희 특수사관의 본분은 공부야. 한 달 동안 착실히 학교에 가서 수업을 듣고 과제를 하고 도서관에서 멍청한 내용의 책도 읽고, 또 친구와 바보 같은 장난을 치거나 연애로 시답잖은 고민도 해."

"마지막 두 개는 이상하지 않습니까?"

세 번째도 조금 이상한 것 같지만.

"이상하지 않아. 그런 것이 모두 다 너희가 해야 하는 공부란 거니까."

응접 세트인 소파에 등을 맡기고 한 손에 찻잔을 들고서는 실로 우아하게. 열 살 많은 친척은 히죽댄다고 할까, 절묘하게 품위 없는 표정을 지었다.

"그렇게 연애 고민으로 속이 타면 이 든든한 형님에게 의논이라도 하라고. 그 정도를 할 줄 알게 되거든 이능력 제어도 가르칠 수 있을 테니까."

"……."

그것은 석 달 전에 처음 대면했을 때도 요슈카에게 들었던 말이다. 그때 동석했던 다른 마이카의 이능력자들에게도.

"──이능력의 ON/OFF가 마음대로 안 되는 아이는 어느 세대고 몇 명 있지. 그런 애들에게는 대개 부모나 가족 중에서 연장자가 방법을 가르쳐 주는데."

대면의 자리가 마련된 것은 마이카 후작가가 제도에 둔 저택이었다. 마이카 여후작의 자랑거리라는 난초로 가득한 온실에 테이블 세트를 놓고, 나이가 비슷한 연방군 군복 차림의 친척들이 모였다.

대표로 입을 연 것은 빨강 머리를 짧게 친 요슈카.

"능력의 제어 자체야 물구나무서기나 자전거를 타는 것과 비슷한 난이도다. 요령만 알면 간단한데, 그 요령을 잘 붙잡지 못한 것뿐. 그러니까 제어할 수 있는 사람이 동조한 상태로 ON/OFF 전환을 도와주면 대부분 단번에 되고, 어지간히 요령이 없는 사람도 몇 번 반복하면 쉽게 배우지. 사실 훈련이라고 할 정도도 아니야."

묵묵히, 혹은 미소를 지으며 요슈카에게 이야기 진행을 맡긴 친척들은 남성도 있고 여성도 있었다. 그리고 마찬가지로 하나같이 진홍색 머리와 눈이어서, 그것이 마치 남국의 꽃 같다고 신은 생각했다. 머나먼 이국에서 가져온 난초와 맞춘, 화사한 남국풍 색채의 찻잔.

함께 나온 과자에 향기를 더하는 바닐라도 난초의 일종이라고, 사촌 누나라는 스무 살 정도의 여성이 가르쳐 주었다.

"그걸 왜 일부러 가족으로 한정하느냐 하면, 제어할 수 있는 사람과의 동조란 게 일반적인 것보다 조금 깊은 동조이기 때문이다. 구체적으로 말하자면…… 그래, '목소리'를 들을 때 보통 네가 있는 곳보다 한 단계 더 깊은 곳이라고 하면 이해될까? 비유가 엉성하지만."

"네."

요슈카의 말처럼 정말 엉성한 설명이지만.

고개를 끄덕이자, 요슈카는 왠지 모르게 기쁜 듯이 환한 얼굴을 했다.

그런가. 역시 이것만으로 아는 건가.

너도 역시 우리와 같은 일족이구나, 라고.

여태까지 친근하지만 다소 거리가 있는 겉치레 같은 미소에서, 진심으로 웃는 듯 거리낌 없는 웃음으로.

"딱히 생각을 안다든가, 기억이 보인다든가. 하물며 숨기고 싶은 상처가 전해지든가 하는 건 아니야. 그런 건 싫겠지? 잘 알지도 못하는, 신용도 할 수 없는 상대 앞에서 거기까지 들어가는 건…… 나라도 싫고 무섭다고 생각해."

그러니까.

"일단은 한동안 이런 느낌으로 편하게 다과회나 하지. 우선은 잡담하고, 의논할 일이 있거든 그런 거라도 말하면 되니까. 이능력과는 전혀 관계없는 일, 정말 이런 걸 말해도 될까? 싶을 정도의 하찮은 일이라도. 그렇지……."

그렇게 말하며 요슈카는. 마이카의 청년들은 다들 살갑게, 해맑게 웃었다.

"우리 중 누구라도 좋으니까, 좋아하는 애 이야기라도 할 수 있게 되면. 그러면 이능력 제어 연습도 거부감 없이 할 수 있게 될 테니까.”

　그리고 석 달 동안 통학이나 훈련 틈틈이, 임무 기간에도 서방방면군 통합사령부 기지에 올 일이 있을 때면 이렇게 그들 중 누군가와 이야기를 나누고.

　그런 와중에 최종적으로 요슈카에게 제어 훈련의 상대를 부탁한 것은 그가 제일 형과 닮지 않았기 때문이다.

　형과 같은 빨강 머리인 데다가 혈연인 까닭에 어딘가 비슷한 얼굴. 신은 마이카의 혈족 청년들에게 아무래도 무의식중에 레이의 모습을 찾게 된다. 형과 비슷해서 편안함을 느낀다는 이유로 친해지는 것은 문제가 있겠고, 상대에게도 실례라고 생각했으니까.

　요슈카는 그 점에서 정말로 군인다운 머리 모양과 체격에, 지휘관으로 있을 때는 꽤 위엄 있을 듯한 중저음의 목소리. 어느 쪽을 봐도, 연구자 느낌의 가냘픈 체격과 부드러운 목소리의 소유자였던 형과는 닮지 않았다.

　무엇보다 어조가 전혀 달라서, 신은 레이가 요슈카처럼 털털하고 조금 난폭한 어조를 쓰는 것을 들어본 적도 없고, 상상도 가지 않는다.

　그래도 이렇게 요슈카와 이야기하고 있으면 때때로 신기한 기분이 든다.

혹시라도 살아있었으면, 레이는 요슈카와 동갑이다.

전쟁이 없었으면, 86구로 쫓겨나지 않았으면, 열여덟 살인 자신에게 스물여덟 살인 레이 또한 요슈카처럼 대해 줬을까? 자신은 형과 어떤 식으로 대했을까? 그런 마음에 신기하고 가슴 아픈 기분이 들었다.

"소문 들었다. 너, 애인이 생겼다면서? 그것도 미인이라고? 사랑 고민 혹은 염장질 같은 이야기도 기대하고 있으니까!"

이렇게 살짝 울컥하는 이야기도, 레이가 살아있었으면 했을까.

안 했으면 좋겠다고 생각하는 반면, 어쩌면 레이야말로 친형이라서 거리감이 없는 만큼 요슈카보다도 더 짜증 나고 지겨울 정도로 말했겠지 하는 생각도 들었다.

어느새 이런 식으로 순수하게 형을 생각할 수 있게 되었다.

신은 태연한 척 홍차를 마시면서 히죽대는 요슈카에게 반격을 시도했다.

아직 마음속 어딘가에 남은, 벽이나 거리를 모르는 척하는 얼굴로.

"그럼 먼저 요슈카의 연애 이야기를 말해 주시죠."

"오호라, 너도 제법인데? 좋았어, 그렇다면 '말해 주세요, 요슈카 형님.' 이라고 귀엽게~ 말하면 특별히 내 마누라의 눈물 나고 사랑스러운 에피소드를 들려……."

"가르쳐 주세요, 형님."

"우왓, 바로 말하네. 하지만 안 돼. 귀엽지 않으니까!"

"말하게 시켜 놓고서 너무하지 않습니까?"

"담담하게 말해 놓고서 할 소리야? 어, 듣고 싶어? 진짜로?"

정말 의외라는 듯이, 하지만 내심 싫지 않은 듯이 몸을 불쑥 내미는 요슈카.

그래서 신은 사정없이 받아쳤다.

"아뇨, 딱히 듣고 싶은 건 아니지만, 이야기하기 전부터 요슈카의 얼굴이 이미 완전히 풀어져 있는 게 재미있길래, 다과 대신으로 그거나 구경하는 것도 괜찮을까 싶어서."

"아하, 그런 건가……."

요슈카는 신음하다가.

그 시선을 문득 창밖으로 돌렸다.

날아가는 나비를 발견한 고양이나 머리 위를 날아가는 새에게 고개를 든 사냥개처럼, 사냥으로 살아가는 육식동물의 본능이 움직이는 것에 대해 두뇌보다 먼저 반응할 때의 움직임.

정말로 새나 나비라도 있었나 생각했지만, 그렇긴 해도 눈의 초점이 완전히 다른 곳에 가 있다. 애초에 지금은 밤이다. 올빼미나 나방이 아니면 이런 시간에 하늘을 날지 않고, 그렇게 작은 것이 밝은 이 실내에서 보일 리도 없다.

신은 조금 의아한 눈치로 물었다.

"요슈카?"

"아니. 지금 뭔가 하늘이 빛나서……."

그렇게 말하면서, 요슈카는 그 빛이 있었다는 밤하늘을 찌푸린 얼굴로 바라보았다.

그 시선을 따라 신도 시선을 준 곳에서, 반짝 하고 강한 빛이 별처럼 다시금 빛났다.

곧바로 사라진, 화염의 붉은색을 띤 그 빛이 있던 장소에서 시선을 거두며 신은 고개를 갸웃거렸다. 별이나 천문현상에는 그다지 흥미가 없으니까 방위나 기상을 아는 데 필요한 정도밖에 모른다. 그러니까 저게 뭐냐고 묻는다면 이 정도의 말밖에 떠오르지 않았다.

"별똥별, 일까요."

빛나다 사라졌을 뿐. 떨어지지 않은 걸로도 보였는데.

"이 시간에는 저런 곳에 별이 없을 테니까, 아마도 그럴 것 같지만. 으음……?"

눈썹을 찌푸린 채로 요슈카는 살짝 신음했다.

같은 시각.

쾅! 하고 하얀 장갑을 낀 손이 흑단 책상을 세게 때렸다.

서방방면군 참모장 빌렘 에렌프리트는 무의식중에 자기가 한 감정적인 행동을 스스로도 깨닫지 못했다. 작년 전자가속포형 토벌 작전에서는 다음 순간에 날아갈지도 모르는 최전선 기지에 있었고, 조국이 멸망할지도 모르는 절망적인 상황에서도 평정심을 잃지 않았던 그 하얗고 단정한 얼굴이 지금은 긴박함에 심하게 일그러졌다.

그는 과거 제국을 지배했던 대귀족의 후예로, 수많은 병사의 목숨을 맡아서 그것을 소비하는 장수 중 한 명으로서, 감정을, 동요를 타인에게 드러내는 것을 달갑게 여기지 않는다. 어렸을 적부터 그렇게 배웠고, 또한 자기 자신을 계속 통제해서, 지금은 습관보다도, 무의식보다도 깊이, 본능이라고 할 정도로 몸에 밴 행동이지.

뼛속 깊이 새겨졌는데도, 그것을 한순간 잊어버릴 정도의 긴박함과 초조함.

당했다.

주위 홀로윈도에 뜬 것은 어느 구조물에 대한 해석 결과다.

레그키드 선단국군 북방, 해안에서 300킬로미터 떨어진 해상에 건설된 〈레기온〉 포진지 거점, 식별명 마천패루.

그 거점에 상륙한 〈레긴레이브〉의 미션레코더에서 재구성을 시도하고, 부족한 분량을 노이랴나루세 성교국의 전장 깊숙한 곳, 공성공창형^{활시온}을 미끼로 숨겨놓은 거점의 광학영상으로 보충하여 만들어낸 3차원 구조도다. 투영된 홀로윈도에서 푸르스름한 빛의 선으로 정교하게 재구성된 특징적인 강철의 탑에는 마천패루 거점 제압에 임한 프로세서의 보고에도, 동작전의 작전지휘관의 보고에도 없던 구조가 부여되어 있었다.

보고하지 않았던 것은 단순히 그들의 눈에 닿지 않았기 때문이겠지. 에이티식스 소년병들도, 작전지휘관인 소녀도…… 동행한 연합왕국의 이능력 왕자도 아마 그것을 의식하지 않았으리라. 그곳은 그들이 철들었을 때는 이미 전장이 아니었으니까.

대비도 하지 않은 채 그곳에서 공격받지 않는 것만큼은, 사전에 탐지할 수 있었던 것만큼은, 다행이라고 해야 할까.

〈레기온〉 지배영역 깊숙한 곳에 있는 지휘관기—— 공성공창형이나 자동공장형의 제어계를 입수하고 그 해석에 리소스가 집중된 가운데, 만일을 위해 마천패루 거점의 구조 해석도 진행시켰던 신중함이 공을 거두었다고 할 수 있다.

하지만 그걸 알면서도 부끄러운 마음을 씻어낼 수 없다.

3차원 홀로그램 구조도에서는 마천패루의 광대한 내부 공간에 탑 전체를 비스듬히 꿰뚫는 거대한 원통형 구조가 덧그려진 채 껌뻑거리고 있었다.

최하층부터 해상 100여 미터의 최상층까지 급경사의 호를 그리다가 정상 부근에서 거의 수직으로 하늘을 향하는, 여덟 개의 레일로 이루어진 통. 계산상으로는 열차 차량도 내부에 넣고 질주시킬 수 있을 정도로 직경이 큰 원통이다.

물론 그 안에 넣고 발사된 것은 열차도, 하물며 전자가속포 같은 것도 아니다.

왜 눈치채지 못했을까.

알고 있었으면서 상상도 하지 못했을까.

——11년 전의 〈레기온〉 전쟁 개전과 그 직후의 혁명이 한창일 무렵.

제국이 보유했던 인공위성은 혁명파에게 판도가 기울었을 때 황실파 사령거점에서 발령된 자폭 명령에 따라 기능을 정지했다.

이때 아마도 의도적으로 커다란 파편이 되어 흩어지도록 분해했기 때문에, 근처 궤도를 도는 타국의 인공위성도 휩쓸렸다. 인공위성은 초속 수천 미터의 초고속으로 일정 궤도를 날아간다. 떨어져 나온 부품 정도의 자잘한 우주쓰레기와의 충돌이라면 모를까, 질량 몇 톤을 넘는 파편과 직격하면 멀쩡할 수 없다. 파괴되고, 혹은 그 과정에서 또 분해되어서, 궤도상의 붕괴가 이어졌다.

결과적으로 인공위성이 이용되는 각 궤도에는 대량의 우주쓰레기가 흩어졌다. 질량이 큰 우주쓰레기는 쉽게 고도가 떨어지지 않으니까, 그것들은 지금도 궤도에 체류한 상태다. 애초부터 유실물로 가득한 위성궤도에 인공위성을 재발사하려면 공들여서 궤도상을 청소해야 하고, 애초부터 막대한 예산과 연료가 필요한 재발사는 전시인 현재, 대륙 최대의 국가인 연방조차도 힘들어졌다. 비교적 저고도인 우주쓰레기들이 방해하기 때문에 그 고도를 돌파해서 날아가는 탄도 미사일 운용도 어렵다.

다만 〈레기온〉도 그 조건은 마찬가지다.

애초에 〈레기온〉이란 병사부터 하급장교를 대체하기 위해 개발된 것이다. 개발자들도 전략병기인 탄도 미사일을 운용시키는 것은 상정하지 않았겠고, 만일을 위해 금칙사항으로 설정되기도 했는지 여태까지 〈레기온〉이 탄도 미사일 같은 것을 운용한 사례는 없다. 명중률이 낮은 탄도 미사일에는 필수인 핵탄두도 마찬가지다.

그러니까 빌렘도, 나아가 그보다 윗선인 통합참모본부도, 연방군도 상정하지 않았다.

〈레기온〉이 위성궤도의 이용을, 인공위성이나 거기에 준하는 병기의 발사를, 금지되지 않은 다른 수단으로 돌파할 가능성.

푸른 대해에 있는 선단국군의 전장에서. 재의 눈이 내리는 성교국의 전장에서. 보고된 강철의 육망성 탑.

그것은.

궤도상으로 그들의 인공위성을 발사하기 위한.

"대기권외투사장치인가……!"

†

인공위성이란 그 이름처럼 위성으로 행성 주위를 돌며, 통신 중계나 정찰, 측량과 기상예측 등을 하는 기계들의 총칭이다.

고도나 궤도는 그 역할에 따라 다양하지만, 원칙적으로 투입된 고도와 궤도를 수명이 다할 때까지 유지할 수 있다. 고도가 낮아서 지상에서는 이동하는 것처럼 보이는 것도, 또 고도 수만 킬로미터나 되는 아득한 높이에 있기 때문에 정지한 것으로 보이는 것도 있지만, 실제로는 어떤 것이고 궤도를 따라 계속해서 이동한다는 점은 변함없다.

그렇다. 엄밀하게 말하자면, 인공위성이란 궤도상에 떠 있는 것이 아니다.

지상에서 대략 초속 8천 미터의 초고속으로 고도 수백 킬로미터에서 수만 킬로미터 높이로 발사되고, 그 수백 킬로미터의 고도에서 역시 초속 8천 미터의 속도로 지평선 너머를 향해 계속해서 낙하하는 것이다.

86
―에이티식스―

Judgment Day.
The hatred runs deeper.

86

—에이티식스—

Judgment Day.
The hatred runs deeper.

$$\left[\text{Ep.}\mathbf{11} \right]$$

—Dies Passionis—

EIGHTY SIX

The number is the land which isn't
admitted in the country.
And they're also boys and girls
from the land.

ASATO ASATO PRESENTS

[글] **아사토 아사토**

ILLUSTRATION／SHIRABII

[일러스트] **시라비**

MECHANICALDESIGN／I-IV

[메카닉 디자인]**I-Ⅳ**

DESIGN／AFTERGLOW

그레테

연방군 대령. 신 일행의 이해자이기도 하고, [제86독립기동타격군]의 여단장을 맡는다.

아네트

레나의 친구로 〈지각동조〉 시스템 연구 주임. 신과는 과거에 공화국 제1구에서 소꿉친구 사이였다.

시덴

〈에이티식스〉 중 한 명으로 신 일행이 떠난 뒤로 레나의 부하가 되었다. 레나의 직할부대를 이끈다.

샤나

공화국 86구 시절부터 시덴의 부대에서 활약하는 여성. 시덴과는 대조적으로 무덤덤한 성격.

리토

[제86기동타격군]에 합류한 〈에이티식스〉 소년. 과거에 신이 있었던 부대 출신.

미치히

리토와 같이 기동타격군에 합류한 〈에이티식스〉 소녀. 성실하고 조용한 성격. 입니다.

더스틴

공화국 붕괴 전 〈에이티식스〉의 처우를 비난한 공화국 학생으로, 연방에 구원된 후 자원 입대했다.

마르셀

연방 군인. 과거 전투의 후유증으로 레나의 지휘를 보조하는 관제관으로 종군한다.

유토

리카, 미치히 등과 함께 전선에 참여한 〈에이티식스〉 소년. 과묵하지만 탁월한 조종, 지휘력을 지녔다.

올리비아

발트 맹약동맹에서 신병기 교관 자격으로 기동타격군에 합류한. 여자처럼 생긴 청년 사관.

비카

로아 그레키아 연합왕국 제5왕자. 천재인 당대 [자수정]. 인간형 제어장치 〈시린〉을 개발했다.

레르케

반자율병기의 제어장치 〈시린〉의 1번기. 비카의 소꿉친구였던 소녀의 뇌 조직이 사용되었다.

EIGHTY
SIX

등 장 인 물 소 개

The number is the land
which isn't
admitted in the country.
And they're also boys and
girls from the land.

기 아 데 연 방 군

〈 제86독립기동타격군 〉

신

산마그놀리아 공화국에서 인간이 아닌 존재──〈에이티식스〉의 낙인이 찍혔던 소년. 레기온의 '목소리'가 들리는 이능력을 지녔으며, 탁월한 조종스킬도 있어서 수많은 전장에서 살아남았다.

레나

과거에 〈에이티식스〉들과 함께 싸웠던 지휘관제관(핸들러) 소녀. 사지로 향했던 신 일행과 기적의 재회를 이루었고, 그 뒤로 기아데 연방군에서 작전총지휘관으로 다시금 함께 싸우게 되었다.

프레데리카

〈레기온〉을 개발한 옛 기아데 제국 황실의 핏줄. 신 일행과 협력하여 옛날 가신이자 오빠 같은 존재였던 키리야와 싸웠다. 〈제86독립기동타격군〉에서는 레나의 관제보좌를 맡는다.

라이덴

신과 함께 연방으로 도망친 〈에이티식스〉 소년. '이능력' 때문에 고립되기 일쑤인 신을 도와준 오랜 인연.

크레나

〈에이티식스〉 소녀. 저격 실력이 탁월하다. 신에게 어렴풋한 연심을 보내지만──?

세오

〈에이티식스〉 소년. 쿨하고 다소 입이 험한 야유꾼. 와이어를 구사한 기동전투에 능하다.

앙쥬

〈에이티식스〉 소녀. 다소곳하지만 전투에서는 과격한 일면도 있다. 미사일을 사용한 면 제압이 특기.

DIES PASSIONIS

성력 2150년 9월 30일
D-1

Judgment Day. The hatred runs deeper.

The number is the land which isn't
admitted in the country.
And they're also boys and girls
from the land.

86

EIGHTY SIX

《노 페이스가 통괄 네트워크 지휘관기 전기에.》

과거의 적국이었던 기아데 연방의 서쪽. 그리고 고국이었던 산 마그놀리아 공화국의 동쪽. 지금은 〈레기온〉이 지배하는 틈새의 전야에서 〈노 페이스〉의 식별명을 가진 〈양치기〉가 말했다.

통괄 네트워크 중추——〈레기온〉의 부대 규모 최상위이자 최대, 대륙 전체를 석권하는 모든 〈레기온〉을 휘하에 둔 레벨의 지휘관기들을 부르는 것이다. 대륙 규모의 작전을 담당하는 살육기계의 우두머리들에게.

《정보 기만 작전 〈오퍼레이션 네빌〉, 모든 페이즈를 종료.》

그녀가 노획되었을 때는 걱정도 했지만, 적어도 연방의 전략을 일시적으로 속이는 데는 영향이 없었던 모양이다.

유체 마이크로머신의 의사신경계로 노 페이스는 냉철하게 판단을 내렸다. 연합왕국 전선과의 전선에 있는 지휘관기, 식별명 〈미스트리스〉. 생전의 이름은 제레네 빌켄바움.

노획된 후의 그녀가 연방의 정보입수원이 된 것은 확실하겠지. 연방이나 협력 상태인 각국의 탐색의 눈이 노골적으로 더 날카로 워진 것은 미스트리스가 노획된 이후부터다.

뭔가를 찾듯이. 혹은 뭔가를 두려워하듯이.

그러니까 눈에 띄기 쉽도록, 대처할 수밖에 없는 위험을 제시해 주었다.

선단군국 연안에 출현시킨 강습양륙전함형^{슈 베 르 트 빌}. 양산형 고기동형^{포 닉 스}.

극서제국 공백지대에서 건조된 육상전함형.^{페르디난트} 마치 그것이야말로 〈레기온〉이 준비한, 다음 대공세를 위한 비장의 카드라는 듯이.

모두—— 기만이다.

《노 페이스가, 통괄 네트워크 지휘관기 전기에. 또한 제1광역 네트워크 소속의 전기에.》

통괄 네트워크를 통해 부르는 것이다. 대륙 전체를 석권하는 모든 〈레기온〉을 단번에 움직여서 대륙 전체를 삼키는 규모의 작전을 담당하는 총지휘관들을.

다시 말해 이 작전은 작년 여름, 노 페이스가 지휘했던 4개국에 대한 대공세, 수십만 기를 동원한 〈레기온〉의 섬멸작전의 규모도 웃돈다.

《지금부터 섬멸작전 〈오퍼레이션 디에스 이레〉를 개시한다.》

D-DAY.

At the Celestial year of 2150.10.1

성력 2150년 10월 1일
D-Day (작전 결행일)

Judgment Day. The hatred runs deeper.

The number is the land which isn't
admitted in the country.
And they're also boys and girls
from the land.

EIGHTY SIX

연방 표준시, 0시 17분.

기아데 연방 남부 제2전선, 제18기갑군단 전개 전역에, 착탄 다수. 동군단 사령부 기지와의 통신 두절.
레이더 사이트에는 전역 직상으로 착탄 궤도가 기록된다.

0시 22분.
레그키드 선단국군 방어선, 전역 직상에서 다수의 착탄.

0시 25분.
기아데 연방 북부 제2전선, 동제1전선, 남부 제1전선, 전역 직상에서 다수의 착탄.

0시 29분.
발트 맹약동맹 동부 전선, 전역 직상에서 다수의 착탄.

0시 31분.
로아 그레키아 연합왕국 남방전선, 전역 직상에서 다수의 착탄.

0시 34분.
대륙 남방, 키티라 대공국에서 맹약동맹으로, 전역 직상에서의
포격 보고.

0시 51분.
연방 서방방면군 사령부에서, 서방방면군 전선부대에 철수 명
령 발령. 예비부대에 예비방어진지로의 전개를 지시.
마찬가지로 동방방면군 사령부, 북방 제1, 제2, 제3, 제4방면군
사령부, 남방 제1, 제2, 제3, 제4방면군 사령부에서 각 예하 전선
부대에 철수 명령, 또한 즉응 예비에 전개 명령 발령.

4시 45분.
노이랴나루세 성교국 북부 전선, 전역 직상에서 다수의 착탄.

11시 08분.
연방 동부 전선, 전역 직상에서 다수의 착탄.

11시 55분.

연방 북부 제3, 제4전선, 남부 제3, 제4전선, 전역 직상에서 다수의 착탄.

12시 11분.

연방 남부 제2전선에서, 〈레기온〉 군단의 공세 발기를 관측.

이후 154분에 걸쳐 각 전선, 각국에서 〈레기온〉 공세 발기, 교전 보고 있음.

12시 24분.

연방군, 교전 개시. 머리 위에서의 포격은 계속.

잔존부대가 지연 전투를 개시, 예비부대가 저지 포격. 본대는 후퇴행동을 계속.

15시 06분.

마지막으로 관측된 머리 위 포격. 이후 비슷한 포격은 보고, 관측되지 않음.

〈레기온〉 공세는 여전히 계속.

16시 12분.
레그키드 선단국군, 최종방어선 함락.

18시 45분.
노이랴나루세 성교국, 극서제국, 통신 두절.

18시 59분.
발트 맹약동맹, 제1방어선 실추. 제2방어선으로 후퇴.

19시 26분.
키티라 대공국, 남안각국, 통신 두절.

21시 33분.
로아 그레키아 연합왕국, 용해산맥 실추. 기슭의 예비진지대로
후퇴. 남부 평야에 방어선 구축 개시.

21시 49분.
기아데 연방, 북부 제3전선, 예비방어진지대로 후퇴 완료.

22시 34분.

연방 모든 전선, 예비방어진지대로 후퇴 완료.

22시 57분.

연방 모든 전선, 〈레기온〉 부대의 전진 저지에 성공.

23시 49분.

연방 모든 전선, 예비방어진지대에서 교착.

D-DAY PLUS ONE.

At the Celestial year of 2150.10.2

성력 2150년 10월 2일
D+1

Judgment Day. The hatred runs deeper.

86

The number is the land which isn't
admitted in the country.
And they're also boys and girls
from the land.

EIGHTY SIX

"어제의 〈레기온〉의 일제공세…… 제2차 대공세 때문에 여태 확인된 인류권의 전선이 죄다 후퇴했어."

기동타격군 본거지, 뤼스트카머 기지의 대회의실에 모인 지휘관들의 그림자가 길게 깔렸다.

여단장인 그레테를 필두로, 신을 비롯한 기갑 그룹 총대장, 레나를 포함한 네 명의 작전지휘관과 참모들, 연구반장과 정비반장이 큰 테이블 주위에 모여 있었다.

연합왕국군에서 파견한 비카와 자이샤, 맹약동맹군 소속의 올리비아는 각자 조국의 상황을 확인하러 서방방면군 통합사령부로 나가서 여기에는 없다.

그런 실내를 가볍게 둘러본 뒤에 신은 그레테에게 시선을 되돌렸다.

에이티식스들은 오퍼레이션 오버로드에 대비하기 위해 휴가를 받았고, 그렇게 휴가로 학교에 간 지 하루로 못 되어 급히 도로 소집된 형태다. 익숙해지기 시작한 '평화'에서 갑작스럽게 걸린 소집에, 고작 하루 만에 너무나도 변해버린 판국에, 아무리 전쟁이 익숙한 그들도 마음의 전환이 쫓아가지 못했다.

대체.

뭐가. 어떻게 되었길래.

시선이 모인 가운데, 개인용 홀로윈도를 무수하게 띄운 그레테가 말을 이었다.

"연방 서부전선에 침입한 〈레기온〉 5개 군단은 현재 제2예비방어선 지대, 센티스−히스토릭스 선에서 침공을 정지. 산발적으로 소규모 전투…… 자잘한 충돌은 일어나고 있지만, 전선 전체는 교착상태. 동부전선 및 북부, 동부의 제1부터 제4전선도 마찬가지로 예비방어진지대에서 교착상태야."

홀로그램의 메인윈도가 열리고, 연방 전체의 전역도를 표시했다. 동서로 긴 연방의 남북에 각각 네 개씩 있는 전선과 동부와 이곳 서부 전선의 현재 위치를 파란 라인으로 표시했다. 연방은 서부전선 말고는 산맥이나 강 같은 자연의 요해처가 넉넉히 있어서 비교적 적은 전력으로 방어선을 유지하고 있었다.

그 아홉 개의 전선이 모두 요해처가 파괴되어서, 후방의 개활지나 습지로 후퇴했다. ——무겁고 덩치가 큰 기갑병기가 기동하기 어려운 늪지대는 그렇다고 해도, 개활지는 중전차형이나 전차형의 독무대다. 지금은 교착상태라고 해도, 차후 방어는 힘들겠지.

"노이랴나루세 성교국으로 대표되는 극서제국과 키티라 대공국 등의 남부연안제국군(群)은 지금도 통신 두절의 상태. 레그키드 선단국군은 최종방어선이 돌파당해서 현재 잔존병력이 소테리아 선단국 영토에서 지연전을 전개 중. 선단국민의 연합왕국, 연방으로의 피난이 필요해서 그들을 받아들일 준비를 하고 있어. 사실상…… 멸망한 형태야."

차례로 홀로윈도가 전개되고, 대륙 극서부, 맹약동맹을 넘은 곳에 있는 대륙 남부 연안, 대륙 북방의 선단국군, 그리고 맹약동맹과 연합왕국 전역의 상황도를 표시했다.

그 모든 전선의 후퇴를.

"맹약동맹은 제2방어선을 버리고 최종절대방어선으로 후퇴. 연합왕국은 용해산맥을 잃고, 용해기저 터널의 연합왕국 측 출구를 폭파처리한 뒤에 산기슭까지 후퇴. 방어하면서 배후 평야부에 방어진지대를 급히 구축 중. 그 이후로 두 나라 모두 연락은 없지만, 무전은 들리고 있어. 현재도 전투를 계속하고 있어."

통신 연락이 끊긴 것은 혹시 모를 정보 누출을 걱정했거나, 아니면 그럴 여유조차 없는 걸까.

올려다본 지도에서 연방과 연합왕국, 맹약동맹 사이에 두텁게 적성세력=레기온의 붉은 부대 기호가 반짝거리며, 며칠 전까지만 해도 분명히 존재했을 터인 몇몇 교통로를 완전히 꽉 채우고 있었다. 세 나라 모두 전선이 크게 후퇴해서, 작년 제1차 대공세 때보다도 세력권이 축소된 형태다. 군사적 협동은 고사하고 쥐새끼 한 마리도 오갈 수 없겠지.

이만큼 거리가 벌어졌는데 무전 통신을 감청할 수 있는 것만 해도 기적 같을 정도다. 〈레기온〉 세력권의 급확대에 방전교란형^{아 인 턱 플 리 게} 전개가 따라가지 못하는 것이다.

그 정도의 급변.

연방, 서부전선의 전역지도에 시선을 주면, 전투속령 노이다프네와 노이갈데니아의 동부에 걸쳐서 흐르는 센티스 강과 히스토릭스 강 사이에 낀 형태로 〈레기온〉과 서방방면군, 각각 5개 군단이 서로 눈싸움을 벌이고 있다. 북쪽에서부터 남쪽으로, 4개의 전투속령(볼프스란트)을 중서부와 동부로 분단하는 큰 강 일대에

이전부터 매설되고, 어제 공세로 더욱 지뢰를 대량으로 뿌려서 방비를 군힌 예비방어진지대, 센티스-히스토릭스 선.

옛 제국의 국경을 방어하는 전투속령과 그 내부에서 보호를 받는 속령과의 경계 바로 코앞이다. 앞으로 수십 킬로미터만 더 밀리면 생산을 맡은 속령까지 전쟁의 불씨가 튀는, 연방이 현재의 생산력을 유지하기 위한 사실상의 최종방어선이다.

속령 실바스 서쪽 끝, 전투속령 블란 로스와의 경계 부근에 세워진 이곳 뤼스트카머 기지에서도 저 멀리서 포호가 간헐적으로 울리고, 만일을 대비하여 인근 도시 주민들의 피난 준비가 진행되고 있다.

거기까지 본 뒤에 신은 그레테에게 시선을 돌렸다. 연방의 각 세력권의 전선 붕괴의 계기가 되었다는 무수한 포격―― 그것을 행한 〈레기온〉의 목소리를, 신은 서부전선이 포격을 받았을 때조차도 들을 수 없었는데.

"하지만 무슨 일이 일어난 겁니까? 각 전선을 파괴한 최초의 일제사격은 대체…… 파악하지 못한 전자가속포형이 대량으로 배치되었던 겁니까?"

"아니야."

한 차례 고개를 내저은 뒤 그레테는 새로운 홀로윈도를 띄웠다.

그렇게 나온 것은 밤하늘 영상, 지상의 건조물이 하나도 비치지 않는, 정말로 높은 하늘이었다. 하얀 노이즈 입자가 슬쩍슬쩍 보이는 조악한 해상도의 암흑 속에서, 밤하늘을 비스듬히 가르며 몇 줄기 떨어진 것은 화염의 붉은색을 띤 유성들.

문득 신은 뇌리에 기시감이 들었다.

같은 것을 보았다. 전쟁의 상황이 급변한 이틀 전. 서방방면군 통합사령부 기지의 방에서 친족인 청년과 함께.

——별똥별, 일까요.

——이 시간에는 저런 곳에 별이 없을 테니까, 아마도 그럴 것 같지만.

껌뻑이다 사라진, 화염의 붉은색을 띤, 있을 리 없는 별.

저것은. 저것이 각 전선에 쏟아진⋯⋯.

"포격의 정체는 인공위성을 전용한 탄도 미사일로 추정돼."

미심쩍은, 혹은 의아해하는 침묵이 지휘관들 사이에 흘렀다.

"설명하기 전에⋯⋯ 애초에 다들 탄도 미사일이 뭔지는 알까?"

전쟁 전부터 정규군이었던 참모들, 연구반장과 정비반장은 당연하다는 얼굴로 끄덕였다. 레나도 극히 기초적인 지식이라면 있기에 그 뒤를 따라 끄덕였지만, 신을 포함한 에이티식스는 의아한 표정일 따름이었다.

그렇겠지 라고 말하는 얼굴로 그레테는 고개를 끄덕였다.

"그래. 〈레기온〉은 탄도 미사일도, 그리고 순항 미사일도 여태까지 쓰지 않았고. 방전교란형의 재밍 때문에 유도가 불가능하고 우주쓰레기가 방해하는 바람에, 우리 연방도 연합왕국도 탄도 미사일은 거의 사장된 상태였으니까."

"로켓 엔진을 써서 대기권 밖으로 쏘아올리고, 그다음에 기본적으로 중력에 따라 포물선 탄도로 지상목표를 향해 낙하시키는 장거리 미사일이다."

보충 설명한 것은 연구반장이었다. 비쩍 마른 장신. 길게 기르고 왜인지 얼룩무늬로 염색하여 땋은, 원래는 다갈색인 머리와 녹색 눈동자.

"대기권 밖은 말 그대로 대기가 없다. 공기 저항에 따른 에너지 손실이 없으니까 대기권에서보다 장거리를 노릴 수 있지. 최대 사거리의 경우 대륙의 서쪽 끝에서 동쪽 끝까지 닿아. 다만 낙하 중에는 유도할 수 없으니까 명중률이 나쁘고, 광범위를 파괴하는 핵탄두를 사용하여 그 단점을 메웠지. 현재는 그레테……가 아니라 벤체르 대령님의 말씀처럼 보유한 나라들은 다들 쓰지 않아. 자칫 남발했다간 자기 나라 영토만 오염되는 꼴이니까."

"그리고 로켓으로 발사한 뒤에 떨어지는 포물선을 지상의 어딘가로 떨어뜨리는 게 아니라 항상 지평선 너머로 계속 떨어지도록 설정하면 원심력과 중력의 관계상 행성 주위를 계속 돌아. 이것이 인공위성. 즉, 탄도 미사일과 인공위성은 대기권 밖으로 발사한 뒤에 낙하한다는 점에서는 똑같아. 다른 건 떨어지는 곳이 지상이냐 하늘 저편이냐, 라는 점뿐이고."

다시 말해.

"〈레기온〉은 대량의 인공위성을 미리 궤도상에 쏘아올리고, 그걸 한꺼번에 고의로 추락시키는 것으로 탄도 미사일로 유용했어. 인공위성에는 고도 유지를 위한 추진제가 탑재되지만, 그것을 추락시킬 때의 추진력으로 전용한 모양이야. 그걸 쏘아올린 곳은 선단국군에서의 작전에서 상륙했던 〈레기온〉 거점, 마천패루. 그렇게 호칭했던 발사시설. 성교국의 전장에서도 비슷한 시설이 확인되었고, 아마도 다른 지배영역 깊은 곳에도 몇 개가 산재할 것으로 추정돼."

"하지만…… 그레테. 그렇다면 검출되지 않았을 리가 없어."

고개와 함께 상체도 기울이면서 연구반장이 물었다. 화제를 곱씹는 것이 아닌, 순전히 이상하게 여기는 녹색 눈.

"인공위성 발사든, 탄도 미사일 발사든, 추진제 연소에는 막대한 열이 발생해. 살아남은 조기경계위성이 감지하지 못할 리가 없어. 연합왕국에도 조기경계위성이 남아 있겠고, 그쪽에서도 보고가 올라오지 않았잖아? 애초에 인공위성은 하나 쏘아 올리려고만 해도 대량의 연료가 필요해. 그걸 대량으로 쏴 올릴 만한 연료를, 〈레기온〉은 대체 어디서……."

대기권 밖을 나는 로켓이나 미사일에는 추진에 공기를 이용하는 제트 엔진을 쓸 수 없다.

대신 이용되는 것은 로켓 엔진인데, 그것의 결점 중 하나가 운반 효율이 나쁘다는 점이다. 특히나 인공위성 궤도상으로 쏘아 올리려면 초속 약 8000미터의 초고속이 필요하고, 이 속도를 내기 위해서 필요한 중량과 연료의 비율은 1대10. 1톤의 인공위성을 발사하기 위해서 10톤의 연료를 소비하는 비효율이다. 당연히 발생하는 열도 막대해서, 정지궤도상의 조기경계위성에서도 손쉽게 확인할 수 있을 정도다.

"그래, 필요한 건 초속 약 8000미터. 〈레기온〉은 로켓 엔진이 아니라 레일건을 응용한 매스드라이버를 이용해서 로켓보다 저렴하게 인공위성을 발사했다고 참모본부는 추측하고 있어."

"아!"

연구반장이 소리쳤다. 초속 약 8000미터.

구경 800mm, 몇 톤이나 되는 포탄을 초속 8000미터로 사출하는 전자가속포형은 이미 〈레기온〉의 전력으로 투입되었고, 지금은 양산도 대형화도──전자포함형이든 공성공창형이든 개체별로 저장하는 에너지와 포문만 증가했을 뿐, 구경의 확대는 없었다고 해도──실현되었다.

에너지량을 늘렸는데 왜 구경을── 포탄 중량을 키우려는 시도가 없었다고 할 수 있을까.

어쩌면 전자가속포형 자체가 최종적으로는 매스드라이버를 제조하기 위한 시험기로, 초속 8000미터라는 상상 밖의 탄속을 목적으로 한 것일까.

"탄도 미사일은 탄속이 빠르고, 대기권 돌입에 견디기 위해서 외피도 단단하니까, 일단 발사되면 요격이 어려워. 서방방면군 참모본부에 해석 결과가 올라온 것도 공격 개시 직전…… 대처할 수 없었어. 오히려 각 방면군의 참모본부도, 중앙 통합참모본부도 용케 하루 만에 각 방면군 철수 계획을 짜냈다고 할 수 있어."

서방방면군 참모본부의 본부장인 그 사람 써는 식칼은 그렇게 생각하지 않겠지만. 그렇게 상상하면서 그레테는 말을 이었다.

인공위성은 한 번 발사된 뒤에 궤도를 변경할 수 없다. 탄도 미사일은 낙하를 시작한 뒤로 조준 변경이 불가능하다. 그걸 감안하여 공격 개시 시점에서 〈레기온〉이 조준했을 장소에서── 연 방 병력의 과반이 모인 최전선에서, 그 병력의 과반을 제일 먼저 대피시키기 위한 철수 계획.

본래는 도무지 하루 만에 작성할 수 있는 것이 아니다. 총병력이 수백만을 넘는 연방군 전체의 질서정연한 철수와 그들이 철수할 예비진지의 적절한 선정. 예비진지대에서 확실하게 〈레기온〉을 막아내기 위한 즉응예비 배치, 포탄과 탄약의 충분한 공급, 우군 철수를 완료시키면서 적의 눈앞에 지뢰를 뿌리는 투사 개시의 타 이밍. 그걸 위한 모든──막대한──정보의 꼼꼼한 검사.

포탄위성 공격이 언제 시작될지 모르지만, 시작될 때까지 전선 을 물릴 수는 없다. 또한 한번 시작되면 막을 수 없는 이상, 일단은 지금 있는 정보에서 최소한의 계획을 입안했다. 실제로 공격이 시작되기 전까지 차차 내용을 검사하고 수정할 작정으로.

군 지휘에서는 꼼꼼함보다도 속도를 중시한다. 그 원칙에 따라 서 고작 하루 만에 작성한 최소한의 철수 계획에서도 충분히 성과 를 낸 참모본부는 잘한 부류겠고, 제대로 된 유예도 없는데 그 계 획을 충실히 실행한 연방군 장병의 높은 훈련도는 대단하다고 할 수밖에 없다. 평소부터 수수한 정보 수집과 확인, 나날의 훈련이 올바르게 공을 거둔 결과.

"게다가 핵탄두가 아니라 단순한 질량탄이었던 것도 불행 중 다 행이야. 방어설비는 대부분 날아갔지만, 핵탄두와 달리 열선도 폭풍도 발생하지 않았으니까 착탄 지점만 아니면 인적 소모는 억 누를 수 있어. 실제로 연방군은 남방전선에 온 최초의 포격 이후로 바로 후퇴할 수 있었으니까 피해 규모에 비해서 사상자수는 적었고."

다만.

"물론 각국에도 보고했던 모양이지만…… 적어도 선단국군은 한발 늦었어."

그것은 통신이 두절된 극서제국, 남안 각국도 아마 마찬가지였겠고, 안 그래도 넓지 않은 국토의 최종방어선까지 밀린 맹약동맹, 식량생산의 태반을 차지하는 남부 곡창지대를 방어선으로 만들 수밖에 없었던 연합왕국 또한 낙관할 상황은 아니다.

"인공위성이라고 알고 있으면 발견 자체는 어렵지 않아. 인공위성은 스텔스화하기 어렵고, 한 번 투입된 궤도에서 거의 움직일 수 없어. 전쟁 전의 데이터에서 인공위성의 증감을 확인하고 있으니까, 적어도 다음부터는 기습당할 일은 없어져. 가능하면 매스드라이버를 파괴하고 싶지만, 일단은 전선 유지에 주력해야겠지."

말하면서 그레테는 〈레기온〉의 매스드라이버를—— 그렇다고 판명된 마천패루 거점을, 공백지대 깊숙한 곳에 건조된 강철탑의 화면을 표시했다. 그리고 또 화면이 추가된다.

신은 숨을 삼켰다.

반년 전, 샤리테 시 지하 터미널 제압 작전 기록이다. 〈검은 양〉으로 변한 카이에에게 떠밀렸던 채광용 메인 샤프트 밑바닥. 고기동형과 처음으로 만나서 교전했던 전장.

군청색 거울면 타일이 벽면에도 바닥에도 촘촘히 박힌 광대한 홀. 비스듬히 솟구친, 붕괴한 금속과 유리의 연결 복도. 그 중앙에 숙연히 선──아직도 째깍째깍 소리를 내던, 시계탑의 내부구조를 조합한 듯한 플라이휠의 탑. 축전용 설비.

그리고 어딘가의 빌딩 안에 있는, 빌딩 전체를 관통하여 하늘로 솟은 레일 형태의 구조물.

〈카이에〉가 보여주려고 했던 것은, 알려주려고 했던 것은, 고기동형이라고 생각했다.

그게 아니었다……?

그레테가 말을 이었다. 차갑고 엄숙하게.

"매스드라이버와 흡사한 구조물은 공화국 샤리테 시에서도 발견되었어."

적어도 이 시점에서 〈레기온〉은 포탄 위성을 이용한 공격을 기도하고 있었다.

다시 말해.

"다시 말해서, 〈무자비한 여왕〉──제레네 빌켄바움이 제공한 정보는 〈레기온〉의 본래 작전 목표를 숨기기 위한 기만 정보였단 소리야."

《──그럴 리가.》

감정이 없는 〈레기온〉이지만, 그래도 경악하는 걸지도 모른다.

제레네가 봉인된 컨테이너 앞. 무기질한 기계음성으로, 하지만 놀라서 신음한 그녀를 보며 비카는 생각했다. 차갑게.

"연방군은 경의 투항과 정보 제공 자체가 이 공격을 기만하기 위한 덫이었다고 의심하고 있다. 실제로 우리는 놀아났지. 제2차 대공세를 막기 위해서 〈레기온〉의 정보 수집에 혈안이 되었다."

그랬다. 제2차 대공세는 사실이었다.

하지만 그 수단으로 제레네가 제시한 전자가속포형 양산은——— 〈레기온〉의 질적 증강은 대공세에서 비장의 패가 아니었다.

명백히 부자연스러운 고기동형 증산, 전자포함형과 공성공창형 제조도.

"현재 상황으로 판단하면, 경이 제공한 정보는 모두 탄도 미사일을 숨기기 위한 미끼다. 그리고 그것은 훌륭히 성공했다."

《………….》

"다만."

그렇다. 다만.

"개인적으로 나는 경 또한 〈레기온〉에게 놀아난 것이라고 생각한다."

전자포함형에 대해 알려주었을 때, 제레네는 '이해 불가'라고 대답했다. 그 말은 거짓이 아니었을 것이다.

정보 누출을 막기 위해 관계자 이외에게 불필요한 정보를 공개하지 않는다. 그 기본은 〈레기온〉도 마찬가지겠지. 그런 이상 제레네에게 진실을 숨기기란 결코 어렵지 않다. 신빙성을 높이기 위해서, 제레네 또한 거짓 정보를 진실이라고 생각하는 편이 더 좋았다.

추측에 따라 제레네가 진실을 깨닫지 못하게 하기 위해서라도.

정진(挺進)부대로 기동타격군이 편성된 영향일지, 아니면 지배 영역 깊숙한 곳에 숨은 첫 번째 전자가속포형이 추격하는 〈레긴레이브〉의 소부대에 격파된 그 순간부터 이미 상정되었을지는 알 수 없지만. 사령거점과 지휘관기를 중점으로 노리기 시작한 연방군에 〈레기온〉들이 일부러 내놓아서 쉽사리 포획시킨 것이 제레네다.

　　인간이 아닌, 살육을 위한 기능밖에 없는 〈레기온〉에는 첩보 수단이 대부분 통용되지 않는다. 비닉정보를 인류가 알아내려면 통신을 감청해서 편집적인 암호화를 돌파하든가, 중요한 정보를 가진 본거지를 노릴 수밖에 없다.

　　출입구란 당연히 인간이 드나드는 장소다. ──그러니까 효과적으로 덫을 놓을 수 있다.

　　함정이란 반드시 표적이 되는 대상에게 설치하는 법이다.

　　인류가 기만 정보를 얻게끔, 제레네는 버리는 카드로 선택되었다. 혹은 인류가 붙잡은 것이 우연히 제레네였을 뿐이지, 다른 지휘관기들도 마찬가지로 버리는 카드 취급이었을지도 모른다.

　　적성세력의 섬멸이라는 목적을 위해서 지휘관기도 버리는 전투기계의 냉철함.

　　무리 전체를 위해서 벌이나 개미가 과거의 여왕을 죽이는 것과 마찬가지다. 인간의 눈에는 잔인하게도 비치는, 인간과는 다른 논리로 움직이는 존재의 합리성.

　　"조국을 지키게 하려고 〈레기온〉에 무자비함을 준 경이, 그 〈레기온〉의 논리로 버려지다니 얄궂은 일이로군. 무자비한 여왕."

《─────.》

야유한 비카에게 제레네는 침묵을 돌려주었다.

설마 살육기계가 기분이 상했을 리도 없다.

"왜 그러지?"

제레네는 대답했다. 담담히.

하지만 확실히.

《──아니다.》

†

"설마 우리도, 우리 기동타격군이 여태까지 쌓은 전과가 하룻밤 사이에 다 날아갈 줄은 몰랐어."

한 달 전 선단국군 파견작전에서 중상을 입었던 유토가 현재 있는 곳은 장기요양과 재활이 필요한 환자를 위한 군 병원으로, 안정이 필요한 시기는 벗어났어도 아직 지팡이 신세에, 오른팔에는 깁스를 한 상태다. 부상이 나은 왼손 쪽에 커피가 담긴 종이컵을 놓으며 세오는 담화실 의자에 앉았다.

먼저 테이블에 놓은 쟁반에서 자기가 마실 커피를 집었다.

팔을 잃은 왼쪽 소매를 핀으로 고정한 세오가 종이컵을 두 개 챙기는 것을 근처에 있던 간호사가 힐끗 보았지만, 쟁반을 써서 옮기려는 것을 확인하고 딱히 뭐라고 하지 않았다. 그 점이 묘하게 조금 기뻤다.

함께 가져온 설탕 스틱을 한 손으로 집어 포장 끄트머리를 능숙하게 이로 뜯어 커피에 넣으면서 유토가 대답했다.

"그뿐만 아니라 연방이 2년 넘게 전진한 전선이 순식간에 원래대로 돌아갔겠지. 보도를 듣기론 꽤 큰 타격 같은데, 바깥 분위기는 어떻지?"

"아무튼 기동타격군은 휴가 예정이던 제1까지 소집되었다고 지금 상관이 넌지시 가르쳐줬어. 내가 지금 있는 기지도 어수선해. 병사가 부족해서 예비역 연령 상한을 올리는 것도 검토해서 불러들이려는 모양이야."

기갑과에서 후방지원부대로 배치 전환된 세오는 지금 그걸 위한 교육기간 중이라서 장크트 예데르 교외의 기지에 배치된 상태다. 신병 교육이나 예비역 재훈련도 담당하는 교육부대의 기지니까, 전선의 막대한 사상자는 물론 남의 일이 아니다.

"그리고 기지에서 들은 이야기와 비교해도, 보도는 시체의 산이라든가 날아간 최전선……이 아니라, 이젠 과거의 최전선이라고 해야 할까. 하여튼 그런 것까지 보여주지는 않지만, 너무 숨기지도 않아. 너희가 연방에 오기 전, 전자가속포형의 첫 포격 때도 그랬대."

이건 여기에 오기 전에 들른 에른스트의 저택에서 테레자에게 들은 이야기다. 보도의 자유는 근대 민주주의의 기본, 불안을 부채질해선 안 되지만, 정보를 시민에게 숨기는 것도 안 된다면서.

"그런 방침이니까…… 그런 방침을 정부와 군이 여태까지 지켰으니까, 시민들도 지금도 일단 보도 내용을 신용하고 평정심을 지키려고 노력하는 모양이야. 실제로는 겁에 질렸겠지만."

항상 냉정한 어조가 특징적인 뉴스의 메인캐스터가 어제부터는 목소리에 험악함을 띤 점이나, 기지 식당에서 일상다반사인 병사들 사이의 다툼이 평소보다 더 거칠어진 점이나, 제도의 광장에서 이상한 집단이 시위를 하는 점이나.

대로를 행진하는 시위대의 몇몇 젊은이가 비장감 넘치는 얼굴로 쳐든 플래카드는 에른스트와 그 정권을 무능한 독재자라고 비난하는 내용이었다.

"이해하지 못할 일도 아니지만."

세오는 덩그러니 덧붙였다. 차도를 사이에 두고 엇갈린 시위대 젊은이들의 복장.

얇은 옷이었다. 대륙 북부에 위치하는 장크트 예데르는 슬슬 코트가 없으면 힘들 정도의 날씨다. 그런데 여름에나 입을 만한 얇은 옷이었다.

이미 가을인데도 아직 코트를 마련하지 않은 듯한, 어제까지는 10월이라도 코트가 필요하지 않은 따뜻한 남쪽 지방에 있었던 것처럼.

"최전선이 하루도 못 되어 후퇴하고, 그 바람에 급하게 피난해야만 했던 사람들은 화가 날 만도 하지."

하루아침에 전선 바로 뒤에 위치하게 된 속주 외곽의 주민들은 현재 더 내지의 각 도시로 차례차례 피난시키고 있다.

방대한 피난민을 전부 받아들일 필요가 갑작스럽게 생겼으니까, 멀리 떨어진 장크트 예데르에도 일부 피난민이 보내졌다. 후송에는 연방 내부의 철도를 우선해서 배당했고, 호텔이나 모텔,

빈방이 있는 아파트가 임시 주거지로 제공되었다. 피난 때 짐을 꾸려서 나올 여유도 있었던 모양이지만.

"방어전이 시작되면 위험하니까…… 방어전에 방해되니까, 조상 대대로 살던 이 농장에서는 결코 떠날 수 없다! 라고 언성을 높이는 고집불통 영감에게 총을 들이대고 난폭하게 끌어내는 일도 있었다고 기지에서 들었어."

설령 원망을 듣더라도 국민을 지키는 것이 군의 책무이며, 또한 전장에 비무장 시민이 남아 있으면 목숨을 잃을 뿐만 아니라 작전 행동에 방해된다.

그러니까 소리를 질러가며 집에서 끌어내고, 아이들에게도 거친 대접을 하고, 총구를 들이대면서까지 안전한 내지로 쫓아냈지만, 그래서는 쫓겨난 사람들이 반발하거나 불만이 생기리라. 자신들은 그런 꼴이 되었는데 평화롭게 살고 있는 이 도시에도.

"그리고 전투속령 사람들도. 볼프린(전투속령민)는 알아서 내지로 도망쳤으니까, 그들이 빈 집이나 거리를 망쳐놓지 않을까 하고 속령 사람들은 걱정하는 모양이야."

국토의 외곽에 설정된 전투속령에 사는 전투속령민은 제국 때부터 전선의 후퇴에 따라 토지를 내주거나 제국의 영토가 증감함에 따라 새로운 국경 부근으로 이주한 경험도 있어서, 가족이나 재산이 한꺼번에 이동하는 데 익숙하다. 가져갈 수 없는 집이나 가재도구에는 별로 수고를 들이지 않고, 어느 정도의 재산은 귀금속으로 바꾸어 항상 소지하는 습관이 이번에도 도움이 되어서, 최전선이 후퇴하기 시작하자 필요한 모든 것을 들고 자주적으로

잽싸게 전투구역 밖으로 도망쳤다나.

최전선에서 전투속령병으로 싸우는 부모형제나 남편들에게 방해되지 않도록.

유토는 흥 하고 콧소리를 냈다.

"시위에 퇴거 거부. 그런 짓을 할 여유가 아직도 있나."

"역시 작년 대공세 때의 공화국은 그럴 상황도 아니었어?"

"피난을 거부한 녀석들은 거의 다 그 직후에 〈레기온〉이 죽였으니까."

"아아……. 그쪽인가……."

정신적인 여유 이전에 시간적 여유가 거의 없었던 모양이다.

"모든 것을 내던지고 발 빠르게 도망쳐야 간신히 살아날 가능성이 있을 상황이었지. 상황이 너무 안 좋았던 탓에 착란을 일으킨 건지 뭣 때문인지는 모르지만, 구세주 어쩌고 하는 플래카드와 꽃을 들고 〈레기온〉을 환영하려는 녀석들까지 있었을 정도다. 그 정도까진 되지 않은 걸 보면 아직 연방의 상황은 나은 거겠지."

낫다는 말 이전에, 당시 공화국의 혼란이 정말 말도 안 되었다는 느낌이다.

"뭐…… 실제로 대폭 후퇴했다고 해도 연방의 전선은 아직 전투속령 안이잖아. 속령의 밭이나 공장 같은 것도, 장크트 예데르의 수도 기능도, 거기에 사는 사람들도 모두 무사하고 생활에 눈에 띄는 영향은 없으니까. 다음에는 수도가 표적이 될지도 모른다며 불안해하는 사람도 있지만, 솔직히 공격의 정체를 잘 모르는 사람도 많아. 나도 포함해서. 실감할 수 없으니까 무섭지도 않고."

이해할 수 없는 것이라면 오히려 무작정 무서워하는데.

다만.

"오히려 나는 장크트 예데르가 표적이 아니라는 게 무서워."

조용히 중얼거린 세오에게, 유토가 눈길을 돌린다.

세오는 휘저어서 뱅글뱅글 소용돌이치는 커피를 주시하며 고개를 들지 않았다.

"탄도 미사일이네 인공위성이네 하는 건 설명을 들어도 역시 잘 상상이 안 가는데. 하지만 연방의 모든 곳을 포격할 수 있다면, 말하자면 연방의 어디든 마음대로 노릴 수 있다는 소리잖아. 제일 먼저 수도를, 연방의 수뇌부를 노리는 게 나았을 거야. 그런데."

물론 연방도 수도가 날아간다고 해서 국가적 의사결정이 불가능해지는 구조는 아니다. 쏟아지는 강철의 별은 명중률도 나쁘고 핵탄두 정도의 파괴 반경도 없다는 두 가지 결점을 숫자로 보완하는 방식이었으니까, 광대한 수도를 노리기에는 안 좋은 병기였을지도 모른다. 하지만.

"솔직히 좀 으스스해. 우리를 죽이고 싶은데, 시작부터 결정타를 날리는 게 아니라 바깥부터 차근차근 뭉개고 드는 것 같아서. 머리나 팔다리 구분도 없이, 가장자리부터 하나씩 뜯어먹는 벌레 같은 느낌이라 으스스해."

사냥감을 해치울 때, 인간이라면 목이나 거기에 준하는 급소를 노린다. 그 점은 야수도 마찬가지겠지.

하지만 개미떼가 사냥감을 삼킬 때, 그들은 목 같은 곳을 노리지 않는다. 뒤덮은 사냥감을 사지 끝부터 물어뜯어서 이윽고 조각조

각 분해한다. 가련한 사냥감의 몸부림도, 비명도 전혀 아랑곳하지 않고.

사고방식이, 판단이, 생물적인 행태가—— 이질적인 으스스함.

"연방도, 연합왕국도, 맹약동맹도, 공화국도, 또다시 분단되고 포위된 지금, 〈레기온〉은 실제로 우리를 바깥부터 갈아서 뭉개버릴 수 있으니까. 그러니까 더더욱…… 으스스해."

†

샤리테 시에서 축전용 플라이휠을 목격한 것은 신이지만, 매스 드라이버의 본체인 레일형 구조물은 아네트가 직접 목격했다.

그것이 아네트로서는 아쉽기 그지없다.

오피스 빌딩의 중앙을 지상층부터 최상층까지 뻥 뚫린 구조와 그곳을 관통하여 하늘로 향하는 은색 레일들. 그때는 천장이 부서져서 무너진 것으로 생각했던—— 지금 생각해 보면 애초부터 천장이 존재하지 않았을, 레일이 끝나는 곳에서 탁 트여 푸른 하늘이 보이는 공간.

"한 번 보았는데……! 장식이라고 생각하다니!"

"마음은 이해하지만…… 그럴 상황이 아니었잖아. 어쩔 수 없어, 아네트."

맞은편에 앉은 레나는 살짝 고개를 내저었다. 아네트의 집무실, 거기에 있는 마주 보는 소파.

아네트는 그때 지각동조(파라레이드)의 문제점을 조사하고 있었고. 그 직후에 고기동형의 습격과 팔랑크스 전대의 전멸이라는 사태가 이어 져서.

모든 〈레기온〉의 지성화에——〈목양견〉의 등장에 따라 급히 후퇴한 것도 있어서, 무의미한 오브제로밖에 보이지 않는 레일의 존재 따윈 아네트는 물론이고 레나 또한 마음에 두지 않았다.

그때 깨달았으면, 이라는 생각은 레나도 하지만. 객관적으로 봐 서 그때 깨달을 수 있었느냐고 묻는다면, 인공위성이든 탄도 미 사일이든 최소한의 지식밖에 없는 레나로서는 어렵다. 아네트도 그건 마찬가지겠지.

"그리고 설사 그 레일에서 발사되었다고 해도 알아차리지 못한 건 공화국이야. 네가 아니야."

아네트는 빠득 이를 악물었다.

"하지만 그 공화국은 포탄위성의 공격을 받지 않았어."

"그래……."

연방이 생존을 확인한 인류 세력권 중에서 유일하게, 그리고 여 태까지 안부를 알 수 없었던 나라를 포함해도 아마도 유일하게 위 성의 폭격을 받지 않은 것이 공화국이다.

연방 서부전선에 착탄한 이후 극서제국에 착탄. 그리고 극서제 국에 착탄한 이후로 연방 동부전선에 착탄. 이 사이의 몇 시간이 란 시간차는 연방이 확인하지 못한 다른 인류세력권에 대한 포격 시간으로 추측되었다. ——아이러니하게도 살아남은 나라가 더 있다고 알게 된 것은 포탄위성의 폭격 덕분이었다.

그리고 공격받았으니까 현재도 살아남았는지는 불명이지만.

"그걸로 다른 나라는 멸망했을지도 모르는데. 눈앞에 발사 시설이 있었던 것도 몰랐던 공화국은 살아남았어. 그 뒤의 제2차 대공세에서도. 몰랐던 공화국이. 몰랐던 내가……!"

"아네트."

조용히. 하지만 강하게. 레나는 후회로 가득한 그 말을 가로막았다.

처음 신과 만난 날에 그가 했던 말을 떠올렸다.

그런 비장한 얼굴, 하지 말아주십시오.

"네 탓이 아니야. 반성하는 건 좋아. 하지만 네 죄가 아닌 일을 자기 죄로 말하면 안 돼. 비극의 성녀를 연기하면 안 돼."

아네트는 한순간 숨이 막혔다.

그리고 길게, 토해내듯이 숨을 내뱉었다.

"미안해……. 그래, 지금은…… 그럴 때가 아니지."

"고기동형과 처음 대치한 장소에…… 제레네의 '메시지'를 본 장소에, 플라이휠이 있었던 것이 아이러니하군. 고기동형과 메시지에 완전히 정신을 빼앗겼어."

완전히 남 일처럼 술회하는 신에게 라이덴은 눈썹을 찌푸렸다. 그 상황이라면 라이덴이든 누구든 고기동형과 메시지에게 정신을 빼앗겼겠고, 그 뒤의 일을 봐도.

"속았다고 해도. 그건 네 탓이 아니잖아."

노회한 제레네의 말에, 주어진 정보에 놀아난 것은.

"속인 건 제레네고, 그걸 간파하지 못한 건 정보부와 윗대가리들이잖아. 어느 쪽이든 네 탓이 아니야."

전투에 종사해야 할 프로세서인 신이 짊어질 잘못이 아니다.

진지하게 말한 라이덴에게 신은 오히려 살짝 웃음을 터뜨렸다.

"너 말이지."

"미안해. 하지만 걱정도 팔자군……이라고 할 게 아닌가. 마음 쓰게 했군."

말하면서 신은 아직도 웃고 있었다.

"그래. 그건 알고 있어. 내 탓이라고 생각하지 않아."

지금의 자신은 이제 괜찮다.

"그런가……."

"그보다 나만 속은 게 아니라, 제레네도 그럴 테니까."

라이덴이 "어?" 소리를 내면서 바라본 곳에서, 신은 마음 쓰듯이 시선을 내렸다.

여기 없는 상대를——기계 망령으로 변한 제레네의 마음을.

"그 사람은 거짓말을 하지 않았다고 봐. 믿고 싶다고 내가 생각하는 탓일지도 모르지만. 붙잡히면서까지 전하고 싶었던 말은."

전쟁을 멈추고 싶다고.

인류를 구하고 싶었다고 한 말은.

"거짓이 아니었다고 생각해."

라이덴은 흥 하고 콧방귀를 뀌었다.

분명히 뭐든지 다 의심하다간 한 발짝도 나아갈 수 없고, 무턱대고 전부 의심하는 것도 자신들의 일이 아니다.

"그렇다면 문제는…… 누가, 어디까지 속았냐는 건데."

"그래."

〈레기온〉 완전 정지라는 정보의 진위는. 그 열쇠가 프레데리카와 발신기지라는 것은 진실일까. 앞으로 상층부에서 그 정보의 재검토와 검사를 하겠지만.

검사할 여유는.

문득 신은 떠올렸다. 선단국군에서 제레네가 하려고 했던 말.

정지명령은 전용 통신위성을 경유하여 각 본거지와 지휘관기로 간다. 그게 파괴되면 직할 경계관제형이 지원한다.

그레테가 말했다.

인공위성은 스텔스화하기 어렵다.

"그렇다면 통신위성은…… 어쩌면 찾을 수 있을까?"

그의 조국 또한 지금은 〈레기온〉 지배영역의 저 너머에 있다. 아무래도 더스틴의 안색은 창백했다.

"공화국은 현재 무사해. 그러니까…… 괜찮아."

창백한 얼굴이면서도 안색과 다른 말을 중얼거린 그를 보며 앙쥬는 눈썹을 찌푸렸다.

"더스틴 군."

"괜찮아. 너희는 가족을 잃었는데. 아직 잃지도 않은 내가 이렇게 동요할 수는……."

앙쥬는 입술에 손을 대서 그 말을 막았다. 뭘 그렇게 신경 쓰나 싶었더니만.

지금 와서 그런 소리를.

앙쥬에게도 동료들에게도 상처이긴 하지만, 이미 아프지도 않은 상실을.

"그야 우리 가족은 죽었지만…… 더스틴 군의 어머님은 작년 대공세에서도 무사하고, 지금도 공화국에 계시잖아?"

아버지는 아쉽게도 대공세에서 돌아가셨다는 모양이지만.

어머니는 다행히 더스틴과 에이티식스들의 보호를 받아 살아남아서.

살아남았지만──살아있으니까.

"무사하니까. 걱정하는 게 당연해. 무리하지 마."

"미안해……."

"공화국 안에는 아직 연방군의 파견구원군이 있어. 분명 돌아올 테니까. 그때 같이 데려와 달라고 하자."

이쪽을 바라보는 은색 눈을 보며 어깨를 으쓱해 주었다.

앙쥬는 고개를 갸웃거리며 미소를 지었다. 고지식하고 결벽한 것도 매력이지만.

"더스틴 군은 공화국을 위해 싸웠으니까…… 그 정도는 약삭빨라져도 괜찮아."

통합사령부에서 뤼스트카머 기지로 돌아온 뒤로, 자이샤는 그다지 동요하는 모습을 보이지 않았다.

그 모습이 마음에 걸려서 레르케는 넌지시 말을 걸었다. 아직 주인이 돌아오지 않은 비카의 집무실에 있는 소파 세트. 함께 돌아온 올리비아를 맞은편에서 기다리게 하고, 레르케 자신은 자이샤의 뒤에 대기하고 섰다.

"차석 지휘관님……."

"괜찮습니다, 레르케. 일보를 받은 뒤에 침대에서 충분히 불안과 싸웠으니까요."

씩씩하고 차가운 옆얼굴에서 엿보이는, 레르케의 주인보다 다소 색조가 연한 제왕색^{보라색} 두 눈동자.

연합왕국을 다스리는 자영종의, 북쪽 대국의 왕후귀족이 지닌 색채다.

"저는 전하의 연대에 속한 차석 지휘관. 제가 눈에 띄게 흔들리면 부하들이 동요하죠. 전하의 연대 병사들이 동요한 나머지 연방군 안에서 실수라도 저지르면 전하께, 부군과 형님을 고향에 두고 오신 전하께 면목이 없습니다."

그 말에 올리비아는 조금 어울리지 않는 감상을 품었다.

과연 시체의 왕이라는 야유를 듣는 연합왕국의 유명한 뱀 왕자가, 올리비아도 실제로 이야기를 나눠보고 그 이름에 어긋나지 않는다고 깨달은 그 비정한 살모사가 정말로 동요하긴 할까?

그걸 눈치챈 듯한 레르케가 험악한 눈초리로 노려보는 바람에 미안하다는 말과 함께 한 손을 들었다.

"동요고 뭐고, 아직 내가 동요할 상황도 아니겠지."

마침 문을 열고 들어오려던 찰나라서 들렸던 거겠지. 사령관들과의 절충, 제레네와의 면담도 마치고 돌아온 비카가 담담하게 말했다.

다급히 일어서는 자이샤에게 손짓으로 앉으라고 하며 자신도 느긋하게 소파에 앉았다. 단순히 희망이 아니라 추측할 수 있는 사실로서, 다 아는 사실을 말하는 기색으로 말을 이었다.

"용해산맥이 함락된 정도로 우리 일각수 왕가가 무너질 것 같은가. 몹시 곤란하긴 하겠지만, 형님도 아바마마도 이 상황에 대응하고 계신다. 그런 이상 내가 동요할 이유란 없다."

"알겠습니다, 전하. 무례한 말씀을 드렸군요."

"전장의 정보는 바로바로 공개하라고 내 이름을 걸고 요청하고 왔다. 아이기스, 경의 조국에 관한 것도 말이지."

올리비아는 깊이 고개를 숙였다. 이름을 걸고. 연방에서도 무시하기 어려울 연합왕국 왕자란 지위를, 그에게는 결국 이국인에 불과한 올리비아와 교도부대를 위해서도 써 준 것이다.

"감사합니다."

"빚을 하나 졌다고 생각하라. 창잡이 안나마리아. 금방 돌려받을 터이니."

올리비아가 시선을 들지만, 비카는 어깨만 으쓱일 뿐 거기에 반응하지 않았다.

"한동안 나와 경의 부대는 작전에 나갈 수 없다. 하지만 언제까지 그럴 수 있을지는 모르지. 자이샤. 병사들을 잘 단속하라. 아이기스, 교도부대는 당연히 맡겨도 되겠지?"

난공불락을 자랑한 천해의 요새가 함락되고 그 이후의 정세는 거의 불명확한 상황에서, 아무리 역전의 연합왕국 군인, 맹약동맹 군인이라고 해도 태연하게 있을 수 없다.

그리고 연방의 작전은 결국 그들에게 타국의 싸움이다. 괜히 사상자를 내고 반란의 씨앗이라도 되었다간 정말 큰일인 이상, 연방은 두 부대를 함부로 전장에 내보지 않는다.

내보낼 수 없다.

시선을 주고받은 뒤 자이샤와 올리비아는 각자 끄덕였다. 지금 부하들의 정신 상태로는 전장에 내보낼 수 없다고는 해도.

"알겠습니다."

"물론입니다. 곧바로 착수하도록 하지요."

앞으로 무슨 일이 있든지── 설령 〈레기온〉의 벽 너머에서 사랑하는 조국이 멸망했더라도.

그래도 자신들은 여기서, 지금은 벽에 갇힌 연방의 전장에서 끝까지 싸워야 하니까.

뤼스트카머 기지가 인접한 서부전선을 포함하여, 연방의 전선이 모두 크게 후퇴했어도 아이들을 위한 애니메이션이 아무 일도 없는 것처럼 방송되는 것은 방송국의 긍지라고 해야겠지.

어른들이 우왕좌왕하고, 상황을 몰라도 아이들이 불안해하는 가운데, 하다못해 조금이라도 일상의 즐거움을 제공하려고.

하지만 그 아이들 중 하나인 프레데리카에게는 그걸 볼 여유가 도무지 없다.

식당 TV가 내보내는 보도방송을 잡아먹듯이 바라보는 것을 신경 쓰면서 크레나나 신 등은 식사를 계속했다. ──전선이 후퇴했더라도 기지 식당의 메뉴도, 프로세서들의 식욕도 변함없는 것은 마찬가지다. 먹지 않으면 여차할 때 싸울 수도 없고.

피난 정보와 그 진척 상황을 대충 들으며 미치히가 말했다.

"연방도 포위되고 전선 전체가 밀렸으니까 당연하겠습니다만. 점점 중앙 쪽으로 피난을 오는군요."

"공화국도 처음엔 그랬을까. 〈레기온〉이 침공했을 무렵에는."

말을 이은 것은 리토고, 거기에 시덴과 스피어헤드 전대 제4소대와 제3소대의 대장인 클로드와 토르가 서로의 얼굴을 바라보았다. 공화국 정규군이 침공하는 〈레기온〉에 응전했던 보름 남짓. 그동안 국경 부근에서 피난을 온 것은.

"아……. 기억이 안 나." "그래. 아직 뉴스 같은 걸 볼 나이도 아니었고." "아, 나 기억해! 피난했어! 버스가 와서 부모님이랑 할아버지랑 같이 탔어."

미묘하게 불안한 눈치로 마르셀이 말했다.

"그 말에 나는 무슨 반응을 하면 좋을지……."

애초에 11년 전 공화국에서는 그 짧은 피난 후에 모든 에이티식스의 강제수용이 시작되었을 테고, 마르셀과 프레데리카 이외의 여기에 있는 이들은 모두가 강제수용에서 가까스로 살아남은 에이티식스들이니까.

그 살아남은 에이티식스일 토르가 태연한 기색으로 대꾸했다.

"연방에서는 이랬다! 라고 말하면 되지 않아? 마르셀은 피난 같은 거 안 했어?"

"나는 안 했는데……."

떠올리고서 덧붙였다. 중등학교 동급생이며 특수사관학교 동기였던 소년. 유진.

"친구는 가족이랑 피난했는데 도중에 부모님하고 떨어진 뒤로 못 만났대어. 그 뒤로 어린 여동생은 부모님 얼굴도 기억 못하는 모양이고……."

"……."

안 좋은 질문을 했다 싶어서 꽤 거북한 침묵이 깔렸기에, 마르셀은 서둘러 말을 이었다.

"그때처럼 혼란스러운 모습은 현재로선 보이지 않지만. 그러니까 분명 아직 어떻게든 될 거야."

"정말로 그렇게 생각하느냐."

프레데리카가 말을 가로막았다. 낮게.

눈물조차 머금은 새빨간 눈이 격정을 억누르며 날카롭게 일그러졌다.

"전쟁은 끝날 거라고 그대들도 생각했겠지. 이제 곧 이 전쟁은 끝낼 수 있다고, 그럴 터였는데……!"

"프레데리카."

소리치고 싶은 것을 꾹 참으며 크레나가 제지했다. 동시에 클로드가 채널을 바꾸었다.

크레나가 말했다.

"안 돼, 프레데리카."

"그래. 그건 말하면 안 돼, 꼬마 아가씨."

클로드가 말을 이었다. 적당히 돌린 동물방송. 전쟁 전에 촬영한 듯한 야생동물의 다큐멘터리.

"하다못해 지금은 아직. 뉴스 보고 힘들어할 거면 다른 걸 봐."

전쟁 전에 찍은 살쾡이의 영상.

분명 지금도, 인류의 세력권이 죄다 후퇴한 지금도, 신경 쓰지 않고 사냥감을 잡고 새끼를 키우고 있을 야생동물의 영상.

느긋하게 리토가 말했다.

"별로 재미없을 것 같은데, 보다가 만 괴수영화 시리즈를 계속 봐도 될까?"

그때부터는, 그럴 거면 신작 좀비 영화를 보자는 둥, 차라리 마법소녀를 계속 보고 싶다는 둥 하는, 아무래도 좋을 잡담이 시작되었다.

그런 가운데 떨고 있는 프레데리카를 크레나가 꼭 안아주었다.

소란스러운 가운데 토르는 조용히 물었다. 금록종의 금발과 녹색 눈동자. 쭉 자란 장신에 마른 체격.

"클로드. 너야말로 괜찮아?"

옆의 친구는 돌아보지도 않고 대답했다. 86구에서 처음 배속된 전대부터 여태까지 계속 같은 부대에서 싸운 전우.

빨강 머리는 제국 귀종과의 혼혈이었던 어머니에게 물려받은 것이고, 도수 없는 안경은 날카로운 느낌이 나는 은백색 눈을 숨기기 위한 것이다. 그 사실을, 토르는 알고 있다.

"괜찮지 않으니까 살쾡이의 육아든 괴수든 좀비든 마법소녀든 좋으니까 보고 싶어."

"그런가……."

공화력 358년
〈레기온〉 전쟁 개전 당시

86

‘제국’에서 ‘선전포고’가 있고 〈레기온〉이 쳐들어와서, 아버님과 칼슈타르 숙부님은 ‘전장’에 가신 채 오늘도 돌아오지 않는다.

아버님, 오늘 밤에는 돌아오실까.

칼슈타르 숙부님도 같이 돌아오실까.

커다란 저택의 커다란 홀에서, 자그만 레나는 좋아하는 인형과 함께 오늘도 아버지의 귀환을 기다린다.

“클로드. 어머니랑 형 말 잘 듣거라. 헨리, 어머니와 클로드를 부탁한다.”

“응.” “알았어, 아버지. 맡겨줘.”

‘전장’에 간다는 아버지를, 클로드는 손을 흔들며 전송했다. 다른 손으로 어머니의 손을 잡고, 마찬가지로 손을 흔드는 형의 옆에서.

전선은 엄청난 기세로 계속 후퇴한다. 전력을 투입해도 투입해도 제국의 자율무인전투기계들의——〈레기온〉의 침공은 멈추지 않는다.

“제18기갑사단은 괴멸 상태다. 저 〈레기온〉인가 하는 놈들은 완전 괴물이야.”

"지원하러 간 보병부대와도 연락이 되지 않아. 전멸한 거겠지. 잔존병들은 유색종이라도 우리 조국을 위해 용감히 싸웠는데."

이를 가는 전우이자 친구를 보며 칼슈타르는 문득 생각했다.

어이, 깨닫고 있나, 바츨라프.

유색종.

그것은 그들을 '백계종이 아닌 자들'이라고 한 묶음으로 싸잡아서 구별하기 위한 말이라고.

부모님과 형은 요즘 계속 TV의 '보도방송'만 보고 있다.

평소에 보던 애니메이션을 못 봐서 신은 조금 불만이다. 좋아하는 형도 별로 놀아주지 않는다.

그 이상으로 '보도방송'을 보는 부모님과 형의 딱딱해진 얼굴이 아주 불안했다.

뭔가 좋지 않은 일이 일어나고 있다고, 그것만큼은 알았으니까.

"'국경 주변'에 '피난 권고'가…… 여기는 위험해졌으니까 도망쳐야 해. 짐을 꾸릴 테니까…… 중요한 것만 가져갈 테니까, 옷가지랑, 그리고 제일 중요한 장난감만 챙기렴, 세오."

"응."

"토르. 이제 출발할 거니까. 자, 바다랑 배하고 인사해야지."

"응, 할아버지."

국경에서 피난하는 버스에 올라타며 토르는 익숙한 바다와 할아버지의 배를 향해 손을 흔들었다. 내일이나 모레면 돌아올 수 있을 거라고 생각하면서.

시내에는 같은 포스터가 몇 장이나 붙어 있다. 그것이 점점 늘어난다. 병사들의 '징집' 포스터라고 아빠가 가르쳐 주었다.

오늘도 또 늘어났다고, 아버지의 손을 잡고 걸으면서 앙쥬는 생각했다.

방송에서 나오는 전쟁 상황은 악화 일변도다. 아침 식사 후에 항상 마시는 커피를 딸이 가져다준 것도 깨닫지 못하고 알드레히트는 중얼거렸다. 공화국군은 계속 지고만 있지 않은가.

아내가 떨리는 목소리로 대답했다.

"앞으로 어떻게 되는 걸까……. 우리는, 이 나라는……."

전쟁의 불길은 공화국 부수도 샤리테 시와 그 주위에 흩어진 위성도시와는 아직 거리가 멀지만, 만일을 대비하여 쿠쿠미라 일가는 피난을 위한 짐을 꾸리기 시작했다.

여행용 트렁크를 꺼내고 짐을 꾸리는 부모님과 언니의 옆에서 크레나는 완전히 여행 기분으로, 좋아하는 원피스와 모자 차림으로 기쁘게 춤추었다.

　학교 기숙사에 TV는 식당에 있는 것 하나뿐이다. 계속 흘러나오는 보도방송을 불안하게 올려다보는 라이덴의 뒤에 학교장인 노부인이 섰다. 뉴스 내용은 잘 모르겠지만, 나쁜 일이 일어나고 있다는 것만큼은 아니까 라이덴은 불안하게 노부인을 올려다보았다.

　여기와는 거리가 있는 집에 있는 부모님은 괜찮을까. 소꿉친구들은.

　"할머니."

　주름 많은 손이 두 어깨에 얹혔다. 그래도 라이덴보다는 큰 어른의 손.

　"괜찮아. 너희 집은, 부모님은 무사하시단다."

　'보도방송'에서 들리는 목소리는 점점 험악해져갔다. 대체 뭐가, 누가 나쁜 걸까, 책망할 상대를 찾으라는 듯이 떠들어댔다.

　매일 보고 있으니까 시덴도 그 논조에 동조하게 되었다. 누가 나쁘다. 무엇이 나쁘다. 잘은 모르겠지만, 나쁜 건 물론.

　"그야 물론 '제국'이야!"

순진무구하게 그렇게 결론을 내렸다. 응, 제국이 나빠! 라고 여동생이 순진하게 따라 말했다.

전선은 계속 후퇴했다. 카이에와 가족이 사는 거리에도 피난민을 실은 트럭이 왔다.

트럭에서 내리는 그들을 맞아들이는 이웃들의 눈은 같은 국민을 향하는 것이라고 생각할 수 없을 만큼 험악했다. 짐더미나 훼방꾼을 보는 눈.

불안을, 공포를 떠넘겨도 되는 상대를 열심히 찾다가, 그 상대를 발견한 눈이었다.

매국노.

어딘가에서 날아와서 현관등을 깬 돌에는 그런 종이가 붙어있었다.

펜로즈 가문이 원래 제국 귀족이라고—— 적국의 계보라고 안누군가가 던진 것이었다.

험악한 얼굴로 정리하는 아버지의 얼굴을, 아네트는 현관 안쪽에서 몸을 떨며 보았다.

칼슈타르의 눈앞, 흙부대처럼 쌓인 것은 모두 아군 병사의 시체였다. 시체 자루도, 후송조차도 제대로 이루어지지 않고, 그 뒤로는 그냥 버려질 뿐인 무명용사들의 주검.

그 시체 중 하나처럼 생기 없이 무릎 꿇은 잔존 병사가 억양도 없이 중얼거렸다.

"왜, 우리가."

우리만.

시체의 산은 은발은안의 백계종뿐. 유색종이 죽지 않는 건 아니다. 다만 총인구 비율에서 백계종이 극도로 높으니까 전사자 비율도 많을 뿐이다. 인구비로 보면 백계종과 유색종의 전사자는 큰 차이가 없을 터이다.

하지만 이 자리의 시체들은 백계종뿐이다.

어느 전장에서든 많이 죽는 것처럼 보이는 것은 유색종이 아니라 백계종뿐이다.

병사가 중얼거렸다. 억양도 없이. 열병에 시달리듯이.

그놈들 때문이다. 전장에서 죽지 않는 놈들. 우리를 죽이고, 웃고 있을 놈들. 제국의 혈통. 폭군의 후예. 우리가 아닌 것들.

"유색종 놈들……."

왠지 밖이 시끄럽다.

커튼 틈새로 어머니가 밖을 엿보다가 창백한 얼굴로 돌아보며 말했다.

"더스틴. 오늘 밤에는 절대로 밖을 보면 안 된다."

아버지와 같은 복장의 군인들이 왜인지 집에 밀려들어와서 어머니와 클로드를 제압했다. 눈물을 참고 새빨개진 눈으로 입술을 꾹 다물고, 큰 부상을 입었지만 돌아온 아버지가 그걸 보았다.

그 옆에서 형도.

"형!"

필사적으로 손을 뻗었다. 형은 눈을 돌렸다.

클로드와 같은 은색의—— 은백색 눈동자.

전장에서 돌아온 뒤에 부여된, 유색종 호송 임무 사이. 칼슈타르는 국군 본부에 있는 성녀 마그놀리아의 상을 올려다보았다.

300년 전의 혁명을 주도한 뒤에 시민들의 손에 옥사한 성녀.

그녀는 시민이 아니었으니까.

무고하게 박해받고 그 박해에 꿋꿋하게 저항하여 승리한 시민 계급이 아니다. 그녀는 박해자의 일원, 사악하고 더러운, 악의 화신인 왕실의 공주였으니까.

그래.

결국 그녀 또한 시민들에게—— '우리'와는 '다른' 것들에 불과했다.

D-DAY PLUS THREE.

At the Celestial year of 2150.10.4

성력 2150년 10월 4일
D+3
Judgment Day. The hatred runs deeper.

The number is the land which isn't
admitted in the country.
And they're also boys and girls
from the land.

86
EIGHTY SIX

전투속령 깊숙한 쪽까지 전선이 후퇴한 결과, 전투속령과 생산속령과의 경계에 있는 기동타격군 본거지, 뤼스트카머 기지에도 전투의 기운이 닿았다.

기지에서 보이는 이웃 도시도 상황에 따라서 휘말릴 위험이 있기 때문에 피난 권고가 나오고 주민 피난이 시작되었다. 한편으로 학교나 시민회관, 극장 같은 공공시설은 개방되어서 전투속령민들이 거기로 피난을 온 모양이다.

에이티식스들을 위해 세워진 특수사관학교의 건물이나 기숙사에도.

"아니, 그래도 되는 거야?"

이 도시도 위험하니까 전장과 먼 내지로 주민들이 피난을 가는데. 그 위험한 도시에 전투속령민을 피난시키다니.

"뭐, 우리는 그런 존재니까요."

그 말에 돌아보니 베르노르트였다. 라이덴은 살짝 콧방귀를 뀌었다.

"반짐승이란 말이지."

대대로 전장에서 사는 전쟁의 민족이기 때문에, 평화로운 시민들에게서는 경원시되었다.

"아니, 그런 게 아니라. 최악의 경우를 위한 예비란 거지요."

시선 앞에서 베르노르트가 어깨를 으쓱였다.

"저들도 꼬마 반짐승이니까요. 국경방비가 우리의 타고난 역할입니다. 짐을 푸는 대로 자주훈련에 들어가겠죠. 여자들도 어린 애들도, 은퇴한 영감들도."

전선이 후퇴하고 군인이 많이 전사하면, 그 구멍을 자발적으로 메우기 위해서.

이웃 도시 쪽을 돌아보며 베르노르트는 말했다. 차갑게 식은 그 금빛 시선.

"이쪽으로 온 건 우리 마을과도 혈연이 있는 녀석들입니다. 필요해질 무렵에는 나름 훈련이 끝날 테니까, 그쪽이나 대장이나 소대장들에게도 소개하겠습니다. 나중에 협동할 생각으로 계십시오."

인류 생존권 모든 전선에 대한 포탄위성의 일제사격으로부터 사흘.

오리라고 모두가 각오하고 있었지만, 드디어 기동타격군에도 출격 명령이 나왔다.

전달받은 임무 내용에 집무용 책상을 사이에 두고 마주 보는 레나와 신은 험악한 표정을 숨기지 못했다. 서로 필요한 정보를 가진 상태로 책상 위에 홀로그램 지도를 투영한 모습인, 뤼스트카머 기지 제1막사에 있는 레나의 집무실.

아름다운 눈썹을 찌푸리며 레나는 신음했다.

지배영역 안쪽에서 발견된 매스드라이버 파괴, 정도는 예상했지만.

"그보다 힘겨운 임무가 될 것 같네요."

"공화국에 남겨진 연방 구원파견군 철수 지원. 옛 고속철도의 남쪽 루트 400킬로미터를 철수로로 삼고, 기동타격군과 파견군은 후퇴 완료까지 지원하라……."

반년 전——4월의 샤리테 시 지하 중앙터미널 제압 작전 이후로 공화국에서의 전개 규모를 축소하고 있던 연방 서방방면군, 구원파견군이지만, 그래도 몇 개 사단 정도 되는 대규모다.

5만 명을 넘는 인원과 〈바나르간드〉만 해도 700대를 넘는 막대한 전투&수송차량. 장비나 연료, 자재까지 포함하면 도시 일부가 통째로 이동하는 것과 맞먹는 물량을 400킬로미터 장거리로 이동시킨다.

그 지원이라니, 말이야 쉽지만.

"지원, 헌병여단 인원과 일부 보병은 수송에 철도차량을 이용한다고 해도. 비포장도로에서는 속도가 나지 않는 수송 트럭에 연료차의 동반이 필요한 장갑수송차와 〈바나르간드〉. 펠드레스는 400킬로미터의 장거리를 정비 없이 달리기 위한 것이 아니니까, 그냥 이동시키는 것만 해도 그만한 시간이 걸립니다. 하물며 전투가 발생하면."

이를테면 〈바나르간드〉는 시속 100킬로미터에 가까운 순항속도를 낼 수 있지만, 전투중량 50톤의 덩치로 그런 기동을 하는 대신 연비가 아주 나쁘다. 장거리 이동에는 연료수송차 동반이 필수. 따라서 지배영역 400킬로미터를 단숨에, 최고 속도로 주파할 수는 없다. 비무장에 속도도 느린, 연료수송차 경호도 필요하다.

더불어서 장비 수송을 위해 수송 트럭을 사용하면, 역시 무력하고 발이 느린 그들에게 행군 속도를 맞춰야 한다. 설마 파견군도 보유한 모든 물자를 단번에 수송할 만큼 트럭을 많이 보유하지는 않았겠지. 물자에 비해 숫자가 부족한 이상, 안 그래도 긴 대열에 무겁고 느린 수송 트럭은 그 굼뜬 대열로 몇 번이나 왕복해야 한다.

　"파견군에서 철수 계획은 아직 들어오지 않았지만, 저쪽도 중요도가 낮은 장비나 물자는 파기할 생각으로 계획을 세웠겠지. 애초에 인원과 차량만 가지고 돌아올 작정으로 보여. 레나는 이런 말을 싫어하겠지만, 연방에서도 지금은 사람이 가장 귀중한 자원이니까. 윤리적으로도, 실질적으로도."

　"네……."

　연방은 광대한 국토를 가진 초강대국이며, 각종 자원은 아직 채굴로 보충이 가능하다. 물론 〈바나르간드〉 같은 차량류나 장갑강화외골격, 화기나 포탄 종류는 그리 쉽사리 내버리지 않겠지만, 막사나 가재도구나 비품은 파기해도 큰 문제가 안 된다.

　한편 사람은 죽으면 돌이킬 수 없다. 윤리적인 측면을 무시하더라도, 포유류 중에서도 성숙이 느린 인간은 한 명의 아기가 생산연령에 도달하기까지 10여 년이나 걸린다. 이미 일부에서는 소년병을 운용할 수밖에 없는 상황에서 더 이상 병력을 헛되이 죽게 내버려 둘 수는 없다.

　"그러니까 파견군의 철수지원뿐이라면 힘들어도 어떻게든 되겠지. 〈레기온〉 주력부대도 연방 서방방면군과 대치한 채로 교착

상태니까 지배영역 안에 남은 〈레기온〉은 그다지 많지 않아. 고속철도 남쪽 루트는 작년 전자가속포형 추격 작전에서 제압하고 그대로 복구한 장소니까 정확한 지도도 있고. 제일 느린 보병과 수송 트럭을 연방에 도착시킬 수만 있으면, 최악의 경우 기동력이 나오는 〈레긴레이브〉는 〈바나르간드〉를 먼저 보낸 뒤라도 돌아올 수 있어."

고기동형이 끈질기게 따라붙지 않는다면 말이지만, 이라는 말을 탐탁하지 않은 눈치로 덧붙였다. 신과는 끈질기게 얽히는 고기동형이지만, 사격무장이 없는 그것들은 어느 정도 거리가 벌어진 전투라면 아군의 포격을 일방적으로 얻어맞는 꼴이 된다. 경량에 장갑이 얇은 만큼, 보병보다는 그나마 나을 정도로 약하기도 하다. 신 역시 투입될 리가 없을 거라는 사실을 알고 말하는 거겠지.

그래도 신은 작게 탄식했다.

"다만 파견군 철수가 최우선이고, 제2목표에 지나지 않는다고 해도…… 공화국의 모든 시민이 연방으로 피난하는 것을 지원하는 건, 솔직히 어렵다고 봐."

방어시설 준비가 불충분한 점, 또한 공화국 단독으로 국토를 지키기에는 전력이 부족하다는 점을 이유로 공화국 신정부가 국민 전원을 피난민으로 받아들여달라고 연방에 요청했고, 인도적 차원에서 연방이 승낙했다.

파견군 인원이 철수한 뒤 고속철도차량을 사용하는, 전대미문의 대량 수송 작전이다. 궤도 규격만 맞는다면 화물열차까지도 총동원하고, 몇 편이나 되는 피난열차를 밤낮 가리지 않고 왕복시켜서 시민 모두를 연방까지 피난시킨다.

하지만 작년의 대공세로 10분의 1 이하로 줄어들었다고는 하나, 한 나라의 주민, 수백만 명에 달하는 대규모 집단이다. 가령 파견군이 최소한의 화물 말고는 다 버리고 열차편의 과반을 양보해 준다고 해도.

"가능할 것 같나요?"

"방어선 유지는 최대 72시간 정도야. 계획대로 진척되면…… 승차 순서의 배분부터 정렬, 승하차까지 최대한 효율적으로 진행된다면 아슬아슬하게 가능하겠지만, 예기치 못한 사태가 일어나면 그 72시간도 힘들고, 훈련도 받지 않은 시민이니 어찌 될지 모르지. 피난 자체를 싫어하는 사람도 개중에는 있겠고."

"묘한 주장을 하는 사람도 있고요……."

시선을 흐리면서 레나는 끄덕였다.

공화국군의 음모라는 둥, 공화국 정부의 음모라는 둥, 연방이나 연합왕국의 음모라는 둥.

뒤에서 각국과 〈레기온〉을 지배하는 도롱뇽형 지하세계인의 음모라는 황당무계한 소리마저 대공세 때는 그럴싸하니 나돌던 적도 있었다.

입으로만 떠들어댈 뿐이지 실제로 피해는 없지만, 나중에 그걸 들었을 때는 묘한 허무함을 느꼈다.

왜 양서류?

"다만 거듭 말하지만, 이 상황에서 그걸 생각하는 건 기동타격군이 아니라 공화국 정부야. 기동타격군의 임무는 여전히 철수로 유지고, 열차에서 뛰어내리는 바보만 없으면 영향도 없이 끝나겠지."

아무리 그래도 고속철도다. 시속 300킬로미터 속도로 질주하는 열차에서 일부러 뛰어내리는 건 인류사에서 손꼽히는 레벨의 멍청이일 테니까, 이건 신 나름대로의 농담이겠지.

웃어야 할지 망설인 레나를 무시하고 신은 담담히 말을 이었다.

"이런 말도 그렇지만, 어디까지나 연방군 철수 지원보다 우선도가 낮은, 부차적인 일이야. 늦는다면…… 어쩔 수 없다고 생각하는 편이 좋을까."

그렇게 말한 뒤에 신은 실언을 깨달은 얼굴을 했다.

"미안. 레나에게 할 말은 아니었군."

신에게는 아무래도 좋은 나라더라도, 레나에게는 조국이다. 그게 멸망하려는 지금 시기에 본인 앞에서 해도 될 말은 아니었다.

하지만 레나는 조금 애써 웃으며 고개를 내저었다.

"아뇨. 각오는 훨씬 전부터 했고요."

레나에게 공화국은 태어나고 자란 조국이다. 없어지기를 바라진 않는다.

그게 없어지는 것은 그 국민으로서의 아이덴티티를 가진 자에게 자기 몸의 일부가 잘리는 것과 같은 상실이다.

하지만.

"게다가 사실…… 공화국이 멸망하는 건 처음도 아니니까요."

그리고 멸망하려고 하는 것은.

스피어헤드 전대의 핸들러가 되고, 그때는 얼굴도 몰랐던 신에게 대공세에 대해 들었을 때부터 계속 그랬다. 레나의 조국은 현실에서 눈을 돌리고 귀를 틀어막고, 좁고 달콤한 꿈에 갇힌 채 스스로 싸우려 하지 않았다. 자기 자신을 지키려고 노력하지 않았다.

파국이 다가오고 있다고 호소해도 들어주지 않고, 이전처럼 자기들 말고 다른 누군가를 싸우게 하면 전쟁이 끝날 거라는 헛된 예측에 매달려서.

그 결과――멸망했다.

작년 그 대공세의 밤. 전자가속포형에 의해 그랑 뮬이 뚫리고, 인류 최후의 낙원임을 자랑하던 85행정구를 기계 망령에 짓밟혀 순식간에 궁지에 몰려서.

그때는 구원 따위 예상도 하지 않았다.

이대로 멸망하는 거라고 마음속 어딘가로 체념하듯 각오했다.

하지만 공화국을 구할 수 없었던 것을 자신의 죄라고는 생각하지 않았다.

지금도 그렇다. 대공세라는 궁지에서 뜻하지 않게 연방이 구해주고, 에이티식스는 86구에서 떠나서 스스로 싸울 필요성이 생기고. 그래도 스스로 싸우려 하지 않았던 공화국이라면 그대로 멸망하는 것도――슬프지만 당연하다고 생각했다.

레나는 끝까지 싸우기로 결심했다.

자기 자신에게 부끄럽지 않게 살기로 결심하고, 조국을 뒤로했다. 새로운 전장을, 기동타격군을 선택했다.

그렇기에 등 뒤에서 가만히 정체된 조국이 그대로 멸망하는 것도——각오했다.

그것은 자신의 죄가 아니라고 조용히 생각했다.

수도에 붙은 이름, 리베르테 에트 에갈리테. 자유와 평등.

스스로 자기 몸을 지키지 않는다는 선택의 자유 아래, 자기 자신이 없어지는 것으로 그 결과의 책임을 지는 것 또한 그들 자신이다. 공화국 시민은 그들이 자랑하는 대로 모두가 평등하게——자기 자신의 유일한 주인이니까.

그러니까 멸망을 슬프게 생각하긴 해도, 구할 수 없었던 것을 자신의 죄라고 생각하는 것은 오만이다. 그 죄를 지는 것은 레나가 아니다.

"게다가 지금은…… 그런 소리를 할 때가 아니니까요."

신은 살짝 쓴웃음을 지었다.

"그렇지. 지금은 서로 터놓고 말해야 할 때야."

"네."

공화국에게 박해받은 에이티식스들에게, 그 공화국을 구하게 한다. 그것에 대한 망설임이나 죄악감이 마음속 어딘가에 있더라도, 겉으로는 드러내지 않는다.

지금의 에이티식스들에게 그것은——오히려 예의에 어긋나는 것일 테니까.

"다만 그걸 감안해도 레나는 이번 작전에서 기지에…… 연방에 남아 줘."

레나는 입술을 삐죽였다.

"화낼 거예요, 신."

"그렇게 말할 건 알지만…… 레나는 공화국 군인이잖아."

뻔한 말을 듣고 레나는 눈을 껌뻑였다. 대체 무슨 소릴.

"공화국 시민을 모두 피난시키는 건 솔직히 말해서 어려워. 내부의 의사통일조차 지금은 되지 않았겠지. 그러니까…… 혹시 작전 중에 상황이 변해서 피난하지 않고 농성하게 되기라도 하면. 그런 명령이 공화국 군인들에게 내려온다면."

이를테면 피난 행동이 조기에 좌절되어서 시민 전원이 남겨지게 된다면.

외국에 애걸하는 것을 좋게 여기지 않는 애국주의자나 민족주의자가——'표백제'가 혼란을 틈타서 정권을 빼앗고 철저한 항전을 명령한다면.

"그것도 정식 명령이야. 레나는…… 공화국 군인인 레나는 그것에 따라야 해. 레나가 연방에 남으면, 그런 사태가 벌어지더라도 최악의 경우 명령이 오지 않았다고 무시할 수 있지. 하지만."

레나가 공화국에 있으면 그렇게 되지 않는다.

가령 따르지 않았다고 해도 그 경력에 명령 불복종과 군무 이탈이라는 치명적인 흠집이 생긴다. 이 경우 치명이라는 말은 비유가 아니라 말 그대로 목숨이 걸리는 치명(致命)이다. 전시 상황에서의 군무 이탈이란 즉석에서 사살되어도 어쩔 수 없을 정도의 중죄다. 그러니까.

그렇게 되었을 경우, 레나는 두 번 다시 공화국으로 돌아갈 수 없다.

하지만 레나는 쓴웃음을 지었다.

보채는 어린 남동생을 달래듯이.

"신. 당신도 알고 있겠죠. 공화국인과 공화국군이 어떤지요."

10년에 걸쳐서 국방을 에이티식스에 떠넘기고, 벽 안에 틀어박혀 있었다.

"스스로 싸울 마음이 지금도 없으니까 표백제가 지지받는 거고요. 내기해도 좋아요. 군인은 아래부터 위까지 제일 먼저 도망치려고 할걸요."

그러니까 자신은 괜찮다.

철저항전 따윈, 농성 따윈, 그런 명령은 공화국군에서 있을 수가 없다.

신은 한동안 묵묵히 생각했다.

"내기에 대해서는 동의하지만……."

동의한다고 말하면서도 역시 다소 못마땅한 눈치였다.

"그래도 만일의 경우에 대비하고 싶어. 작전 동안에는 퇴로를 유지하는 부대에 있고, 공화국 세력권에 들어가지 말아 줘. 저쪽에도 당신이 왔다고 알리지 말고."

당신을 빼앗기지 않겠다.

이 경우 독점욕이 강한 것이 아니라 걱정이 많은 애인의 모습에 레나는 웃음을 지어 보였다.

뭐, 이번 작전에는 속도가 느린 장갑지휘차량 〈바나디스〉를 가져갈 수 없으니까 말만 안 하면 레나의 존재는 들키지 않겠고.

"알겠습니다. 그 정도로 타협할게요."

그렇게 말하지 않으면 왠지 눈앞에 있는 소년이 토라지고 말 것 같았으니까.

"알다시피 우리는 기지에 남을 수밖에 없지만, 필요하다면 일은 이쪽으로 돌려다오. 잡무 정도라면 통신 너머에서도 어떻게든 되겠지."

활달하게, 당연하다는 듯이 제안해 준 이웃 나라 왕자 전하에게 그레테는 고개를 숙였다. 공화국 따윈 그에게―― 연합왕국에는 이미 고려할 가치도 없는 작은 세력. 그렇다면 이 살모사 왕자가 신경 쓰는 것은 신이나 레나, 기동타격군의 소년병들이다. 그것이 무엇보다도 그레테에게는 고맙다.

"마음을 써 주셔서 감사합니다, 전하."

"무슨 소릴. 그 대신이라고 하긴 그렇지만, 부재 동안에 연습장의 사용 허가를 내다오. 가능하다면 아이기스의 손도 빌리고 싶다."

고개를 돌려서 보니, 마찬가지로 이쪽에 시선을 주는 올리비아와 눈이 마주쳤다. 그레테와 올리비아의 시선 앞에서 다시금 왕자 전하가 어깨를 으쓱였다.

"연합왕국에서 보급을 바랄 수 없는 이상, 〈시린〉들의 전투 방식을 재고해야 하겠지. 그것들이 여태까지 숙달한, 소모를 전제로 한 전투는 앞으로 불가능하다. 같은 기동전투가 특기인 자가 훈련시켜 준다면 고맙겠지."

올리비아는 장난스러운 기색으로 눈썹을 세웠다.

"과연, 알겠습니다. 이걸로 빚을 갚겠군요, 왕자 전하."

"그런 거지. 꽤 괜찮은 거래 아닌가?"

오가는 농담에 그레테도 슬쩍 끼어들었다.

"부럽군요. 이런 상황이 아니라면 저도 한 수 배우고 싶은데."

한순간 올리비아도, 비카까지도 침묵했다.

눈앞의 여성은 대령이고, 지휘관이고…… 아무리 그래도 여단장일 텐데.

비슷한 짓은 과거 방면군 지휘관이었던 비카도 했지만, 그는 상무정신을 숭상하는 연합왕국의 왕자다. 최전선에 서는 것이 책무다. 하지만── 왕족이나 옛 귀족도 아닌, 공화국의 연방군 대령이나 되는 자가?

"벤체르 대령. 확인하고 싶은데…… 이번 작전에서는 경이 직접 〈레긴레이브〉를 모는 건가?"

"당연하지만, 프레데리카는 이번 작전에 절대로 따라오면 안 되니까."

"파이드한테도 이번에는 몰래 태우고 오면 안 된다고 거듭 일러둘 거니까. 프레데리카는 남아 있어."

그럴 수밖에 없는 것이, 프레데리카는 과거 한 차례 결사행에 따라온 전과가 있다.

허리에 두 손을 짚고 무서운 얼굴을 하는 크레나, 두 손을 뒤로 돌리고 고개를 기울이며 미소를 짓는데 어째서인지 엄청난 박력을 띤 앙쥬. 두 사람 앞에서 프레데리카는 뚱한 얼굴을 했다.

또한 프레데리카의 뒤에 있는 파이드가 노골적으로 겁먹은 기색으로 바들바들 몸을 위아래로 흔들면서…… '삐이' 하고 작은 소리를 냈다.

물론 이것이 '절대로 안 태우겠습니다.' 라고 말하는 것임은 크레나도 이해했다. 위아래로 흔드는 것은 아마 인간이었으면 덜덜 떨면서 고개를 끄덕이는 느낌이다.

만일을 위해 그 광학 센서 앞에 검지를 들이댔다.

"절대로 안 되니까, 파이드. 어기면 신이 잔뜩 야단칠 테니까. 아니지, 어기면 신이랑 두 번 다시 같이 작전에 안 보내줄 거야."

"삐……?!"

이번에는 붕붕 하고 좌우로 고개(=센서 유닛)를 흔들었다. 크레나와 앙쥬는 그것을 보고 고개를 끄덕였다.

한편 프레데리카는 역시 납득하지 않은 얼굴이었다.

"허나……."

"물론 위험한 것도 있고. 게다가…… 프레데리카에게는 아직 할 일이 있잖아."

프레데리카는 퍼뜩 고개를 들었다.

그걸 보고 크레나는 고개를 끄덕였다. 할 일.

물론 〈레기온〉 전부를 정지시키는, 여제 아우구스타의, 프레데리카의 역할이다.

며칠 전까지는 오퍼레이션 오버로드의 비밀이자 최대의 목적으로 프레데리카와 신 일행 다섯 명도 당연히 의식했던 인류의 숙원. 고작 하루 만에 판도가 완전히 뒤집힌, 뒤집히면서 사라졌다고 프레데리카가 생각했던 인류의 비원.

이 전쟁을 끝내는 것.

그 짧은 한마디로, 크레나는 아직 포기하지 않았음을 드러냈다.

"크레나……."

"그러니까 프레데리카는 안 돼. 할 일이 아직 따로 있으니까 이번에는 안 돼."

"남쪽의 여름 바다에 가고 싶어. 해수욕도 해 보고 싶고."

말하면서 크레나는, 앙쥬는 생각했다.

1년 전 전자가속포형 추격 작전.

프레데리카가 위험을 감수하면서 따라온 것도 어쩔 수 없었다고, 지금은 이해한다.

그때 신은 죽을 장소를 찾아 방황하고 있었다.

다른 이들도 자각하지 못했을 뿐이지, 많은 적든 그것은 마찬가지였다.

미래 따윈, 전장 밖의 미래 따윈 아직 의식할 수도 없어서.

프레데리카는 그걸 걱정했던 거겠지.

그러니까 연방 군인들은, 돌아갈 곳도 지킬 가족도 바랄 미래도 있는 군인은 함께 싸우는 게 무서웠겠지. 신뢰할 수 없다고 생각했겠지.

지금이라면 이해한다.

자신들은 이미—— 그때와 다르니까.

"이번에는 돌아오기 위해서 인질 따윈 필요 없어. 꼭 돌아올 테니까."

　"그러니까 프레데리카는 남아 있어. 그리고 우리가 돌아오거든 수고했다며 맞이해 줘."

　그나저나 레나는 공화국의 옛 귀족이자 명가인 밀리제 가문의 영애이며, 유일한 생존자다. 그리고 공화국의 이름을 걸고 연방에 파견된 엘리트에 대령이고, 연방군의 객원장교.

　말하자면 공화국의 옛 귀족이나 명가 같은 상류계급들에게는 연방으로 피난 왔을 때 제일 먼저 매달릴 만한 연줄이다.

　자신과 가족은 물론이고 일족과 친구도 최우선으로 피난할 수 있게 연방군을 통해서 공화국 정부에 잘 말해 달라고. 재산도 전부 챙기기 위한 수송수단을 특별히 준비해 달라고. 반드시 어느 가문보다 먼저 태워달라고, 아니, 우리 가문의 명예를 걸고 먼저 타야만 한다고. 관계가 있던 옛 제국 귀족에게 연락해 달라고. 이런저런 편의를 봐달라고. 아니, 당연히 편의를 봐줘야지. 이러쿵저러쿵 하는 소리들.

　그런 진정서가 과거 교류의 유무를 떠나 모든 가문에서 대량으로 밀려들어서, 작전 직전임에도 불구하고 레나는 작전 입안에 손이 미치지 않을 정도로 바빠졌다.

　이거고 저거고 뻔뻔한 소리지만, 그들은 모두 상류계급이며 태반이 유력자다. 함부로 무시하다간 앞으로 공화국과 연방의 관계에 지장이 생길 중요인물까지도 있다.

9년이나 국교가 끊겨서 누가 중요한지 판단할 수 없는 연방 대신 누구를 '배려'해야 할지, 어떻게 대답하는 것이 바람직한지 판단하는 것이 지금의 레나가 할 일이다.

더불어서 피난민을 받아들이면서 서로 가까이 두면 안 되는 집단이나 유력자들을 확인하고 싶다는 연방군의 요청도 있어서, 확인해야 하는 서류는 더욱 늘었다.

그 결과 수면 부족으로 지쳐서 비틀비틀 걷는 레나를 보다 못한 비카가 말을 붙였다.

"괜찮나, 밀리제. 처방약보다 잘 듣는 약을 주도록 할까?"

"예? 그렇게 대단한 게 있나요?!"

눈을 반짝거리며 돌아보는 레나. 비카는 깊이 한숨을 내쉬었다.

"농담이다. 보기보다 상태가 심각하군, 경."

장시간의 전투를 피할 수 없는 경우 등, 전쟁의 상황에 따라서는 일시적으로 피로를 느끼게 하지 않는 약이 처방되는 경우가 있다. 있기는 하지만 즉, 군의관의 처방전이 필요할 정도의 극약이다. 그보다도 잘 듣는 약은 실수로라도 덤벼들어선 안 되는 물건이다.

평소의 레나라면 그 정도야 당연히 깨달을 텐데.

"그 정도로 머리가 안 돌면 효율이 안 좋지. 조금 쉬어라."

마침 티피가 야옹 소리와 함께 얼굴을 내밀었길래 안아 들어서 온기 삼아 레나에게 넘기고 그대로 방에 밀어 넣었다.

안에 있던 레나의 부관 페르슈만 소위가 침실까지 데려간 모양이다. 침실 문이 열렸다가 닫히는 소리가 났다.

옆에 있던 레르케가 말했다.

"다소 지치는 것이 좋을지도 모른다고 생각했습니다만. 그 단계도 지나신 모양이군요."

"한가한 시간을 주지 않는다는 이야기라면 옳지만, 그렇다고 해서 공화국에서 온 진정서까지 처리시키는 건 아니겠지. 그런 것에 신경 쓸 여력이 연방에 없는 이상, 역시 이쪽에서 신경을 써 줘야 하겠군."

즉, 이 작전에 참가하지 않는 비카의 직할연대나 올리비아 지휘하의 교도부대에는 다소 정리할 만한 시간이 있다. 병사들의 정신건강 관리는 자이샤나 올리비아도 노력하고 있으니까, 작전 동안에 조국의 자세한 정세도 판명되겠지.

한편, 작전에 참가하는 레나와 에이티식스들에게는 그 시간이 주어지지 않는다.

"지금은 신경 쓰지 않는 모양이지만, 그렇다고 해서 괜한 부담을 주지 않는 게 좋겠지. 생각하지도 못할 만큼 바쁘게, 하지만 휴식은 충분히 취하게 한다."

"공화국만 부자연스러우니까요. 포탄위성은 떨어지지 않고, 공세 규모도 미적지근. 일부러 멸망시키지 않은 것으로도 보입니다만."

"그래. 뭔가 의도가 있다. 그것은 밀리제와 노우젠도 알고 있을 테지만."

비카는 고개를 내저으며 탄식했다. 정말로 연방은 거의 여력이 없는 거겠지.

소년병으로 이루어진 에이티식스와 하필이면 공화국 출신인 레나에게, 당장에라도 멸망할지 모르는 공화국을 구원하라고 보내고, 그러면서 마음을 정리할 시간도 줄 수 없다.

그런 가운데서 어떻게든.

"대처할 여유는 유지해야만 해."

한편, 공화국으로 이주하기 이전에 제국 귀족이었던 펜로즈 가문의 생존자인 아네트에게는 친교가 있던 옛 제국 귀족에게 중개나 소개를 부탁하고 싶다는 편지가 해일처럼 밀려들었다. 정확하게는 종이로 작성한 뒤 스캔한 편지의 전자 데이터가 수북하게.

"그런 소리를 해도 나는 공화국 출신인데."

피난 후의 생활 원조나 사교계 소개, 연방 대학에 입학할 추천 의뢰, 혼담 신청 등등. 이쪽도 역시 편의를 봐줘야 하는 중요인물과 그렇지 않은 상대를, 기억을 의지하여 구분하면서 아네트는 투덜거렸다.

소개라면 오히려 공화국 이민 1세대이며 하급이라고 해도 제국 귀족계급 출신인 더스틴이 더 적임자겠지. 정확하게는 옛 제국 귀족인 그 부모가.

바로 그 더스틴은 한가하면 괜한 생각을 하게 된다면서——본심은 아마도 산더미 같은 편지를 보고 기가 막힌 눈치인 아네트를 보다 못해——아네트가 만든 리스트를 기반으로 전자 파일을 중요도에 따라 분류하는 작업을 해 주고 있다. 중요한 인물의 편지는 연방군의 높으신 분들이 적절하게 대응해 주는 모양이다.

중요하지 않은 쪽은 나중에 한꺼번에 모아 인쇄한 뒤에 연습장 같은 곳에서 성대하게 캠프파이어를 한다. 반드시 한다. 마시멜로나 사과 같은 걸 굽자.

"그래, 마시멜로랑 구운 사과야……. 끝나거든 사러 갈게……. 도토리도 주워서 던져 넣는 거야. 팍팍 터지는 소리가 나서 재미있을 거야……."

오래전부터 농업과 축산업으로 번영한 공화국에서 도토리는 전통적으로 돼지 사료다.

피로 때문에 등이 굽고 퀭한 눈으로 마녀처럼 심상찮게 웃는 아네트를 보며 더스틴이 쓴웃음을 지었다.

"그래. 레나한테 온 필요 없는 편지도 합치면 꽤 성대한 모닥불을 피울 수 있겠지."

"그래, 그래, 레나 말이지……. 공화국에서 기동타격군에 유일하게 파견된 지휘관인데, 그 지휘관에게 쓸데없는 진정서 같은 걸 보내서 어쩌자는 거야, 그 바보들은……. 태우면 되는 거야, 죄다 태워버려……. 신에게 부탁해서 전부 야삽으로 목을 쳐달라고 할까 보다……."

태우고 싶은 건 편지가 아니라 보낸 당사자들이었나 싶어서 더스틴은 몰래 몸을 떨었다.

"뭐…… 신에게 부탁하면 오히려 진정서를 대신 처리해 줄 것도 같군……. 아버지는 노우젠 가문의 적자였고, 할아버지인 노우젠 후작은 아직 존명하니까.”

실제로 하지는 않았으면 싶지만, 이 부대에서 제일 적임자인 사람은 사실 레나도 아네트도 자신도 아니라 신이란 게 정답이다.

미묘한 얼굴로 아네트가 더스틴을 보았다.

“아니, 그건 무리겠지.”

“아, 그런가. 편지를 보낸 건 모두 공화국의 높으신 분이니까. 상황이 이렇게 되었다고 에이티식스에게 고개를 숙일 순 없나.”

“그게 아니라 노우젠 후작이 보기엔 자식과 손자를 박해한 건 공화국이니까 절대로 손을 빌려주지 않을 거야. 후작 본인은 물론 가문의 체면도 망가질 것 아니야.”

“아…….”

그러니까 도와주는 연방군의 높으신 분들 쪽에서도 여러 선정이나 조사가 있는 모양이다. 가문의 관계자, 교류가 있던 기업이나 단체가 에이티식스가 되었는지 아닌지로.

상류계급의 사교니 인맥이니 체면이니, 정치란 건 참으로 귀찮다 싶어서 아네트는 진절머리를 냈다.

그러다가 그 연방군의 고관 중 한 명이자 몇 번 이야기를 나누었던 상대를 떠올리며 입술을 삐죽거렸다.

지금 상황에서는 확실히 그럴 때가 아니겠지만, 그 남자야말로 이런 귀찮은 일들에 딱 적합할 텐데.

“으으, 이럴 때야말로 그 참모장을 편리하게 써먹고 싶었는데.”

레나가 분주한 한편, 작전 계획을 세우는 것은 나머지 세 명의 작전지휘관과 참모와 그레테의 역할이다.

전대총대장 중 한 명으로 신에게 의견을 요구하는 것도.

"역시 대령에게도 돌아오라는 명령이 나왔어. 묵살했지만."

"역시나 철저 항전하려는 파벌이?"

태연하게 말한 그레테를 보며 신은 얼굴을 찌푸렸다. 그런 세력이 있으면 피난에 방해되고, 무엇보다 레나의 경호도 늘려야만 한다. 호위부대인 브리싱가멘 전대는 재편성했지만, 경우에 따라서는 다른 부대도 붙이든가, 아예 스피어헤드 전대도 호위에 임하든가……

"그게 아니라. 밀리제 대령에게 시민 전원의 피난 지휘를 맡기고 싶다는 이야기야."

신은 힘이 쭉 빠져서 어깨를 늘어뜨렸다.

"기동타격군에 파견 중인 대령을 일부러 불러들일 줄은 생각 못했습니다만……."

아니, 애초에 그건 공화국군이 해야 할 일이겠지.

"고생스러우니까 다들 하기 싫어하고, 아마 무슨 문제가 생기겠고, 고생스러운 데다가 문제가 생기겠지만, 실제로 문제가 생기면 큰 실점이니까 그런 것 아닐까? 대령은 그 점에서 타국에 출장 중이라서 현 정부와 거리가 멀고…… 영웅이니까 거슬리기도 하겠고."

그레테는 올라온 보고서를 차가운 눈으로 바라보았다.

"실제로 말이지, 공화국의 피난 계획이라는 게 정말 엉망이라서

웃기긴 해. 연방으로서는 아무래도 좋다면 좋지만."

　그레테는 "볼래?" 라는 말과 함께 예쁘게 칠한 손톱으로 계획서를 툭 쳤다.

　정말로 지독했다.

"농담으로 한 말이었는데, 설마 사실이라니……."

　어차피 브리핑에서 설명할 테니 먼저 전대원이나 레나에게 보여줘도 된다는 그레테의 허가가 있어서 신이 가져온, 공화국의 피난 계획서를 스캔한 데이터. 식당의 긴 테이블에 왠지 모르게 남녀별로 마주 보고 앉아서, 신과 라이덴, 앙쥬와 크레나와 클로드와 토르 같은 스피어헤드 전대의 각 소대장들과, 더불어서 아직 수면 부족으로 비틀거리는 레나는 제각기 투영된 계획서를 보았다.

　연방에서 가장 종류와 양이 많은 점심 식사를 가득 담은 식판을 앞에 두고 다들(레나 제외) 퍽퍽 먹어가면서 나누는 대화. 수면 부족 탓에 식욕도 떨어진 듯한 레나는 샌드위치를 수프로 넘겼을 뿐이지 더 이상은 손도 대지 않고, 전자서류를 띄운 디바이스를 손에 든 채 바들바들 떨고 있었다.

"첫날에 제일 먼저 정부고관과 제1구의 유력자가 피난하고, 다음이 군 장성……. 그다음은 영관과 위관이고, 이어서 부사관과 장병이 피난하고 나서야 첫날 밤에 간신히 시민들 피난이 시작……?! 어쩌면 이렇게 뻔뻔한 계획을 세울 수 있습니까……!"

한편 크레나는 완전히 남 일을 말하는 어조로 물었다.

"높으신 분과 군인이 첫날에 죄다 도망쳤는데, 그다음의 피난 지시 같은 건 어떻게 돼? 공화국 방어는?"

그레테에게 설명을 듣고, 여기에 오는 동안 계획서의 개요도 확인했기에 신이 대답했다.

"공화국 시민은 피난을 기다리는 동안 고속철도 터미널이 있는 83구 주변에 모아두고, 그 방어는 연방이 맡게 된다. 공화국군에게 맡기더라도 〈저거노트〉는 전력으로 신용할 수 없으니까."

자재 견인용으로는 쓸 길이 있으니까——기갑병기로서는 약하기 짝이 없지만, 무거운 57mm 포를 끌 정도의 마력은 있다——수송 트럭과 함께 이동시킬 예정이다.

"피난 유도는? 설마 그것도 우리?"

"그랬다간 확 다 내던지고 도망칠 거다."

토르가 샌드위치를 움켜쥔 채로 묻고, 클로드가 안경 안쪽의 은색 눈을 기분 나쁜 눈치로 찌푸렸다. 대용 커피가 담긴 머그컵을 한 손에 든 채로 라이덴이 대답했다.

"아무리 그래도 그건 공화국 관할로 남아 있겠지."

"계획서를 보기로는 공화국 행정직원이 맡기로 되어 있어."

레나가 든 디바이스를 옆에서 들여다보고 앙쥬가 덧붙였다.

"승하차 유도만큼은 열차가 연방 것이니까 연방의 헌병이 하는 모양이지만. 피난 순서가 나중인 사람들에게서 불만도 나올 것 같은데. 폭동 대책을 잘 세우곤 있는 걸까?"

"그 피난 순서도 노골적으로 자기들 멋대로인데요……."

레나는 듣는 듯하면서도 듣고 있지 않았다. 디바이스를 일그러 뜨릴 기세로 움켜쥐고, 부모의 원수처럼 계획서를 노려보았다.

"번호가 낮은 구역에 사는 사람일수록 먼저, 번호가 높은 구역은 나중에…… 백계종이 최우선일 건 예상했지만, 월백종과 설화종^{알라바스터} 사이에도 우선순위를 달리 매기다니……! 이건……!!"

큰 소리를 지르며 일어서려다가 레나는 실이 뚝 끊어진 것처럼 의자에 주저앉았다.

아직 피로가 덜 풀린 몸으로 격앙했기 때문에 빈혈이라도 일으킨 모양이다.

신이 손을 잡고 이끌어 강제 퇴장시키고, 그걸 지켜보며 크레나와 토르가 소곤소곤 물었다.

"왜 저래?" "레나가 왜 화난 거야?"

열두 살까지 85구 안에 숨어 살아서 〈레기온〉 전쟁 개전 후의 공화국 사정을 잘 아는 라이덴이 대답했다.

공화국 85행정구는 부여된 번호가 낮을수록 중심에 가깝고, 아름답고 편리하며 유복한 주민이 많다. 즉.

"부자가 먼저고 가난뱅이가 나중. 원래 귀족이었던 백은종은 최우선. 월백종과 설화종 이야기는 잘 모르겠지만."

클로드가 담담히 말했다.

안경 안쪽의 차가운 은색 눈.

"그런가? 어느 쪽인지 모르지만, 우대받은 쪽을 받지 못한 쪽의 적으로 삼고 싶은 거 아니야? 우리 에이티식스처럼."

차가운 침묵이 테이블에 깔렸다.

그 누구도 대답하지 않는 가운데 클로드가 말했다. 차가운 은색 눈. 그걸 숨기기 위한 도수 없는 안경.

"그렇게 우대받지 못한 쪽에게 백은종이 동정하듯이 편을 들면 2 대 1이야. 백계종은 세 종류니까, 그렇게 역학 관계가 성립되겠지. 피난 간 곳에서."

공화국의 백계종은 백은종과 설화종과 월백종으로 세 종류.

그중 둘이 손을 잡으면 나머지 하나는 소수파다.

소수파는 무슨 짓을 해도 당해낼 수 없다.

11년 전에 에이티식스가 그랬던 것처럼.

토르가 "흥." 하고 콧소리를 냈다.

"의용병, 이라든가. 그런 이야기가 나오겠군, 분명."

연방이라고 해서 순수한 선의로 수백만 명의 피난민을 받아들이는 것이 아니다.

지난 제2차 대공세에서 예비방어선으로 주력 철수에 성공했다고 해도, 연방군도 상당한 사상자를 냈다. 그 보충이 필요하다.

연방 안의 생산 연령은 이미 여성이나 소년에까지 손댔다. 그러니까 연방 밖에서. 겉으로나마 인도를 해치지 않고.

노인도 아이들도 뒤섞인, 전쟁을 모르는 공화국 시민. 그래도 정말 어린아이와 움직일 수 없을 정도의 노인 이외라면 폭약이나 총을 들고 뛰는 정도라면 할 수 있다.

86구에서 여태까지 전쟁을 몰랐던 에이티식스들이 그랬던 것처럼.

크레나가 작게 중얼거렸다.

"공화국은 에이티식스가 없어지면 그대로 멸망할까 싶었는데."

과거 신이 예언했던 것처럼, 혹시나 에이티식스가 전멸한다면.

신이 예언한 것처럼 싸우지 않고 멸망하지는 않았겠지. 그때까지처럼 싸웠을 것이다. 월백종이나 설화종 중 하나에게 전쟁을 떠맡겨서.

아마도 에이티식스에게 했던 것과 마찬가지로, 인간 이하의 열등종으로 삼아서.

한 차례 인간을 인간이 아닌 존재로 바꾸었다.

한 번 저지른 짓이니까, 두 번 해도 마찬가지다.

"단순히 백계종들끼리 똑같은 짓거리를 했을 거라는 뜻이네. 우리가 아니더라도, 에이티식스가 아니더라도 괜찮았던 거야."

At the Republican Calendar of 368.8.27.
Two day has passed since the "First Great Offensive".
The fall of Liberté et Égalité.

공화력 368년 8월 27일 '제1차 대공세' 로부터 2일
리베르테 에트 에갈리테 함락

Judgment Day.
The hatred runs
deeper.

머리 없이 네 다리가 달린 백골시체가 속속 그랑 뮬의 게이트를 지난다.

그 광경에 멀찍이서 바라보는 산마그놀리아 공화국 시민들 사이에서 견디다 못한 신음이 흘러나왔다.

그것은 절망이며 원념이었다. 안타까움이며 혐오였다.

북부 그랑 뮬이 함락되고, 수도 리베르테 에트 에갈리테에 설치된 절대방어선도 85구 안에 침입한 〈레기온〉에 의해 괴멸된 밤이었다. 목숨을 건져 이 동부 제82구까지 도망쳐온 모두가 더러워지고 초췌한 모습이지만, 눈앞에 닥친 망국의 운명과 자신들의 죽음이 닥쳐왔음에도 불구하고 강한 절망감은 오히려 지금 이 순간이 훨씬 컸다.

끌고 온 것도 아닌 시민들을 등지고 선 레나의 앞에서 〈저거노트〉의 제1진이 발을 멈추었다. 내려선 프로세서들을 보고 원망의 수군거림은 한층 더 커졌다.

그 몸이 은색밖에 없는 백계종의 공화국 시민들과는 전혀 다른, 형형색색의 머리와 눈동자. 드물게 피부색마저 다른 이민족의 소년소녀들.

에이티식스. 인류에게만 허락된 낙원인 공화국 85구 행정구에서 추방당한, 진화에 실패한 비천하고 우둔한, 인간 이하의 존재. 인간의 영역 밖인 제86구에 서식하고, 돌아오는 일 없이 전멸시킬 수 있었을 터인, 인간의 형태를 한 가축들.

더러운 그놈들이 다시금 공화국 땅을 밟는 모습이── 인류 사상 최고이자 최선의 국가인 공화국의 신성함이 짓밟히는 모습이 시민들에게 단말마와도 같은 신음을 내게 했다.

　선두에 선 칠흑의 장갑에 눈알 마크의 퍼스널마크를 그린 〈저거노트〉 옆, 다듬지도 않은 진적색 머리를 짧게 치고 야전복의 지퍼를 배꼽 아래까지 내린 채 입은 프로세서가 씨익 웃었다.

　"얼굴을 맞대는 건 처음이로군, 핸들러 원."

　"네, 키클롭스. 시덴 이다 대위."

　살짝 고개를 끄덕인 뒤에 레나는 건물 잔해의 먼지로 더러워진 하얀 얼굴을 살짝 풀었다.

　"정말로 여성이었군요."

　그 말에 시덴은 쾌활하게 웃었다. 성별을 구별하기 힘든 허스키한 알토 보이스.

　"하하. 그런 말을 자주 듣지. 너는 상상했던 그대로군. 예쁘고 차갑고 피에 젖은 은색 여왕."

　상황을 신경 쓰는 기색도 없이 낄낄 웃는 시덴에게 시민들 사이에서 남자 하나가 발을 구르며 외쳤다.

　"네가…… 너희 에이티식스가! 더러운 목숨을 아까워하며 〈레기온〉들과 함께 죽지 않았으니까! 그러니까 우리가 이렇게!!"

　노성은 그믐날의 별빛 하나 없는 어둠 속에 불길처럼 솟구쳤다. 한순간의 정적 이후에 그 격앙에 떠밀린 군중이 일제히 시끄럽게 외치기 시작했다.

　그래, 너희 에이티식스가.

필사적으로 싸우지 않았으니까. 죽을 각오로 이기지 않았으니까. 더러운 목숨을 던져서 〈레기온〉들을 물리치지 않았으니까.

아름다운 이 나라를 숨 쉬는 것만으로도 더럽히는, 무가치할 뿐만 아니라 유해한 그 몸을 아끼느라고.

자비심 깊고 고매한 우리는 그런 너희 인간형 돼지를 그래도 키워 줬는데.

은혜도 모르는 것.

도움도 안 되는 것.

너희가 무능하고 은혜도 모르기 때문에, 아무런 죄도 없는 우리가 이렇게.

무서울 정도로 이기적으로, 자업자득임을 전혀 자각하지 못하는 규탄이었다. 〈레기온〉과 싸우지 않았던 것도, 이기지 않았던 것도, 모두 그들 공화국 시민들 자신인데.

레나는 그 말들에 차마 입이 열리지 않았다.

시덴은 기막힌 기색으로 고개를 내젓더니 내리고 었던 오른손을 들어올렸다.

삿대질하는 듯한 가벼운 동작으로 들어 올린 그 손에는…… 커다란 12게이지 총구가 흉악한 산탄총이 쥐어져 있었다.

레버액션 샷건 소드오프.

총구 속도와 반동 경감을 희생해서, 좁은 곳에서 다루기 편하도록 길이를 단축한 산탄총이다.

"어……?"

총신과 눈이 마주친, 처음에 소리친 남자가 아연실색하여 말을 흐리는 동시에 대수롭잖게 이루어진 발포. 총열의 길이가 짧은 소드오프 샷건은 산탄이 총구 부근에서 광범위로 퍼지기 때문에, 가까운 거리의 대인전에서는 절대적인 제압력을 발휘한다. 고속으로 흩뿌려진, 인간보다 커다란 사슴을 죽이기 위한 9mm 산탄이—— 발포 직전에 내린 조준에 따라 남자의 발 근처를 넓게 후볐다.

다행이라고 할까, 도탄은 없었다. 그래도 눈에 보이는 형태로 드러난 엄연한 폭력은 10년 동안 그것과 접했을 리가 없는 시민들의 허세를 꺾기에 충분했다.

놀라 얼어붙은 군중 앞에서, 시덴은 느긋하게 재장전한다.

장전 레버에 손가락을 건 채로, 산탄총 본체를 내던지듯이 돌려서 장전 레버를 지지점으로 삼아 회전해 탄피를 배출, 장전—— 오른손이 다시금 총신을 붙잡았을 때는 다음 탄의 장전과 조준이 완료되었다.

이번에는 똑바로 남자의 머리에 조준을 맞추고.

새파래진 채로 말도 못하는 공화국 시민 남자를 그 특징적인 오드아이로 바라본 채로, 시덴은 무슨 마수처럼 뾰족한 송곳니를 드러내며 소리 높게 비웃었다.

"꿀꿀꿀꿀 시끄럽다고, 하얀 돼지. 돼지라면 돼지답게 돼지우리에 틀어박혀서 부들부들 떨고나 있어. 그러면 우리 에이티식스가."

각자의 〈저거노트〉 옆에 선 프로세서들은 말없이 시민들을 바라보고 있다. 그 색색의 색채, 하지만 감정의 색채가 없이 어둡게 빛나는 무기질한 눈동자.

그것들을 등지고 서 있는 외눈의 마녀(키클롭스)는 웃는다. 아직 지배자 행세를 하는 어리석은 하얀 돼지들에게 뱃속 가득한 악의와 모멸을 담아서.

"내친김에 지켜줄 테니까."

"제길, 더러운 유색종들이……!"

그런 하찮은 욕설을 남기고 누군가가 도망친 것을 시작으로. 시민들은 허둥지둥 뿔뿔이 그 자리를 떴다.

그걸 곁눈질하면서 레나는 말했다.

"미안합니다, 이다 대위. 고맙습니다. 자제해 줘서."

생각 외로 냉철한 목소리가 돌아왔다.

"당연하지. 거기서 쏴 죽였다간 정말로 걷잡을 수 없어졌을 테니까."

에이티식스가 가볍게 짓밟을 수 있는 '약자'가 아니라, 함부로 건드리면 혼쭐이 나는 '위협'으로 깨닫게 했으니까 그 자리를 수습할 수 있었다. 하지만 사살했으면——위협이 아니라 '적'으로 인식하게 했으면 그렇게 되지 않았겠지. 최악의 경우, 그 자리에서 공화국 시민과 에이티식스의 충돌이 발생했다.

물론 무장하고 무기 취급에도 숙련된 에이티식스가 비무장 상태인 공화국 시민에게 패할 리는 없다. 무력한 일반 민중이 얼마나 모이든지 무자비하게 쫓아내고 짓밟는 것이 현대병기다. 전투라고 할 수도 없다. 일방적인 학살이 시작될 뿐이다.

에이티식스가 그걸 주저할 일도 없다.

그들이 자제한 것은 그저 헛되이 탄을 낭비하면 〈레기온〉에게 지기 때문이다.

"우리는 하얀 돼지들이 저런 바보들이란 걸 알고, 익숙하기도 해. 〈레기온〉 놈들 앞에서 내전할 때도 아니야. 하지만 하얀 돼지들은 아직 그런 걸 모르는 모양이군. 그대로 있다간 이쪽이 먼저 견딜 수 없어질 거야."

공화국 시민은 이런 시기에도 아직 현실을 보지 못한다.

벽 안으로 〈레기온〉이 침입했는데, 그런데도 자신들은 죽을 일이 없다고 여기고 있다.

지금 일어난 것은 모두 누군가의 무능함과 무책임함 때문이고, 그 불만은 그대로 열등종인 에이티식스에게 터뜨려서 풀면 된다고 생각하고 있다.

누군가가 멋대로 싸우고 지켜줄 것으로 생각하고 있다.

자신들은 모든 세계의 모든 민족보다 우열한 우량종이라고, 아직도 진심으로 믿고 있다.

그런 어리석은 꿈은 그랑 뮬의 붕괴와 함께 이미 무너졌는데도.

"우리는 하얀 돼지가 죽든 말든 상관없어. 그 녀석들도 지켜주길 바란다면…… 네가 필사적으로 버릇 좀 들여놔."

D-DAY PLUS TEN.

At the Celestial year of 2150.10.11

성력 2150년 10월 11일
D+10

Judgment Day. The hatred runs deeper.

The number is the land which isn't
admitted in the country.
And they're also boys and girls
from the land.

EIGHTY SIX

"또 공화국에 가게 되다니."

"이렇게 싫은 느낌으로 고향으로 개선할 일이 다 있네."

새벽녘.

푸르스름한 어둠에 잠긴 새벽녘 전장을, 출격 직전의 브리핑을 마친 프로세서들이 줄줄이 걸었다. 연방 서부전선, 기동방어의 기갑부대를 주로 수용하는 전진기지 중 하나.

박해자인 공화국의 피난을 지원하라. 공화국 시민을 지키기 위해 싸우라. 그런 명령이지만, 소년들의 표정에 불만이나 반대는 없다.

그뿐만 아니라 잡담을 하고 농담을 주고받으며 웃으면서 개시 시각이 눈앞에 다가온 구원 임무에 관해 이야기했다.

"그 이전에 우리가 공화국을 구하는 게 두 번째야. 대공세부터 세면."

"우와, 대단한데. 박해자조차 두 번이나 구하다니, 우리가 무슨 성인군자인가."

"그렇게 치면 세 번째인 우리 뤼카온 전대는 천사로군요."

"아, 처음 배치가 그랬던 애들은 그러네." "수고 많아." "대천사 미치히 님 수고하십니다."

"공화국 놈들, 아무리 그래도 조금은 변했을까? 감사라도 해주려나."

"레나나 더스틴처럼 조금은 정신을 차렸을까."

"아니겠지." "아니야." "아아, 이렇게 싫은 여행이 또 있을까."

불만도 반대도, 뒤집힌 상황에 씻을 수 없는 불안조차도. 소년 소녀들은 잡담으로 바꾸고 농담으로 웃어넘기면서 걸었다.

"또 만났군요, 노우젠 대위! 그리고 보면 결국 이름을 못 들었던 그 건방진 꼬맹이는 오늘 어떻게 되었나요?!"

핏빛 머리, 새빨간 드레스, 루비 티아라에 드디어 새빨간 망토까지 장착한 붉은색의 화신—— 다시 말해 브란트로테 대공령 의용기갑연대 미르메콜레오의 마스코트, 스벤야 브란트로테는 쓸데없이 씩씩했다.

"……"

신은 그걸 무시하고 미르메콜레오 연대장, 길비스 귄터 소령에게 시선을 돌렸다. 수면 부족은 아니지만 새벽이고, 게다가 발진 직전이다. 프레데리카라면 모를까, 시끄러운 꼬맹이를 상대하고 싶은 기분은 아니다.

"유격 전력일 터인 의용연대까지 최전선 배치가 되었군요."

시끄럽게 아우성치는 작은 머리를 한 손으로 밀어서 떼어놓으며 물었다. 길비스도 의외로 거친 손길로 공주 전하를 떨어뜨리면서 끄덕였다.

"저번 기습은 참모본부의 노력 덕분에 최소한의 희생으로 끝났다고 하지만. 그렇다고 해서 희생이 전혀 없었던 건 아니니까."

두 사람이 선 곳은 서부전선의 현재 최전선, 센티스-히스토릭스 선의 제3진지대다.

원래 이 장소에 설치되었던 토치카와 콘크리트 대전차장해물^{드래곤투스}, 대전차 포좌, 전선 후퇴 때 지뢰를 잔뜩 뿌려서 구축한, 급조지 만 농밀한 지뢰밭. 추가로 운반된 철골 대전차장해물과 대전차포 들. 또한 현재진행형으로 구축 중인 강화 콘크리트 토치카들. 예 비진지대로서 최소한의 방어설비를 급하게 강화하는 것이 센티 스―히스토릭스 선의 현황이다.

진지대에는 보병부대가 주력으로 배치되고, 미르메콜레오 연 대를 포함한 기갑부대는 모두 제2열에 대기하며 기동방어를 담 당하는 것은 전선 후퇴 이전의 서부전선의 전략과 다름없다. 그 만큼 기동부대가 귀중하다는 것도.

"다른 영토의 의용연대도 후퇴한 각 전선에 배치되었지. 유격부 대에 있을 수 있는 건 이미 너희 기동타격군 정도야."

그렇게 말하며 길비스는 웃음을 지웠다.

"저번 작전에서…… 공주 전하는 매스드라이버라는 것을 발견 했는데, 요격에는 늦어버렸다. 그게 원망스럽군. 아쉬워."

"네……."

타이밍을 놓친 건 신도 마찬가지다. 매스드라이버를 목격한 것 은 오히려 스벤야와 길비스보다 한 달 이상 일렀다.

마천패루 거점. 그리고―― 기동타격군의 첫 전투. 샤리테 시 지하 터미널 거점.

그때부터 포탄위성과 제2차 대공세는 예정되었다. 이 파국은 예정되었다.

되살아나려는 감정의 덩어리를 의식해서 억눌러 가라앉혔다.

길비스가 눈치 빠르게 눈썹을 찌푸렸다.

"괜찮나, 대위. 상황이 이렇게 변해서 마음이 편할 리도 없을 텐데. 하물며 자네의 여왕 폐하는."

"네. 지금은 작전 중이니까 신경 쓰지 않을 뿐입니다."

한 차례 탄식했다.

부상에서 갓 복귀해서 〈레긴레이브〉의 조종은 가능해도 본격적인 전투까진 어려운 프로세서가 이번 작전에서는 관제관과 작전 지휘관을 동승하여 실어 나른다. 그중 한 명, 한 기인 사키의 〈그리멀킨〉이 레나를 보조석에 태우고 캐노피를 닫는 게 멀리서 보였다.

참고로 여단장 그레테는 몸소 〈레긴레이브〉를 조종한다. 불운한 동승자는 마르셀이다.

사키가 준비 완료를 알렸다. 그 목소리를 신호로 의식을 전환하고, 신은 냉철하게 고개를 들고 답했다.

"그건 자각하고 있습니다. 괜찮습니다."

그날, 첫 햇살이 하늘을 물들이는 동시에 작전이 시작되었다.

[돌입 개시. 〈아르메 퓨리우즈〉──투사!]

〈프리가의 날개옷〉의 가호를 얻어, 서방방면군과 대치하는 〈레기온〉 부대의 후방으로 〈레긴레이브〉가 속속 투하되었다. 기동타격군, 제4기갑 그룹의 〈레긴레이브〉들.

[스이우 토칸야. 〈밴시〉, 착지 성공. 일대를 제압, 유지하겠어.]

동시에 연방군 본대 또한 진격을 개시.

앞뒤에서 협력하는 형태로 고속철도 노선 주변의 〈레기온〉을 제거한다. 연방 서부전선, 포인트 조디악스에서 서쪽으로 60킬로미터, 통제선 아쿠아리우스까지의 노선을 동서에서 확보.

그 틈새를.

[——출발합니다. 〈카토블레파스〉 출격합니다.]

카난이 이끄는 제3기갑 그룹이 통과한다.

뒤이어서 공화국까지 진격로를 열고 확보하는 임무를 띤 기동 타격군의 2개 기갑 그룹이 진군한다.

[일단 90킬로미터 지점, 통제선 카프리코르누스까지를 개척하는 제4기갑 그룹을 원호합니다. 포병부대, 적의 예봉을 꺾어 주세요!]

아앗! 하고 갑자기 뒤쪽 조수석에서 스벤야가 비명 같은 소리를 내기에 조종석의 길비스는 반사적으로 흠칫했다.

그가 지휘하는 의용연대 미르메콜레오는 전투 중이 아니라지만, 절찬리 작전 중이다. 주변에도 통신에도 주의를 게을리할 수 없는 경계 상황에서 스벤야의 이 갑작스러운 비명.

"오라버니! 또 그 마스코트의 이름을 못 물어봤어요!"

"그렇군……."

길비스는 어깨를 축 늘어뜨렸다. 그런 건가.

그걸 못 듣고 자시고, 애초에 그런 식으로 물어봐서는 신도 질문을 받았다고 생각하지 않는다.

"공주 전하. 다음에는 대위나 그 아이 본인과 만날 때 솔직하게 이름을 가르쳐 달라고 부탁하자."

돌출한 연방군 본대가 30킬로미터 지점, 통제선 피스케스까지를 유지하고, 스이우 지휘하의 제4기갑 그룹이 120킬로미터 지점, 통제선 케이론까지를 유지. 카난이 이끄는 제3기갑 그룹이 210킬로미터 지점, 통제선 리브라까지, 치리의 제2기갑 그룹이 300킬로미터 지점, 통제선 칸케르까지를 열고 확보.

공화국까지 남은 거리, 90킬로미터.

[노우젠, 뒷일은 부탁할게!]

"그래."

그리고 신과 레나가 지휘하는 제1기갑 그룹이 전투를 개시했다.

공화국 85구 외곽부, 83구 인접의 그랑 뮬을 의미하는 400킬로미터 지점, 통제선 아리에스를 목표로 〈레기온〉 지배영역을 개척하며 나아간다.

대열은 〈레긴레이브〉와 〈스캐빈저〉뿐이고, 달리 따라오는 차량은 없다. 최악의 경우에는 뛰어서 돌아와야 하니까 속도가 느린 〈바나디스〉는 가져오지 않았다.

연대하여 그랑 뮬 내부에서 치고 나온 파견군이 반대쪽에서도 통로를 개척하고 있다. 360킬로미터 지점, 통제선 타우루스를 확보. 계속 질주한다. 전방, 그랑 뮬이 보인다.

질주하는 〈언더테이커〉와 〈레긴레이브〉들의 옆, 비스듬하게 빛이 들이치는 가을 아침의 공기 속에서, 연방에서 공화국으로 향하는 첫 열차가 달려갔다.

†

"——질문 좀 해도 될까요, 소장님? 공화국 피난민은 모두가 사전에 이 83구 주변에 모이기로 했습니다. 그럼 저 연기는 대체?"

"제24구의 관공서에서 자료보관소를 통째로 불태우는 모닥불이다."

구원파견군 지휘관, 리햐르트 알트너 소장이 있는 곳인 공화국 83구 옛 일렉스 시 고속철도 터미널. 이 작전에서의 식별명 포인트 사쿠라와 비교적 가까운 가설지휘소다.

공화국에 남은 최소한의 병력으로 방어하기 위해, 공화국의 모든 시민은 이 83구와 그 주변 3개 행정구로 이동시켜서 출발 순서대로 모아두었다. 둘째 날부터 피난하는 자는 버리고 갈 예정인 막사나 공업구역인 83구 생산 플랜트의 작업원 숙사에 머물게 할 예정이다.

하지만 옛 일렉스 시의 시청을 빌린 가설지휘소 창문에서는 그레테의 말처럼 하얀 연기가 시가지 너머 멀리서 피어오르는 게 보였다.

한편, 리햐르트의 앞에 있는 큰 테이블에는 종이라곤 대형 지도 정도밖에 없고, 다른 자료는 투영된 전자서류다. 필요한 때 바로 챙겨서 이동할 수 있는 홀로그램 서류를 외눈으로 살펴보며 리햐르트는 작게 코웃음을 쳤다.

"같은 처치가 제1구에서도 이루어지고 있다. 처분해야 할 서류가 너무 많아서 피난 시간까지 못 끝낸다는 모양이다. 사흘째의 마지막 기차까지는 아슬아슬하게 끝난다나. 서류의 주류가 종이인 나라는 고생이로군."

"드러나면 불리한 자료를 함께 태우는 것 아닙니까?"

"우리가 그런 걸 놓칠 것 같나? 중요한 건 작년 구원 시점에서 죄다 복사해놨지. 공화국 정부가 부탁한, 꼭 필요한 최소한의 서류라면 원본도 수송하기로 했다."

리햐르트가 가리킨 곳에서는 마침 기재나 물자를 싣고 철수하는 수송 트럭들이 출발하려는 참이었다.

사흘 동안 밤낮을 가리지 않는 피난 작전, 그 첫날의 오전이다. 최우선되는 연방군 비전투원은 모두를 새벽 첫 열차편으로 송환시키고, 그 뒤에도 속속 출발하는 몇 편의 피난열차에 공화국 시민을 싣고 왕복하는 작전 도중.

현시점까지는 정치가와 고급관료, 제1구에 거주하는 옛 귀족 계급의 피난이 문제없이 완료되었다. 현재는 제2구부터 제5구까지의 백은종과 장성급, 영관급 군인이 열차를 타거나 탑승편을 기다리는 참이다.

"그 원본 사이에 은근슬쩍 섞인 것도 있겠네요. 이를테면 에이티식스의 인사자료라든가."

"그건 이미 오래전에 조사 명목으로 본국에 원본을 보냈지. 그것이야말로 우리 연방에 있어서 보물산이라고 해야 할 자료다. 실수로라도 공화국이 손대게 해선 안 되지."

공화국의 악행을 폭로하고 연방의 자비와 정의를 선전하는 증거로써.

그 에이티식스 중 한 명인 신은 더러운 어른과 현실에 조금 진절머리가 난 기색으로 묵묵히 그레테의 뒤에 서 있다. 하다못해 조금은 다른 식으로 말해 줬으면 좋겠다. 그리고 역시나 레나를 데려오지 않기를 잘했다.

피하듯이 눈을 돌린 창밖에서는 때마침 고가 위의 플랫폼에서 열차가 발진하고, 교환 철로에서 대기하던 다음 열차가 들어온 참이었다.

이 열차에 타는 군인 집단이 연방 헌병의 유도에 따라 물 흐르듯이 각 차량에 밀려들고, 그 너머에서는 연방 터미널에 피난민을 가득 내려놓고 돌아온 빈 화물열차가 교환 철로에 진입하여 대기. 수십 개나 차량을 이은 열차를 몇 편이나 준비한, 물량으로 밀어붙이는 피난작전.

한편 일렉스 시 터미널 앞의 광장에서는 역시나 빈틈없이 버스가 줄줄이 서서 사람들을 토해내고 있었고, 그들 또한 군청색 군복의 공화국 군인들이었다. 오늘 오전부터 점심까지, 즉, 지금 시간분의 피난 열차를 타게 되는, 군인 중에서도 고위급 장성, 영관에 해당되는 자들.

광장 주변을 에워싼 공화국 군인이——아마도 고관들 다음 시간, 점심부터 저녁까지에 피난하는 위관들이——경비하는 가운데, 아무도 없는 광장에서 발을 멈추지 않고 느긋하게 지나서 역사로 들어갔다. 지켜야 할 시민을 뒤에 남기고, 그 남겨진 시민과 경비 군인들 사이에 다툼이 일어나는 것에 눈길도 주지 않고.

그런 주제에 플랫폼에서는 초로의 영관이 경험한 바 없는 만원 전철에 불만을 말하는 모양이다. 흘려 넘기고 무표정하게 태우는 연방군의 헌병을, 신은 조금 동정했다.

같은 광경을 보면서 그레테가 말했다.

"공화국 군인은 전부 우선해서 이렇게 일찍 도망치게 해 줬으니 불평할 처지가 아닐 텐데."

"호화열차가 아니라서 불쾌하다는 헛소리는 아침때부터 종종 나왔다더군."

바보 같다고 하듯이 리하르트 소장은 코웃음을 쳤다. 그럴 상황이 아니고, 애초에 결국은 외국의 군대인 연방군이 불평을 들을 이유는 없다.

"하다못해 정치가들에게는 객차를 내줬다. 그 이상은 알 바 아니지. 우리의 임무는 쾌적한 여행 제공이 아니다. 본래는 〈바나르간드〉나 병사 수송에 쓸 수 있는 열차를 내준 것이다. 대우나 순서에 불만이 있으면 남더라도 하등 상관없어."

"순서……말입니까."

"음, 그래. 제일 먼저 내뺀 정치고관과 옛 귀족들. 놈들은 시민들이 알아차리기 전에 출발하고, 시민들 눈앞에는 이제부터 도망치는 군인을 배치했다. 뒷전이 된 시민들이 불만을 터뜨릴 희생양으로. 그런 쪽으로는 역시나 노련하더군."

본래 정부와 군에게 향해야 할 패전에 대한 불만과 분노를 과거에 에이티식스에게 돌린 것처럼.

'시민을 두고 제일 먼저 내빼는 군인'을 눈앞에 던져주고…… 시민들의 분노를 우선적으로 군인에게 돌린다. 그보다 먼저 내뺀 고관들은 도망치는 모습을 보이지 않았으니까 불만의 표적이 되지 않는다.

"그러니까 고관들 자신들의 불만도 놈들 중에서 적당한 희생양을 찾으면 되겠지. 이를테면 그 우국기사단인가 하는 놈들이라든가."

연방으로부터 에이티식스를 돌려받아서 대공세 이전과 마찬가지로 방어용으로 쓰겠다고. 연방이 부과한 공화국 시민의 방어부담을 대공세 이전과 마찬가지로 완전히 없애겠다고. 그렇게 노래하며 시민들에게 지지를 얻은 성 마그놀리아 순혈순백우국기사단── 에이티식스들이 말하는 '표백제' 말인데, 결국 에이티식스를 돌려받지 못한 끝에 〈레기온〉의 공세로 국토를 포기하는 처지에 빠지게 되면서 지지를 잃고 실각했다는 모양이다. 아무튼, 그런 그들을.

"일부러 고관들과 함께 피난시킨 거군요."

"무능하게 보여도 무력하지 않은 연방군보다도 무력하고 무능한 쪽이 괴롭히기 쉽겠지. 가까이에 있다면 더더욱."

들으면서 신은 완전히 넌더리를 냈다. 오히려 과거의 자신에게 혐오가 들었다.

인간은, 세계는 아름답지 않다는 게 다 뭔가.

모든 추함을 다 안다고만 생각하고, 그런 주제에 숨겨진 것을 그대로 보지도 않고.

그런 걸 볼 수 있는 입장이—— 아이가 아닌 존재가 되어 간다는 것도 왠지 모르게 느껴졌다.

"상황이 그렇게 되었다. 밀리제 대령을 데려오지 않았던 것은 현명했군. 시민들 눈에 띄면 무슨 소리를 들을지 알 수 없다."

본인에게는 고향이고 조국인 이 도시에서, 동포일 터인 백계종들에게.

조국이 멸망하려는 지금, 그러한 매도는 레나에게—— 깊은 상처가 될 테니까.

그렇게 말하며 리햐르트는 신에게 슬쩍 시선을 주었다.

"하지만 그건 에이티식스도 마찬가지겠지. 설마 자네들을…… 기동타격군을 공화국 구원으로 보내다니. 본국에선 그만큼 여유가 없나."

외눈으로 보는 시선에 그레테는 조용히 어깨를 으쓱였다.

"기동타격군의 임무는 철수 지원이고, 막사 관리나 피난 유도는 공화국 행정직원의 일입니다. 플랫폼에서의 유도는 헌병 담당이고, 정 어쩔 수 없으면 노르트리히트 전대를 시키겠습니다. 직접 접촉하지 않는 이상 부담은 크지 않겠지요."

연방 군인은 공화국 시민의 피난에 최소한으로만 관여한다.

그들을 나누고 통솔하고, 강제로라도 피난시킬 의무는 없고, 또한 그 권리도 없기 때문이다. 공화국 시민은 연방 시민이 아니다. 연방 시민의 안전을 꾀하기 위해서 실력행사로 안전권으로 피난시킨 바가 있지만, 연방군은 공화국 시민을 그렇게 대할 수 없다.

자국의 군인을 최우선하고 싶은 상황도 있어서, 군수, 수송과나 헌병과 같은 비전투직은 제일 먼저 떠나는 피난 열차에 태워 보냈다.

"대령은 그렇게 말하는데 자네 본인은 어떤가, 노우젠 대위? 괜찮아, 하고 싶은 말을 기탄없이 말해보게, 들어주지."

에이티식스에게 공화국 시민을 구하게 하는 것에 대한 불만이 있다면.

조금 생각한 뒤에 신은 대답했다.

"작전에 쓸 수 있는 시간은 72시간밖에 없으니까, 괜히 문제를 일으켜서 그 시간을 낭비하느니 처음부터 저희 에이티식스를 공화국 시민과 접촉시키지 않는다는 지금 배치는 당연하다고 생각합니다."

리햐르트는 살짝 한쪽 눈썹을 추켜들었다.

어딘가 의외라는 듯이.

"호오……?"

담담히 신은 말을 이었다.

진심에서 나온 무관심을——공화국에 대해 아무런 집착도 없음을 반영한 목소리로.

"하고 싶은 말은, 불만은 없습니다. 이건 임무고, 저희는 군인입니다. 연방에 와서 그러기를 선택했습니다. 선택할 수 있게 되었습니다. 그러니까."

그러니까.

"애초부터 저희는 공화국인에 대한 복수 따윈 바라지 않았고, 택하지 않았습니다. 86구에 있을 무렵부터 녀석들은 그 정도에 불과했습니다. 이제 와서는 알 바도 아닙니다. 돕고 싶다고 생각하진 않지만, 죽어버리라는 생각도 들지 않습니다. 불필요하게 엮이지 않는다면 그걸로 충분합니다."

불만 따윈.

원한 따윈.

상처 따윈 이미 없다.

"더는 녀석들이 우리가 살아가는 걸 방해하게 두지 않겠습니다. 기억 속에서도."

토르가 모는 〈레긴레이브〉──〈재버워크〉의 광학 스크린의 시각표시는 정오를 넘었고, 피난 순서는 현재 공화국 군인의 하급장교── 위관과 그 가족에게로 넘어간 참이었다.

현재로서는 제83구에도, 주변의 세 구역에도, 그랑 뮬 내부에도 〈레기온〉의 침입이 없다. 사전에 신이 색적한 바로도, 파견군 〈바나르간드〉의 초계로도, 가을의 이 오후는 평화 그 자체다.

그런데 토르의 눈앞, 피난민이 출발하는 거점인 일렉스 시 터미널 앞의 광장에서는 끊임없이 다툼이 일어나고 있었다.

시민과 군인, 군인과 피난을 유도하는 행정직원, 공화국인들끼리 계속해서 싸우고 있다.

광장 경비를 맡던 위관들이 피난을 시작하고, 대신해서 가설 펜스와 행정직원이 주위를 지키는 하얀 석조 광장. 내부에 군청색 군복의 군인이 있고, 바깥쪽에 사복 시민들이 달라붙은 펜스 안팎으로 노성이 오갔다.

광장의 유일한 입구인 게이트 옆에는 크고 작은 여행 가방이 산을 이루고, 거기에 두껍고 커다란 앨범을 올려놓은 청년장교가 게이트 직원에게 시비를 걸고 있다.

고작 72시간에 수백만 명을 피난시키는 일이다. 차례로 오는 열차에 빽빽하게 실어도 사흘로는 아슬아슬, 거기에 짐을 실을 여유는 없다. 가져갈 수 있는 것은 정말로 몸뿐, 손가방도 금지라고 미리 전달했을 텐데, 포기할 줄 모르고 껴안고 온 가재도구를 여기서 버리게 했기 때문에 생긴 여행용 가방의 산.

청년도 그렇게 챙겨온 앨범을 여기서 버리게 된 거겠지.

그리고 추억의 물품이겠지.

어쩌면 그 가족은 이미 앨범에만 남아 있는 걸지도 모른다.

울면서 매달리는 청년에게 게이트를 맡은 아직 젊은 행정직원도 난처하기 짝이 없다는 듯이 울상을 지었다.

그 모습을, 토르는 〈재버워크〉 안에서 가만히 바라보았다.

피난 유도를 도우려고 있는 게 아니다. 연방 군인은 플랫폼에서의 열차 탑승 유도 외에는 피난 조치를 거들지 않고, 그럴 권한도 없다. 총대장이자 전대장인 신이 가설사령부에 나가고 조금 한가해졌기 때문에 그냥 피난 상황을 구경하러 왔을 뿐이다.

그래도 〈레긴레이브〉 한 대가 묵묵히 근처에 서 있다는 것만으로도 다소는 피난민들에게 위압이 되는 걸까. 청년장교는 최종적으로 아무런 관계도 없는 토르의 〈재버워크〉를 흘끗 본 뒤에 앨범을 포기했고, 행정직원이 이쪽을 보고 가만히 머리를 숙였다.

아까부터 몇 번이나 이쪽에게 머리를 숙이는 것이 참으로 묘한 기분이 들게 했다.

아무리 그래도 불쌍하다는 생각까진 들지 않았지만.

"그나저나 상황이 위태로운데도 하얀 돼지들끼리 싸우다니 한심하네."

또다시 가을 하늘을 찢듯이 욕설이 한 차례 울렸다.

이번에는 광장 밖에서. 피난열차에 타는 순서가 아직 오지 않은 시민이 있는 장소에서. 비난과 규탄의 울림을 담고.

왜 너희가 먼저 열차에 타는 거냐.

왜 군인이 우리 시민보다 먼저냐. 우리가 먹여살려 줬는데, 대공세에서도, 그 전에도 도움이 안 되었던 주제에. 〈레기온〉에 한 번도 못 이겼던 주제에.

우리 시민을 지키지 못했던 주제에.

철컹! 하고 격하게 펜스를 흔드는 소리가 욕설을 가로막았다.

펜스 안에서 뻗은 손이 아우성치는 시민의 멱살을 잡고 끌어당긴 것이다. 펜스 안쪽에 있는 군인의 손이. 무력한 시민들을 두고 먼저 내빼는 군인이, 굽히지 않고 받아쳤다.

"――너희야말로 싸우지 않았잖아!"

소리쳤다.

그 은색 눈동자에 숨길 수 없는 분노와 증오를 태우며.

"대공세에서도, 그 뒤에도! 우리에게 전투를 떠넘기고, 자기들은 울고불고 도망이나 다니며, 우리에게 보호나 받고! 우리가 죽어가는 뒤에서 불만만 떠들고, 연방이 온 뒤에도 자기들만 징병에서 도망치고! 아무런 도움도 안 되잖아! 너희야말로 한 번도 싸우지 않았던, 도움이 안 되는 짐짝이잖아!"

서로 멱살을 잡고. 서로 욕을 하고. 은발의 시민과 은색 눈의 군인이, 같은 은색 색채임에도 아랑곳하지 않고 싸워댄다.

그 추악함에, 토르는 오히려 가슴속에 씁쓸한 것이 퍼지는 것을 느꼈다.

작전 전에 크레나가 말했던 게 옳았다. ――에이티식스가 아니더라도 상관없었다.

하얀 돼지들끼리 있어도, 누군가가 누군가에게 모든 불이익을 떠넘긴다.

하얀 돼지들끼리 있어도, 자기가 불리해지면 이미 동료도 아니고 동포도 아니다.

불이익을, 상처를, 전투를, 죽음을, 스스로 감수할 생각 따윈 전혀 없는 것을, 태연하게 남에게 떠넘긴다. 그렇게 떠넘기면서 피해자인 척하며, 왜 떠맡지 않느냐고 무책임하게 떠들어댄다.

그 추악함.

86구에서는 하얀 돼지들을 원망했고, 그 이상으로 욕했다. 지금도 그렇다.

하지만 지금 눈앞에 있는 공화국인의 모습은 너무나도 추악하고, 너무나도 꼴사나워서.

비웃을 가치조차도 없다.

"뭐랄까. 이쯤 되면 원망하고 자시고를 떠나서 그냥 웃기네."

리햐르트 소장의 앞에서 물러나 철수작업으로 어수선한 지휘소 안을 걸으면서, 신은 문득 질문을 던졌다. 지각동조로 연결된 다른 세 명의 총대장에게.

"아까 나는 그렇게 말했는데. 너희는 아무 말 안 해도 되겠어?"

대답한 것은 스이우였다.

[아, 그래. 대충 이하동문이란 느낌이니까.]

엮이지 않으면 그걸로 된다. 돕고 싶다고는 생각하지 않지만, 죽으라는 생각도 하진 않는다.

[게다가 우리는…… 너희 스피어헤드 전대 이외의 에이티식스는 실제로 이제 와서 할 소린가 싶기는 해, 노우젠. 작년 대공세에서 우리가 싸운 것이 그대로 하얀 돼지들을 돕는 것으로 이어졌으니까.]

카난이 말을 이었다.

[게다가 이번에야말로 공화국인도 싸울 수밖에 없어졌으니까요. 이만큼 상황이 나빠져서 연방의 자비에 울며 매달리는 형태

인데, 우리보다 좋은 처지일 리가 없잖습니까. 그것만 해도 꼴좋다 싶습니다.]

"그렇겠지만…… 레나나 아네트, 더스틴 앞에서는 그러지 마."

[그야 물론. 저도 누구 씨의 야삽에 목이 달아나거나 누구 씨의 미사일에 잘못 얻어맞고 싶지 않으니까요.]

두 번째의 누구 씨는 앙쥬를 말하는 걸까.

그러고 보면 더스틴에게 뚜껑을 연 페인트통이나 크림파이 같은 것을 던져 주질 못했다는, 대수롭지 않은 생각을 했다. 본래는 10월에 있을 터였던 이 휴가에서 그중 어느 것을 다 함께 던져 줄 생각이었는데.

못 다한 일을 떠올리는 것은 왠지 불길한 느낌이 드니까, 다음에 시간이 나거든 일단 양동이에 가득 채운 찬물이라도 끼얹어 주기로 하자.

[아, 그렇지. 그 말을 들으니 떠올랐는데, 노우젠. 나중에 라이덴이랑 애들한테 물이라도 좀 얻어맞도록 해. 작전은 시작되었지만, 하다못해 철수가 시작되기 전의 액막이로.]

[아……. 그러네요. 그런 걸 못 하면 불길할 것 같고, 무엇보다도 대령과의 그건 특대 지뢰니까요. 무슨 일이 생기면 대령의 꿈자리가 안 좋습니다.]

[사실은 슈가랑 애들이 휴가 중에 할 작정이었던 모양인데, 소집 명령이 떨어졌어. 내친김에 우리도 애인이 생긴 놈들한테 물 좀 끼얹어 줘야지. 왠지 열받고.]

설마 자신에게도 비슷한 일이 예정되어 있었다고는 생각도 못했던 신은 잠시 입을 다물었다. 그리고 치리는 마지막에 본심이 너무 튀어나왔다.

최소한의 저항으로 호소해 보았다.

"레나는 제외하는 걸로……."

[그건 그렇지요. 무슨 소립니까. 당연하지 않습니까.]

[그런 자잘한 일로 감기라도 걸리면 어쩌자고. 가엾잖아.]

[애초에 대령은 충분히 고생했다고 생각하고. 이번 일이라든가…… 대공세에서도.]

쓴웃음을 지으며 스이우가 말했다.

아무래도 살짝 씁쓸한 느낌을 띤 목소리였다.

[이야기를 되돌리겠는데. 솔직히 속 시원하긴 했어. 그렇게 우리 에이티식스를 열등종이네 뭐네 깔보며 우량종 행세하던 하얀 돼지들이 그랑 뮬이 무너지자 무력해진 꼴이라니. 우리가 지켜주지 않으면 〈레기온〉에 짓밟혔던 주제에 그런 것도 모르고 꿀꿀대고. 속 시원했어. 그리고 꼴좋다 싶기도 했고, 놈들의 운명을 지금은 우리가 쥐고 있다고 생각하니…… 즐거워서.]

기분에 따라서는 저버려도 좋고, 구해 줘도 좋다. 굴욕을 받거든 관대하게 넘어가도 좋고, 눈감아줄 수 없으면 〈레기온〉의 앞에다 던져줘도 좋다.

그런.

[뭐라고 할까. 그놈들을 언제든지 마음대로 갖고 놀 수 있는 힘이 우리에게 있고, 놈들에게는 없다는 게 말이지. 우월감이라고 할까. 즐거웠어.]

타인을 지배하는 강자의.

어두운── 유열.

그것을.

[두 달이나 마음껏, 질리도록 즐겼으니까…… 이제 그런 기분은 없어도 돼.]

"……."

[그러니까 그런 경험을 못 했던 노우젠이야말로 괜찮을까 싶었는데.]

[그건 치리도 그렇잖아요. 덤으로라도 하얀 돼지들을 지키기 싫으니까 다른 거점을 만들었으니까요. 괜찮습니까, 치리?]

두 사람의 말에 치리는 어깨를 으쓱인 모양이다. 대공세에서는 레나의── 공화국군 지휘하에 들어가기를 싫어해서, 남부전선에 독자적인 거점을 만들고 그 지휘를 맡았다.

[그러네. 그때 말했듯이 하얀 돼지 따윈 죽어도 지켜주고 싶지 않았고, 그러니까 밀리제 대령의 밑으로도 안 갔지만. 그래, 지금은…….]

"그런 기분도 다 흐려졌다는 게 솔직한 심정이야."

리토를 포함한 클레이모어 전대원은 대공세 때 공화국인 밑에서 싸우기를 싫어해서, 레나가 아닌 치리의 지휘하에 들어갔다. 그러니까 공화국 시민을 직접 지키며 싸우는 건 리토와 대원들에게 처음이다.

리토의 지휘하에 있는 제1기갑 그룹 제2대대의 배치는 그랑 뮬 바깥으로, 고속철도 선로의 양옆으로 가늘고 길게 전개되어 있다. 그중에서 클레이모어 전대의 전개 위치는 통제선 아리에스 부근, 다시 말해 그랑 뮬의 바로 옆이다. 지금은 다른 전대의 보급 완료를 기다리면서 일대의 경계를 담당하고 있다.

그렇긴 해도 현재로선 〈레기온〉의 움직임이 없다.

그러니까 화물열차에 가축처럼 채워지는 공화국인들의 모습을 지켜보고만 있어도 일단은 문제없다.

"그야 용서할 수 있냐 하면 당연히 아직 용서할 수 없어. 아마도 평생 용서할 수 없겠지."

그 녀석들은 우리의.

가족들을 죽였다. 고향을 빼앗았다. 전우들을 무자비하게 소비했다.

우리는 자유와 권리를 강탈당하고, 미래도 제대로 볼 수 없을 정도의 상처를, 누구 하나 빠짐없이 입었다.

미래와 소망을 되찾기 위한 여태까지의 고뇌나 번뇌는, 사실 리토나 동료들 중 누구도 하지 않아도 될 고생이었다.

그걸 강요한 건 놈들이다.

용서할 수 없다. ——울며 사죄해도 그 죄는 절대로 없어지지 않는다.

죗값을 치르고 개심해서 작은 행복을 되찾으면 된다는 생각은 아마도 평생 할 수 없으리라. 죽을 때까지 모욕당하고, 후회하고 괴로워하며, 끝까지 꼴사납게 살면 된다고 생각한다.

하지만 자기 손으로 그런 처지에 떨어뜨리고 싶다고도 생각하지 않는다.

왜냐면.

"그것들은…… 자기네 멋대로 대공세 때 벌을 받았잖아."

밀려드는 〈레기온〉의 대군에게 공화국 시민은 가족을 잃었다. 고향을 빼앗겼다.

모두가 강철의 해일에 무자비하게, 무참하게 짓밟혔다.

그런 끝에 공화국 자체가――한 차례 공허하게 멸망했다.

그랑 뮬이 붕괴한 뒤, 공화국의 생존자는 연방군이 구원하러 올 때까지 두 달 남짓, 도망칠 곳도 없는 요새벽 안에서 매일 같이 사정없이 짓밟히고 쫓겨다니며.

하지만 그 두 달 동안의 절망은 10년에 걸쳐 전쟁에서 눈을 돌리고, 좁고 달콤한 꿈에 틀어박힌 끝에 자기 몸을 지킬 힘조차 잃은 공화국 시민이 자초한 것이다.

에이티식스가 일부러 줄 것도 없이.

"굳이 복수하지 않아도 말이지. 녀석들은 자기네 무능함과 멍청함과 무책임과, 여태까지 아무것도 하지 않았던 모든 대가를 대공세에서 치렀어. 하지만 그런 꼴을 겪었는데도 아직 반성도 하지 않았고. 그러니까 또…… 이런 꼴이 되었으니."

피난민을 가득 채운 열차가 지나치고 멀어졌다.

가축용이나 화물용의 컨테이너도 포함한 조악한 편성, 승객의 쾌적함 따윈 전혀 고려하지 않은, 다소 부상의 위험에도 눈을 감은, 완전히 화물 취급인 과밀함으로.

과거에 똑같은 대우를 받았던 어린 자신의 기억에 가슴속 밑바닥이 술렁거렸다.

그러니까 리토는 꼴좋다는 생각을 하지 않는다.

하지만 어린 자신과 똑같은 비참한 모습에 동정하지도 않는다.

왜냐면 어차피.

"어차피 앞으로도 반성하지 않겠지. 아무도 도와주지 않은 게 문제라고 자꾸 떠들고, 그러니까 저 녀석들은 그런 스스로 불러들인 고난에 맞닥뜨릴 거야. 그렇다면 복수 같은 건 됐어."

어차피 녀석들은 복수해봤자 회개도, 반성도 않는다.

회개도 반성도 없으니까, 녀석들은 알아서 멋대로 비참한 꼴로 전락한다. 분명 그 미래에서 평생 도망칠 수 없다.

"기억해 줄 필요는 아마 없을 테고. 그러니까…… 이제 됐어."

토르가 지켜보고 있던 터미널 앞 광장의 다툼을, 〈건슬링어〉 옆에서 크레나도 보았다. 구경하기 위해서가 아니라 마주 보기 위해서 일부러 〈레긴레이브〉에서 내려서 맨몸으로, 공화국인들의 소음에 몸을 맡겼다.

지켜보고, 듣고, 조용히 탄식했다.

뭐야…….

나는 공화국인을 그렇게 무서워했는데.

지금 이렇게 보니 그저 작고 무력하다. 겁먹고 짖는 개 같다.

사로잡혀 있다고 생각했다.

사로잡혀 있는 것은 오히려 하얀 돼지들이었다.

무서운 존재와, 사실은 자신을 위협하는 〈레기온〉과 맞서지 않으려고, 눈을 돌리고, 그 두려움에서도 눈과 귀를 막고.

간단히 부술 수 있는 뭔가를 부수고, 강해진 척 넘어가려 하고.

그 결과가 그랑 뮬과 강제수용소다. 86구와 에이티식스다.

그렇게 멍청한 벽을 만들고, 수없이 죽이고, 하지만 그렇게까지 해서 고작 눈을 돌렸을 뿐이다. 결국 공화국은 진짜로 두려운 〈레기온〉에 마지막 순간까지, 지금까지도 제대로 맞서지 않았다.

언제까지고 눈앞의 위협에서 눈을 돌리고, 그러니까 멀쩡한 대책 따윈 세우지 않고, 그렇기에 위협에 사로잡힌 채로 지금도 한 발짝도 움직일 수 없다.

그것이 자기 탓임을 돌이켜 보지도 못하고.

전쟁이 막 시작되었을 때 공화국 정규군이 괴멸한 것은, 그랑 뮬이 함락된 것은, 에이티식스 때문이다. 자신을 지키지 않는 군 때문이다. 싸우지 않는 시민 때문이다. 언제든지 나 이외의 누군가의 탓이다.

나만큼은 절대로 잘못한 게 아니다.

그렇게 생각하면 편할지도 모르지만…… 그래선 자신의 곤경도 언제까지고 변함없다.

바라보는 채로 중얼거렸다.

"응, 괜찮아. 나는 이제…… 괜찮아."

더는 무섭지 않아.

공화국의 하얀 돼지는 증오스럽지만, 용서할 수 없지만, 이제는 무섭지 않다.

　내가 진짜로 무서웠던 것은 과거에 부모님과 언니, 친구들, 나 자신을 지킬 수 없었던 어린 자신의 상처였다. 자신이나 동료의 곤경을 꺾을 수 없을지도 모르는 나 자신의 무력함이었다.

　이렇게 꼴사납고, 자기 몸 하나도 스스로 못 지키고, 불평을 떠들어대는 하얀 돼지가 아니다.

　사실 녀석들은 두려움을 살 만한 힘이 전혀 없다.

　그걸 알았으니까. 이 녀석들은 용서할 수 없긴 해도, 이젠 아무래도 좋다.

　"나는 신과 모두와 계속 함께 싸우고 살아남을 거야. 강하다는 걸 이제는 이해했으니까…… 그러니까 너희 따윈."

　왜소하고 약한 너희 하얀 돼지 따윈.

　"더는 무섭지 않아."

　제83구에 인접한 요새벽은 하나같이 대공세로 붕괴되었다. 남은 약간의 건물에 전망대 대신 〈스노윗치〉를 세운 채, 앙쥬는 장갑에 몸을 기대 벽의 바깥과 안쪽을 보았다.

　연방으로 달려가는 피난열차와 연방에서 돌아온 열차가 엇갈린다. 〈바나르간드〉와 이에 호위받는 수송 트럭의 쇳빛 행렬이 고속열차의 두 선로 양옆을 길게 달려갔다. 반드시 가지고 돌아가야 할 기재를 가득 싣고, 이동이 느린 트럭을 지키고, 기울기 시작한 태양 아래를 질서정연하게 나아간다.

여기서 먼 제80구 언저리에서는 이따금 폭음이 울렸다. 공병들이 설치한 플라스틱 폭약이 터지는 소리다. 그랑 뮬을 그대로 남겼다가 만약 전자가속포형이 85구 내부에 자리를 잡으면 큰일이니까, 연방에서 가까운 요새만이라도 파괴하고 간다고 했다.

머리 위의 가을 하늘과 마찬가지로 맑은 파란색 두 눈을 돌려서, 등 뒤로 펼쳐진 시가지를 둘러보았다.

어린 앙쥬가 마지막으로 보았을 때는 없었던, 생산 플랜트와 발전 플랜트의 무기질한 산맥. 그 너머에 마치 겨루듯이 세워진 몰개성한 거주구역.

피난민이 모이는 터미널 앞 광장은 일렉스 시가 공업 구역으로 바뀐 뒤로는 트럭 주차장으로 쓰였다고 했다. 〈레기온〉 전쟁 이전에는 꽤 멋졌을 터인, 그리고 10년 넘게 아무렇게나 사용된 지금은 깎여나가고 금이 간 하얀 돌의 광장.

"……."

돌아오고 싶었냐고 묻는다면, 딱히 그런 것도 아니다.

돌아왔다는 기분도 들지 않는다. 그립지도 않다. 그저 고국이다 싶은 나라다.

녹음에 잠식되어 가는 86구의 색채와 비교하면 너무나도 밋밋하고, 지금은 연방의 장크트 예데르의 시가지나 이웃 도시의 풍경이 더 익숙해졌다.

그러니까 돌아간다고 한다면, 그건 이미.

미소를 지으며 앙쥬는 속삭였다.

잘 있어라. 내가 태어난, 그저 그것뿐인 나라.

"잘 있어……. 내가 사는 장소는, 살고 싶은 장소는…… 돌아갈 장소는 여기가 아니니까."

노부인이 어린 라이덴을 보호한 학교는 제9구에 있고, 제9구는 행정구 전체에서도 중앙에서 약간 북동쪽에 있으니까, 남동쪽 외곽인 제83구에서는 멀다.

이것이 마지막이 될지도 모르니까 노부인이나 레나에게 사진이라도 찍어서 줄 수 있으면 좋겠다 싶었지만, 아무래도 무리일 것 같다. 라이덴은 83구의 길가에서 그런 생각에 씁쓸한 표정을 지었다.

하다못해 이 근처 사진이라도 찍자 싶어서, 아무도 없는 길가에서 가져온 디지털카메라를 들었다.

대공세 때로 보이는 전투의 흔적이 남은, 폐허나 마찬가지인 거리와 건물의 모습도 심하지만, 그 이상으로 좁은 지역에 간이 건물이 빽빽하게 들어선 이상한 거리 풍경이 가슴을 때렸다.

전쟁 전에는 더 넓었을, 공화국 전체의 국민을 좁은 벽 안에 억지로 채워 넣기 위한 시설.

노부인의 학교가 있던 제9구는 비교적 유복한 주민이 많았던 이유도 있어서 이렇게까지 여유가 없는 구조는 아니었다.

또한 레나나 아네트의 이야기로는 제1구는 피난민 수용보다도 경관 보호를 우선해서, 전쟁 중에도 고층건축물을 금지한 상태였다는 모양이다.

열악한 생활환경에 신음하는 수많은 피난민이 있는데도.

전쟁이 가져온 공화국의 부조리는 사실 에이티식스들에게만 미친 게 아니다.

비좁고 간신히 이름만 지키고 있는 공원의 사진을 찍을 마음도 들지 않아서, 카메라를 내리고 고개를 들자 전대의 동료가 거기에 있었다.

"클로드?"

제4소대장, 클로드 노투.

빨강 머리를 먼지 섞인 바람에 나부끼며, 안경으로 감춘 은색 눈으로, 원래는 해시계였던 듯한 오브제의 햇살을 반사하는 정상을 올려다보고 있었다.

자기를 부르는 목소리에 시선을 움직여서 라이덴을 보더니 깜빡였다.

"라이덴. 아, 할머니 선생님께 보여줄 사진인가?"

"그리고 레나랑 아네트한테도. 신부님에게도. 마지막이 될지도 모르니까. 너는?"

"아…… 마지막이 될지도 모르니까 봐둘까 하고."

공화국에서 박해받은 에이티식스가 할 말이 아니었다.

허를 찔려서 바라보는 라이덴을 클로드는 보지 않았다.

"형이 지휘관제관이었어."

놀랐다.

"뭐……?"

"형은 아버지와 전처 사이의 자식으로, 나랑은 달리 백계종이고 핸들러였어. 대공세 전에, 나랑 토르가 있던 전대의."

대공세에서도, 그 이전부터도 같은 전대였다는 두 사람. 퍼스널 네임을 같은 작가의 동화에 등장하는 괴물의 이름으로 맞춘 것은 그것 때문이라나.

아무튼 라이덴은 전율했다.

에이티식스에 프로세서인 동생. 그것을 지휘하지만 지원하지는 않는—— 지원이 허락되지 않는 핸들러인 형. 어느 쪽이고 지옥 같은 그 관계.

"알면서 그렇게 된 거야?"

"형은 아마도. 나는 그때는 몰랐어. 형은 나한테 다른 이름을 댔으니까. 프로세서에게 진짜 이름을 묻는 괴짜 핸들러라고, 그때는 웃었지."

에이티식스로 전락한 동생을 찾던 거라고는, 그때는 알아주지도 못하고.

"형과 아버지는……."

한숨처럼 클로드는 대답했다.

숨과 함께 힘이 빠져나가듯이.

"몰라……."

"……."

"대공세 때는 레이드가 연결되어 있었지만, 찾아달라고 했는데도 발견되지 않았어. 그러니까."

그러니까 형과 아버지가 있던 85구를, 엇갈린 채로 만나지 못하고 끝났던 형이 있던 공화국을.

고향이라고 생각하지 않는—— 그래도 조국인 나라의 마지막 모습을.

"마지막이 될지도 모르니까 봐둘까 해서."

†

공화국 시민이 탄 피난열차의 도착역은 연방 남서부 벨루데파델 시의 터미널이다. 북부 취빙(鷲氷) 루트 터미널이 있는 크로이츠벡 시와 남부 화취(花鷲) 루트 터미널이 있는 키루쿠스 시에서의 노선이 합류하는, 장크트 예데르로 향하는 노선의 입구가 되는 역. 이곳 또한 외국에서 오는 손님을 맞아들이는 도시로, 옛 제국의 도시치고 보기 드물게 겉모습을 중시한 시가지인데, 그 아름다운 역사에 또 새로운 피난열차가 도착했다.

사실상 계급 순서로 피난하는 군인들 중 대위급을 태운 첫 열차다. 우르르 하차하는 군청색 군복의 군인들에 섞여서 열두 살 정도의 소년이 내렸다.

인도적 차원이라는 이유로, 실질적으로는 먼저 도망치는 군인의 죄악감을 줄이기 위해서. 피난열차에는 몇 편에 한 량의 비율로 전쟁고아를 우선해서 태우는 차량이 준비되어 있다. 같은 아이라도 군인은 자기 가족을 우선하고 싶으니까, 정말로 체면치레 정도의 숫자밖에 없는 그 차량.

얼마 없는 차량에, 소년과 같은 시설의 고아들이 태워졌다.

예전에 아버지의 동료였다는 군인이 상부의 명령이니 어쩌니 하면서 데려와 주었다. 덤으로 자기도 같은 열차편에 타게 되었으니까 고맙다고 하면서.

열차가 달랐으니까 지금 그 사람은 근처에 없다. 얼른 내려서 빨리 이동하라는 쇳빛 군복의 연방 군인의 재촉에 불만스러운 기색인 공화국 군인들과 함께 걸었다. 순식간에 빈 열차를, 연방 군인들이 슬쩍 내부를 점검한 뒤 부랴부랴 교환 철로로 이동시켰다. 운전수만이 이동하여 공화국으로 돌아가는 노선으로 바꾼다. 반대쪽 플랫폼에 있던, 그 전에 도착한 열차가 다시금 공화국으로 달려갔다.

스테인드글라스를 다용하여 마치 성당 같은 역 건물 밖에 나가자, 마중을 나온 수송 트럭이 터미널 앞 광장에 빽빽하게 서 있었다. 다만 숫자는 충분하지 않은지 전에 도착한 피난민인 듯한 집단이 아직 광장에 남아 있었다. 지금은 주민이 피난을 떠나서 사람이 없는 시가지에 있는 가로수는 손질이 잘되었고, 아름다운 광장과 그곳에서 이어지는 메인스트리트.

그렇게 보이면서 사실 눈에 비친 나무들이 모두 인공물이라는 것을 깨닫고 소년은 숨을 삼켰다.

광장 중심에 선 큰 나무는 백금색의 금속 줄기에 무수한 유리 잎을 단 모뉴먼트였다. 잎에는 각각 희미하게 다른 색상이 흘렀고, 가을 오후의 저무는 황금색 햇살을 반사하여 만화경의 색채로 기묘하게 빛난다.

비슷한 나무들이 메인스트리트에 가로수로 늘어서 있었다. 보도블록에 꼼꼼히 박힌, 영원히 빛바랠 일 없는 무수한 '낙엽'. 사실 눈에 보이는 것은 현재 불이 켜지지 않은 가로등이다. 과실 형태로 연마된 유리가 햇살을 희미하게 반사했다.

외국 손님을 맞이하기 위한 도시다. 옛 제국의 위신을 드러내기 위해 설계된 도시다. 그 위압적인 모습이 무서워서 조심조심 광장에 내려가자.

"아, 여기 있었구나. 너는 일단 이쪽이야."

갑자기 손을 붙잡혀서 줄 밖으로 나가게 되었다.

올려다보니 아직 젊은 연방 군인이었다. 쇳빛 군복. 금갈색 머리에 비취색 눈동자, 소년보다도 몇 살은 더 많을 듯한.

눈을 껌뻑이는 소년에게, 붙잡지 않은 쪽인 왼손을 들어올렸다. 어째서인지 손바닥이 보이지 않고, 소맷자락을 접어서 틀어막은 왼손.

"안녕, 두 달 만이지?"

"형아······."

86구에서 전사한 아버지 이야기를 아주 조금이지만 들려준 에이티식스 소년이었다.

아빠를 믿어 주라고 말했다. 아빠는 옳은 일을 했다고.

어머니 말고는 아무도 하지 않았던 말을 해 준, 아버지를 간신히 믿게 해 준 사람이다.

멍하니 올려다보다가 소년을 깨달았다. 혹시.

상대는 고개를 끄덕였다.

"치사하다 싶긴 한데, 이 정도야 뭐. 내 이전 상관한테 이것저것 부탁을 받았으니까, 그 대가 중 하나로 힘써달라고 했지."

"그래서 내가 이 열차에 타고……."

"응."

고개를 끄덕이며 세오는 웃었다. 과거에 함께 싸운, 웃는 여우의 퍼스널마크를 이은 전대장이 남긴 소년에게.

"연방에 잘 왔어. 이젠 괜찮아."

†

그랑 뮐의 밖, 제1기갑 그룹의 본부요원이 묵는 숙영지. 텐트를 친 간이지휘소에서 레나는 철수 계획을 다시 확인했다.

오는 도중에 신에게 확인해 달라고 했던 〈레기온〉의 모든 부대를 지도에 반영하고, 사전에 세운 철수 계획이 문제없는지 따져본다. 400킬로미터의 장거리, 광범위하게 전개한 기동타격군 수천 기의 〈레긴레이브〉를, 질서정연하게, 지체 없이, 순서대로 철수시키는 계획을 세우고 실행시키는 게 지휘관의 일이다.

4개 기갑 그룹, 수십 개 대대, 수백 개를 넘는 전대 전체에 이르기까지 철수 수순과 각자가 가야 할 경로, 경계 대기 동안의 담당 구역과 정비, 보급, 휴식 순서도 미리 설정해서 전달해야 한다.

계획 자체는 작전 개시 전, 본거지인 뤼스트카머 기지를 출발하기 전에 각 대대, 각 전대에 전달했지만, 적 전력의 전개나 피난 진행 등 상황은 시시각각 변하는 법이다. 그 변화를 바로바로 작전 계획에도 반영해야 한다. 이번에는 4개 그룹의 합동 작전이니까, 제1기갑 그룹의 작전지휘관인 레나와 동격인, 제2부터 제4기갑 그룹의 작전지휘관들과도 정보의 수평 전개 및 조정이 필요하다.

그래도 신의 이능력으로 적의 정세를 비교적 확실하게 아는 것만큼은 편하다. 공세에 나선 〈레기온〉은 그대로 각국 전선에 붙어 있어서, 지배영역에 남은 적은 별로 없는 모양이다.

다행이라고는 생각하지 않았다.

공화국만 묘하게 피해가 적다. 병력도 전투 경험도, 살아남은 각국 중에서 아마도 가장 적은 공화국인데, 어째서인지 제2차 대공세의 피해는 가장 적다.

비카도 그레테도 말했지만, 부자연스럽다.

유인인 것치고는 공격도 없지만. 뭔가 의도가 있다. 경계할 필요가──.

텐트 입구를 젖히며 마르셀이 돌아왔다.

봐서는 몹시 진절머리가 난 얼굴이다.

"레나, 일단…… 연방의 수송 트럭으로 슬쩍 짐을 옮기도록 편의를 봐달라는 부탁이 지금 철수하는 군인들에게서 왔습니다. 편의를 봐줘야 하는 녀석이 있는지만 일단 확인해 달라네요."

일단 밖에 놔둔 모양인 종이박스를 보란 듯이 들어올렸다.

또다시 산더미 같은 진정서들이다.

레나가 여기 있는 건 알리지 않았으니까, 리하르트나 그 휘하 참모에게서 온 것이겠지만.

"……. 이름을 읽어 주세요."

시선을 지도로 되돌리며 레나는 말하고, 마르셀도 신경 쓰는 기색 없이 딱딱하게 줄줄 읽었다.

다 들은 뒤에 레나는 빙그레 웃었다.

"소위. 아쉽지만 편지는 모두 철수의 혼란 중에 분실한 겁니다."

눈치챈 마르셀이 히죽 웃었다.

"그렇군요. 알겠습니다."

눈치 빠르고 똑똑한 파이드가 마침 빈 드럼통을 가져왔기에, 한꺼번에 좌악 부어버렸다. 캠프파이어를 하려고 불을 피우고 있기에 그대로 밖으로 가져갔다.

그걸 지켜보며 레나는 탄식했다. 정말이지.

"연방에서든 연합왕국에서든 이런 고생은 안 해도 됐는데……."

왜 공화국에 오면 이런.

이제 싫다. 얼른 돌아가고 싶다.

진절머리를 내다가 눈을 껌뻑였다. 돌아가고 싶다……?

정말 자연스럽게 그렇게 생각했다. 그리고 자각해 보니 그것은 위화감 없이 가슴속에 스며들었다.

아, 그런가…….

혼자서 조용히 미소를 지었다.

"그렇군요. 돌아가야죠."

자신에게 돌아갈 장소는 이미.

태어나고 자란 공화국이 아니라.

이번에는 시덴이 텐트 입구에 얼굴을 내밀었다.

"여왕 폐하. 지금 열차가 통과했고, 일이 없는 〈스캐빈저〉로 벽을 만들었으니까 다음 열차편이 올 때까지 이동해 줘. 슬슬 저녁 먹어야지."

레나는 우뚝 손을 멈추었다. 사흘 동안의 작전이다. 지휘관도 병력들도 교대로 보급과 휴식을 취한다. 레나의 휴식시간은 오늘은 저녁부터였던가.

"벌써 그런 시간인가요?"

이어서 작전참모가 들어왔다. 레나와 교대해서 휴식 동안 지휘를 맡는 역할.

"그런 시간입니다, 밀리제 대령님. 교대 시간입니다. 지휘권의 양도를 부탁드립니다."

저녁노을이 질 시간은 아니지만 가을 태양은 완전히 기울었고, 그 황금색 빛 안에서 시덴 지휘하의 신생 브리싱가멘 전대와 레나 이하의 본부요원 일부와 스피어헤드 전대는 휴식에 들어가 이른 저녁을 먹었다.

습격받기 쉬운 밤에, 광범위한 색적이 가능한 이능력을 가진 신에게 경계 임무를 맡기기 위한 스케줄이다. 역시 〈레기온〉의 습격 전조는 없고 불을 피울 여유도 있으니까, 시덴은 전투식량에 딸린 가열제는 쓰지 않고 부속 간이 스토브 주위에 새로운 전대원들과 둘러앉았다.

제1기갑 그룹의 담당 구역은 그랑 뮬과 연방에서 300킬로미터 지점, 통제선 칸케르 사이의 90킬로미터 범위다. 일렉스 시 터미널 주변의 경계는 당초 예정대로 파견군 잔존부대에 맡긴, 그랑 뮬 바깥에 위치한 본부중대의 숙영지. 〈스캐빈저〉 뒤에 레나를 잘 숨기고, 저무는 햇살과 가을바람 등을 느끼면서 시덴은 지금도 떠나가는 피난열차와 수송 트럭을 바라보았다.

공화국인의 피난은 위관급도 끝나고, 부사관과 병사와 그 가족 차례로 넘어간 모양이다. 얼굴은 보이지 않을 거라 생각하는지 화물열차 위에서 군청색 군복의 병사가 뭐라고 궁시렁대며 지나가는데, 어차피 보이지 않겠지만 저속한 손짓으로 전대원 몇 명이 답했다. 질리지도 않고 가져온 듯한 새끼 돼지 인형을, 토르가 〈레긴레이브〉의 포신에서 교수형에 처했다.

전투식량의 22종 메뉴는 얼마 전에 개정되어서, 시덴과 전대원들이 먹어 본 적 없는 게 몇 가지 있다. 운 좋게, 혹은 운 나쁘게 그게 걸린 크레나가 놀란 얼굴을 했다.

"두부 된장 수프라는 게 뭐야?"

"그보다 이건 이미 수프가 아닌데……? 된장 조림이잖아?"

또한 전투식량은 대개 주식 취급이라서 수프라고 이름이 붙었어도 거의 국물이 없기도 하다.

"아니, 양쪽 다 뭔데?"

진공포장팩 등의 쓰레기는 파이드에게 회수시키고, 식사 준비 전에 주위에게 찬물을 얻어맞은 더스틴과 신이 돌아와서 대열에 합류했다.

옆에 앉은 더스틴에게 전투식량 팩을 건넨 것은 앙쥬지만, 신에게 건넨 것은 어째서인지 라이덴이라서 시덴은 기막히단 표정을 했다. 네가 무슨 마누라냐.

　그리고 한발 늦은 레나는 토라지지 말고 지금이라도 얼른 옆에
나 앉아.

　신은 크림 미트볼에 토마토 미트볼로 착각할 정도의 핫소스를
넣으려다가 보다 못한 라이덴에게 제지당했다. 그러니까 네가 무
슨 마누라냐고.

　간신히 레나가 곁에 갔기에, '뜨거우시구만.' 이라고 생각하고
시덴은 어깨를 으쓱였다.

　"공화국에 의식이 쏠리지 않는 건 좋은 일이야."

　신에게는 신나게 찬물을 끼얹어 줬으니까 기분도 꽤 좋고.

　미치히 지휘하의 제3대가 전개한 통제선 타우루스 부근에서
는 이미 그랑 뮬은 정상부 정도밖에 보이지 않는다. 미리 정해진
시간대로 경계 중인 부대와 임무를 교대하기 위해 미치히와 뤼카
온 전대는 기체 보급과 휴식 중이다. 소대원 넷이서 간이 스토브
의 불빛을 에워싸고 앉아서 몇 종류 있는 전투식량의 빵 중에서
제일 인기인 과일 케이크를 우물거리다가 미치히는 문득 말했다.

　"그러고 보면. 표백제는 결국 이걸로 전부 없어졌습니까?"

†

　심야.

기상시각보다 이른 시간, 레나는 혼자 간이침대에서 일어나 텐트 밖으로, 숙영지 밖으로 나왔다.

본부중대 숙영지에서는 과거 전장과 그 내부를 가르는 요새벽들의 위용이 비쳤다. 반쯤 무너진 틈새로 비치는 모습이지만, 일렉스 시 터미널의 피난 모습도.

군인의 피난은 밤이 되었을 즈음에 끝나고, 간신히 시민들에게 순서가 돌아왔다. 자정 직전인 시각인 지금, 북적대는 사람들은 다양한 색채의 옷을 입고 소란스러운 모습이었다.

레나가 보기로는 다행스럽게 큰 트러블도 없이 계획대로 피난은 진행되는 듯했다.

"생각보다 꽤 순조롭게 피난이 이루어지고 있어."

[그래. 다행이네. 이쪽은 벌써부터 다툼이 시작됐다나 봐. 먼저 와서 느긋하게 있던 군인이랑 막 도착해서 화가 난 시민들끼리도 다투지만, 연방군에도 이것저것 불평하는 모양이야. 준비된 피난 구역이 전장에서 너무 가까워서 무섭다나.]

지각동조 너머로 대답하는 것은 뤼스트카머 기지에 대기하는 아네트다.

레나는 조금 고개를 갸웃거렸다. 아네트는 본거지에 대기하고 있으니까, 당연히 거리가 있는 피난구역의 상황은 보이지 않는다. 무관계한 기지에 불필요한 정보를 전달하는 일도 군대에서는 하지 않을 텐데.

"누구한테 그런 걸 들었어?"

[세오한테서. 피난지의 사무 작업에 사람이 모자란다고 동원되

었대. 저번에 전우의 아들을 우선해 달라는 이야기가 있었잖아? 그렇다면 마중 나가는 게 당연하겠고, 하는 김에 작업도 도우라는 말을 들었다나 봐.]

"아……. 하지만 전장에 가깝다고 해도, 공화국 시민의 피난구역은 전장에서 수십 킬로미터나 떨어져 있는데."

연방이 자국민의 안전을 우선하는 건 당연하고, 그러니까 공화국 시민에게는 전투속령과의 경계에 가까운 구역이 준비되긴 했지만. 그래도 실질적인 예비역 취급인 전투속령민의 피난지역보다는 안전권에 가깝다.

인도적 차원과 전투속령민에 대한 차별의식 운운이 아니라, 훈련도 받지 않은 비전투원이 전장에 발을 들이면 만사에 방해만 된다는 이유로.

[그렇긴 한데. 지금 연방 서부전선은 종일 전투 중이고, 특히 야전의 빛 같은 건 멀리서도 보이잖아. 그게 무서운가 봐. 대공세 전이라면 괜찮았을지도 모르지만.]

전투도, 〈레기온〉도. 강철의 망령에게 자기가 유린당할 가능성조차, 전쟁을 할 생각이 털끝만큼도 없던 공화국 시민에게는 대공세 이전까지는 두려워할 것이 아니었다.

[그 점에서 그쪽은 괜찮아? 그쪽이야말로 밤인 건 마찬가지고, 이쪽보다 병력도 많지 않고, 〈레긴레이브〉만 있으면 시민들이 무서워할 거고, 군인은 먼저 내뺐으니까 패닉이 일어날 것도 같은데.]

"그래……."

그 말에 레나는 그랑 뮬 틈새로 몇 킬로미터 저편의 일렉스 시 터미널을 바라보았다.

가을 하늘의 쏟아지는 듯한 별과 차가우면서도 상쾌한 밤기운 아래, 들려오는 소리는 바짝 불안해하는 것이긴 해도 노성이나 욕설 같은 것은 들려오지 않았다.

"역시 그런 건 아닌가 봐. 불안은 강한 모양이고, 이따금 다툼도 일어나지만, 전체적으로 얌전히 피난하고 있어. 피난 자체에 더 반발할 거라 예상했는데……. 대공세 때처럼, 피난해 달라고 머리 숙여 부탁해 보라든가, 어느 때라도 시민이란 자기 권리를 지켜야만 한다는 소리가 나올 줄 알았는데."

야간 피난에 대비하여 라이트를 몇 개 준비하였기에 터미널 앞 광장은 나름 밝다. 멀리서 경비에 임하는 〈바나르간드〉의 실루엣은 실로 든든하고, 더불어서 〈레기온〉과의 전투는 이 부근에서는 피난을 시작한 뒤로 한 번도 일어나지 않았다. 전쟁의 불길에서 도망치기 위한 피난인데도 전쟁의 기운조차 없는, 조용하고 청정한 밤하늘.

그래도.

"별소리를 다 들을까 싶었지만. 잘 생각해 보니 그런 사람은 이미 대공세 때 죽었겠네."

무력혁명으로 왕후귀족을 타도한 공화국은 그렇기에 군사력으로 정권이 타도되지 않도록 군의 권한을 다른 나라보다 제한하고 있다. 그중 하나로 계엄령 규정이 없다. 무슨 일이 있어도 군은 헌법을 정지시킬 수 없고, 그렇기에 군인은 민간인의 자유를 결코 침범할 수 없다.

그걸 핑계 삼아서 대공세에서 피난을 거부한 자도 있었다.

그들은 다 죽었다.

거듭 피난 요청을 할 여유는 군이나 레나에게도 없었고, 에이티식스들에게는 피난시키자는 마음조차 없었기에, 도망치지 못한 자는 그대로 전장에 버려졌다.

[그러고 보면 그랬지. 혼란에 빠져 멍하니 서 있어도, 무턱대고 도망쳐 다녀도 역시나 죽었으니까, 지금 남아 있는 건 도망치라는 말에 그나마 머리를 굴려서 조금이나마 나은 곳으로 도망친 사람들이야. 그러니까 이번에도 도망치라는 말을 들으면 묵묵히 따르는 거고.]

물론 얌전히 도망쳐도 죽을 때는 죽지만.

그 정도로 대공세에서 희생은 무차별이고── 평등했다.

생전의 생각이나 행동은 오차 정도로밖에 관여하지 않는다.

적어도 〈레기온〉은 자기가 짓밟으려는 희생자가 무슨 생각을 하고 어떻게 행동하는지를 고려하지 않았다.

[다만 그런 묘한 논리로 문제를 일으킬 것 같은…… 표백제랬나? 그게 진짜 아무런 짓도 않는다는 게 분명히 의외야.]

"그래. 나도 벤체르 대령님도 신도 그걸 경계했는데."

실제로는 김이 샐 정도로 아무것도 없었다.

그 시위도, 현수막도, 이번에는 기동타격군을 기다리지 않았다.

그레테에게 들은 바로는 제2차 대공세와 그 이후의 전국민 피난이라는 대참사의 책임을 다 뒤집어쓰는 형태로…… 실각했다나.

다만 정부고관이 탄 첫 피난열차 안에서 그들의 수뇌였던 프림벨 여사를 보았다.

짜증내듯이, 원망하듯이, 엇갈리는 〈레긴레이브〉를 노려보고 있었다.

사키의 〈그리멀킨〉에 동승했던 레나도 그 눈을 보았다.

'감히'라고, 그 입술이 움직인 듯했다.

"피난구역의 관리담당에게는 만일을 위해 다시금 주의환기를 부탁해."

[알았어. 세오에게도 말해둘 거고, 물론 정규 루트를 경유해서 당부할게. 일단 연구반장을 통해서.]

"부탁해."

[그래, 너희도 계속해서 조심해.]

지각동조가 끊어졌다.

레나가 후욱 하고 숨을 내뱉었다.

"──기상 예정시각보다 15분 전일 텐데."

사락 하고 풀을 밟는 미세한 발소리가 다가와서 돌아보니 신이 있었다.

기상 예정시각보다 일찍 일어나서 멋대로 숙영지를 나온 지휘관을 보고 난처하다는 듯한, 나무라는 듯한 시선을 보냈다.

"눈이 떠져서요. 그래도 30분 정도 일렀을 뿐이에요, 신. 그리고 당신이야말로."

"나는 애초에 취침 자체가 조금 일렀으니까."

이번 작전에서 신은 원칙적으로 사흘 내내 전투에는 나가지 않고 〈레기온〉의 동정 탐지를 담당하게 되어 있다.

구원파견군의 퇴로를 지키기 위해서, 기동타격군의 전투부대
는 일정한 거리에서 물러날 수 없다. 또한 〈레긴레이브〉의 기동
력을 죽이지 않기 위해서라도 〈레기온〉의 공격을 기다려서 받아
내는 게 아니라, 지배영역에 존재하는 적 부대의 공격발기 징후
를 탐지하는 대로 재빨리 전진, 협동이나 합류를 허락하지 않고
깨뜨리는 게 이번 작전에서 기동타격군의 기본전술이다.

그렇기 때문에 신에게 이 지배영역 전체라는 광범위한 색적을
맡길 필요가 있다.

사흘 동안 〈레기온〉의 지배영역에 머물면서 그들의 규환에 계
속 몸을 드러내는 부담을 생각하면, 제대로 잘 수 있을 만한 상황
인 지금 자두라고 잔소리를 하면서 라이덴과 동료들이 간이침대
에 집어던졌던 것이다.

"그게 아니더라도 혼자 전장을 돌아다니는 짓은 하지 마. 근처
의 〈레기온〉 집단은 움직일 기색이 아직 없으니까 곧바로 전투가
일어나지 않겠지만……."

말하다가 붉은 눈동자가 레나의 등 뒤를 보았다.

"그랑 뮬을 보러 왔나."

"네, 마지막이 될지도 모르니까요."

잠시 생각한 뒤에 신은 말했다.

"지금은 작전 중이니까, 라고 생각하겠지만. 혹시 괴롭다면."

레나는 희미하게, 살짝 괴로운 듯이 미소를 지었다.

"고마워요. 그러네요. 그럼 조금만 기대 보도록 할게요."

그(?) 나름대로 눈치를 써 준 걸까, 다가와서 몸을 내민 파이드를 벤치 대신 삼아 앉고, 옆자리를 탁탁 두드려서 신에게도 앉으라고 재촉했다. 조금 높은 체온이 옆으로 다가오자 몸을 기대고 어깨에 머리를 올렸다.

신은 아무 말도 하지 않았다.

그러니까 레나도 말하지 않았다.

하지만 조금 높은 체온을 자신의 것과 합치고, 어딘가 경계가 모호해질 정도로 녹아들었을 무렵에 조용히 말했다.

"──돌아올 거라고 생각했어요."

신은 아무 말도 하지 않았다.

토해내듯이 계속 말했다.

감상을, 아픔을, 옆 사람의 체온과 녹여서 한때나마 지워버리기 위해.

작전이 끝날 때까지, 연방에 돌아갈 때까지, 지키기 위해.

"괜찮지 않아요. 슬프네요. 돌아올 거라고 생각했거든요. 연방에 올 때는 없어질 거란 생각은 정말로 하지 않았어요. 어머님도 없고, 저택도 이미 없지만…… 전쟁이 끝나면 언젠가 돌아올 생각이었어요."

"그런가……."

레나가 몸을 기댄 가운데, 신이 끄덕였다. 붉은 눈동자가 그랑 뮬 너머, 저 멀리 어딘가의 밤하늘을 향했다.

"위로나 위안으로 들릴지도 모르지만…… 또 오자. 다음에는 우리 모두가."

올려다보니 신은 먼 밤하늘을 올려다보고 있었다.

언젠가 함께 보자고 바랐던, 아득히 먼 제1구의 밤하늘을.

"혁명제 때 류느 궁전의 불꽃놀이를 다 함께 보는 거였지. 그 약속은 아직 이루지 못했으니까."

얼마나 오래 걸릴지 모르지만.

얼마나 오래 걸릴지 몰라도.

"남쪽 바다를 보러 가자. 선단국군의, 야광충의 바다를 다음에는 보자. 연합왕국의 다이아몬드더스트와 오로라를."

하얀 상복의 여신이 다스리는 아름다운 겨울을.

맹약동맹의 산을, 호수를, 얼어붙은 대영봉의 웅대한 모습을.

극서의 나라들을, 아직 모르는 평화로운 거리를. 용이 사는 산을 넘은 곳에 있는, 본 적 없는 남쪽 나라들을. 전장 너머의 세계를 모두.

둘이서.

모두 함께.

간신히 레나는 웃었다.

"네. 약속이니까요."

2년도 더 전, 서로의 얼굴도 모르던 시절에 나누었던.

"괜찮아요. 나도 이젠 포기하지 않으니까요. 그래요. 언젠가 꼭 와요."

"그럼 돌아온다고 하는 편이 좋을지도 모르겠군. 말로 한 것은 실제로 이루어진다고 전에 카이에가 그랬으니까."

"그러네요. 그럼……."

몸을 일으키고 파이드에서 내려와서, 똑바로 선 채 그랑 뮬과 마주 보았다.

맹세로서 말했다.

그때는 반대로 등을 돌리고 있던 요새벽들.

"반드시 돌아오겠습니다. 여기에. 당신과…… 신과 처음 만난 장소에."

묘한 침묵이 흘렀다.

올려다보니 신은 그러고 보면, 이라는 얼굴을 하고 있었다.

"──잊어버렸나요?! 기억하니까 와 줬다고 생각했는데!"

"아니…… 잊어버린 건 아니지만, 그때와는 핀 꽃도 다르니까 구분이……."

"너무해!"

뚱한 표정을 짓자, 신이 우스꽝스러울 정도로 당황하는 얼굴을 했다.

거기에 레나가 웃음을 터뜨렸고, 장난이었다고 깨달은 신이 얼굴을 찌푸렸다.

"너무하지 않아……?"

"아니거든요!"

'삐이' 하고 파이드가 신에게 가세하듯이 항의 같은 전자음을 울렸다.

†

피난 상황을 직접 보고 있는 제1기갑 그룹에서 올라온 보고로는, 공화국 시민의 피난은 순조롭게 진행되는 모양이다.

그것은 그랑 뮬도 연방의 전선도 보이지 않는, 딱 과거의 86구 주변에 전개하게 된 치리와 제2기갑 그룹에도 느껴졌다. 등 뒤로 지키는 고속철도 선로 두 가닥에 수십 량으로 길게 편성된 열차가 셀 수 없을 만큼 연방을 향해 달려갔고, 비슷한 것이 공화국으로 돌아오는 모습이 멀리서 보였으니까, 치리도 휘하 프로세서들도 당연히 안다.

피난 개시로부터 18시간 경과. 남은 시간은 54시간. 작전 예정 시각의 4분의 1이 경과.

피난도 순조롭게 진행되는 모양이니까, 진척률도 마찬가지로 25퍼센트 정도일까.

그건 그렇고.

"──이 근처는 숨을 만한 곳이 없으니까 어쩔 수 없지만, 여기에 또 들어오는 건 역시나 싫은데."

기체인 〈발트안데르스〉 안, 치리가 작게 투덜거린 것은 〈발트안데르스〉와 〈레더 엣지〉 전대가 숨은 곳이 과거 에이티식스 강제수용소였기 때문이다.

치리가 있던 남부 강제수용소와 마찬가지로 쓸데없이 튼튼한 철조망과 조악한 막사 시설들. 사람이 없어진 지 오래지만, 과거에 굶주린 끝에 잡초 하나마저도 다 먹어치워서 헐벗은 지면에는 지금도 꽃 한 송이 없고, 잡아먹힐까 봐 겁먹었는지 사슴 한 마리, 토끼 한 마리도 들어오지 않는다. 너무나도 익숙한, 그리고 떠올리고 싶지도 않은, 기억 속 밑바닥의 황량함과 살벌함.

수용된 에이티식스가 도망치지 못하도록 주위를 엄중하게 감싸던 대인지뢰만큼은 작년 대공세에서 흔적도 없이 갈려서 사라지는 바람에 치리 일행의 앞을 가로막지 않았다는 것이 너무나도 얄궂다.

치리 지휘하의 제2기갑 그룹의 담당구역, 연방에서 300킬로미터의 통제선 칸케르와 210킬로미터의 통제선 리브라 사이의 한 곳이다. 고속철도와 철수로를 지키는 방어선의 가장 외곽인 경계라인. 연방과 공화국 사이에 존재하는 모든 〈레기온〉의 수와 위치를 정확하게 탐지하는 게 신의 이능력이지만, 조건에 따라서는 놓치는 일도 있다. 〈레긴레이브〉를 전개하고 경계하는 일은 역시나 빼놓을 수 없다.

그것만 믿고 있기엔 사흘에 걸친 이 철수작전에서 신의 부담이 너무 크다는 점도 있다.

제4기갑 그룹의 담당구역, 가장 연방에 가까운 통제선 케이론에서 피스케스까지의 사이에서 마찬가지로 방어선을 구축한 스이우가 계속 연결된 상태인 지각동조 너머로 가볍게 답했다.

[유령이라도 나올 거 같아서 무섭단 소리? 뭐, 분명히 강제수용소는 뭐가 나와도 이상하지 않네.]

흥 하고 치리는 코웃음을 쳤다.

"유령은 무슨, 노우젠이 웃겠다. 너야말로 옛 제국의 농장터에 숨어 있잖아. 괴물소나 괴물멧돼지 같은 게 나와도 모른다?"

[치리야 코웃음 치더라도, 이전의 〈저거노트〉든 지금의 〈밴시〉

든, 아무리 그래도 동물 상대로는 질 리 없지 않을까.]

농업과 축산을 주산업으로 삼고 평탄한 국토에 숲과 도시가 이따금 있는 것 외에는 광대한 밭과 목장과 목초가 펼쳐진 공화국의 지세는 작다고 해도 펠드레스가 잠복하기 불리한 점이 많다. 〈레기온〉이 잠복장소로 인식하기 쉽다는 것을 알면서도 개활지에 몸을 드러내는 것보다는 낫다는 판단에 치리는 옛 수용소에 자기 기체를 숨겼다. 비슷한 지세가 펼쳐진 옛 제국 서부 국경 부근에 숨은 스이우도 마찬가지인 모양이다.

참고로 〈밴시〉란 스이우의 퍼스널네임이고, 그 〈레긴레이브〉의 식별명이다.

"〈저거노트〉는 전차형은 고사하고 근접엽병형(그 라 우 볼 프)에게도 질 것 같았잖아."

[우린 정말 용케 살았구나. 공화국은 왜 그런 걸로 〈레기온〉에게 이길 수 있다고 생각했을까…….]

쓴웃음을 섞어 말을 주고받은 뒤, 누가 먼저랄 것도 없이 다시금 경계로 의식을 되돌렸다. 달 없고 맑은 가을밤의 또렷한 별빛이 어둠 속에 떨어지는 폐허.

밀폐되어서 기밀이 유지된 〈레긴레이브〉의 조종석 안에서는 느껴질 리도 없지만, 시원하고 기분 좋은 밤기운이 가득할 듯한, 모두가 조용히 잠든 밤의 들판이다.

시체 같은 폐허 그늘에서 목 없는 백골시체와 비슷한 〈레긴레이브〉를 웅크린 채로 별이 빛나는 밤하늘을 바라보고 있으니, 문득 잊기 어려운 괴로움이 가슴속을 후비는 것이 느껴졌다.

유령이라.

나올지도 모르겠다는 생각이 희미하게 들었다.

여기에 갇혀서 나가지 못하고 죽은 에이티식스의 망령이. 분명히 동포이긴 하지만 살아남은 자신들을 원망하는 악령으로.

도와주지 못했다.

과거의 강제수용소에서 탈주하려는 자는 사살되거나, 혹은 대인지뢰에 다리가 날아갔다. 병사들의 장난이나 처벌로 지뢰밭 한가운데 내던져진 자도 있었다.

기억하고 있다. 날아간 형제의 시체 틈새에서 꼼짝도 못하고 울며 겁먹었던 어린 소녀.

도와주지 못했다. 공화국 병사들에게 찍히지 않으려고 시선을 내리고 있던 어린 치리는 그 아이가 힘이 다해 쓰러져 날아가는 것을 구해주지도 못하는 채로 떨면서 바라만 보았다.

그런 소녀보다도 더 어린 아이들은 병사들의 용돈벌이로 벽 안으로 팔려갔고, 이윽고 아무도 남지 않게 되었다. 마침내 내던져진 전장에서도 어느 전대의 여자대원이 찍혀서 제1구의 부자에게 팔려갔다는 소문이 항상 떠돌았다. 나쁜 병이 옮아서 버림받고 전원이 아사한 수용소의 이야기. 어느 수용소에서 비밀리에 이루어졌다는 인간사냥이나 인체실험의 소문도.

인체실험 쪽은 아무래도 소문만이 아니었던 모양인지, 수용소 안에 전개한 전대의 동료들에게서 얼마 전에 감옥과 수술대가 즐비한 이상한 시설의 보고가 있었다. 1년 전, 대공세 직전까지도 사용한 모양이었다고 토할 것 같은 목소리로.

그렇게 죽은 수많은 에이티식스가 영혼이 되어 이 수용소 안에 남아 있다면.

그리고 지금도 갇힌 상태로 있다면—— 귀신이 되어 나올 법도 하겠지. 살아남은 치리나 다른 에이티식스들을. 그들을 저버리고 살아남은 이들을. 그런 주제에 왜 지금 공화국의 하얀 돼지들을 지키기 위해 이 전장에 섰냐고 원망하고 증오하고 분노하면서.

"나온다면 차라리 좋겠는데."

[응? 뭐라고 했어, 치리?]

"아니……."

희미한 혼잣말에 귀 밝게 반응한 스이우에게 고개를 내저었다. 아무것도 아니라고 말을 이으려던 순간.

[언더테이커가 각기에.]

새로운 지각동조가 신에게서 연결되었다. 째깍 하고 바로 의식을 전환했다. 경계 중인, 경계는 유지하면서도 그 긴장과 넓은 시야를 장기간 유지하기 위해 여유도 남긴 의식에서, 신경이 팽팽해지는 전투의 긴박함으로.

[포인트 조디악스 북서쪽 150킬로미터 지점에서, 〈레기온〉의 전투기동을 확인. 부대가 아니라 하나다. 미확인 전자가속포형으로 추정된다. 기동타격군에 대한 포격을 경계하고 각기, 각 전대를 산개시켜라.]

중량이 몇 톤에 달하는 800mm 포의 포탄은 〈레긴레이브〉의

88mm 포로 도저히 격추할 수 없다.

　피해 경감에 전념하라는 명령에, 알고 있었다고 해도 치리는 혀를 차고 싶은 마음을 참았다.

　"라저……."

　[주변 적 기갑부대와의 연계도 예상된다. 움직임이 있거든 이쪽에서도 알려주겠지만, 경계 부대는 각자 유의하길. 또한 전자가속포형에 대해서는 연방군 특무포병에 배제를 요청하고 있다. 이쪽에서의 반격은 고려하지 않아도 된다.]

†

　[──라저. 제8특무포병연대, 지금부터 사격을 개시하겠다.]

　연방 서부전선, 센티스─히스토릭스 방어선에서 동쪽으로 20킬로미터 지점.

　콘크리트 터널에서 징발된 철도노선으로, 그 거대한 새는 슬며시 기어 나왔다.

　가느다란 다리 대신 금속이 삐걱대는 규환과 초중량을 억지로 구동시키는 신음소리를 내며 도는 무수한 바퀴. 비취색 동체를 대체한 것은 볼썽사나운 금속이 드러난 쇳빛의 차량. 좌우로 펼친 것은 아름다운 날개가 아니라, 완공되지 않은 복선에 대신 사격 반동을 흡수시키기 위한 두 쌍의 스페이드로, 길고 아름다운 꼬리날개와도 비슷한, 창처럼 날카로운 레일건의 포신.

　전고 12미터. 중량 3000톤. 작년 가을 무렵에 연방을, 당시 생존이 확인된 인류의 세력권 전체를 위협했던 전자가속포형과 같은 레일건 탑재 열차포다.

한 달 전에 전선에 투입되었던 시작형 레일건 〈트라우어슈반〉의 후속기인 대구경 레일건이다. 〈트라우어슈반〉을 포함하여 연방의 레일건은 전자가속포형에 대한 대항책으로 계획, 개발되었다. 즉, 중량 1400톤의 적기를 일격에 행동불능으로 만드는 위력과 400킬로미터 이상의 사거리가 최소한의 요구 성능이다.

필연적으로 전자가속포형 정도는 아니라고 해도, 대형 포탄을 초고속으로 쏘는 거포가 그 목표 모습이 되고, 거대하기에 필연적으로 진지변환 문제가 운용상의 과제 중 하나가 되었다. 연방의 병기로서 그 국토를 지키는 것을 최우선으로 하는 이상, 국내에 깔렸고, 애초부터 대량 수송을 목적으로 하는 철도망을 이용하면 된다는 해결안이 채용되었다.

참으로 아이러니하게도 상정 적기인 전자가속포형과 마찬가지로 레일건 탑재 열차포를 상정하여 개발된 것이 연방의 레일건이고, 그 시작기 중 하나가 〈트라우어슈반〉이다. 처음에——예정보다 훨씬 이르게, 그리고 무모함을 알면서——투입된 전장이 아득히 먼 성교국이었으니까 억지로 다리 같은 걸 달고 걷게 하는 꼴이 되었을 뿐이지, 이 열차포 모습이야말로 본래의 형태다.

설령 그것 또한 전선의 후퇴에 따라서 급하게 실전에 투입된, 급조한 사양의 열차포에 불과하다고 해도.

스페이드 고정. 포탄을 약실에 장전. 기동타격군에서 전달받은 적기의 좌표를 입력. ——포격 준비를 전부 완료한 지휘하의 포병들이 반지하 참호로 대피하는 것을 확인하고 연대장이 목청을 높였다. ──열차포 정도의 거포를 수송하고 운용하려면 그 한 기를 위해서 연대 규모의 인원이 필요하다.

사격시의 강렬한 충격파에, 그리고 위안 정도에 불과하다고 해도 적 레일건의 사격에 대항하기 위한 강화 콘크리트 대피호. 유선 원격 발사 장치를 손에 든 채로 긴장한 얼굴로 이쪽을 올려다보는 사격관제장교에게 작게 고개를 끄덕였다.

"〈트라우어슈반〉 개량형, 〈캄프 파우〉, 사격 개시!"

†

방전교란형과 대공포병형으로 제공권을 빼앗은 지 오래인 〈레기온〉이지만, 귀중한 전략병기인 전자가속포형에는 순항 미사일이나 무인항공기의 자폭 공격에 대비하는 대공기총과 광역 레이더가 장비되어 있다.

《──레이더에 반응.》

예정된 사격 목표에 조준을 맞추고, 30미터 장포신을 쳐든 전자가속포형은 레이더가 발하는 경고에 한순간 의식을 그쪽으로 돌렸다.

인류가 〈양치기〉라고 부르는, 전사자의 뇌를 흡수하여 지성화한 〈레기온〉 중 한 기다. 다른 수많은 〈양치기〉와 마찬가지로 공화국 86구에서의 전사자의 기억과 인격이 깃든, 망령 군세의 지휘관기.

생전의 기억과 인격을 온전히 남기면서 살육기계의 본능도 받아들여서 이미 과거의 모습 따위 없이 미쳐버린 '그'——식별명 〈니드호그〉는 이때도 살육기계의 냉철함으로 자신을 노리는 적기의 위협도를 판정했다.

사격위치는 남서쪽 200킬로미터 지점으로 추정——탄속이 빠르다. 레일건으로 추정. 하지만.

《회피 불필요로 판단.》

광역 레이더가 포착한 탄도는 〈니드호그〉를 꿰뚫는 궤도에 없다. 스치지도 않고 빗나간다. 회피할 필요는—— 사격을 중단할 필요는 없다.

《사격 시퀀스를 속행한다.》

†

연방이 전자가속포형 대책으로 개발 중인 대구경 레일건은 아직 테스트 단계다.

실험실 수준의 시작품을 유용하여 〈트라우어슈반〉이라는 식별명으로 야전에 투입한 것이 한 달 반 전. 전투에서 얻은 각종 데이터, 특히나 손봐야 할 결함은 곧바로 피드백해서 다음 시작기의 설계와 제조가 시작되었지만, 고작 한 달 만에 결점을 모두 해소할 수는 없다. 동작이 느린 자동장전장치도, 미완성인 사격통제장치(FCS)도, 역시 동작은 느리고 미완성인 상태다.

그래도 전자가속포형과 그 개량형의 전선 투입이 확인되었고,

연방의 모든 전선이 후퇴하고 지상 전력에 의한 반격이 곤란해진 지금, 어떻게든 적 레일건을 최소한 행동불능에 빠뜨릴 수 있는 동급 사거리의 초장사정포 실전 투입은 불가결하다. 하지만 자동 장전장치도, 사격통제장치도 완성할 때까지는 도무지 시간이 부족하다.

'아예 근간부터 달리 생각하면 되지 않을까?' 라고.

수면 부족과 초조함에 애가 탄 선진기술연구국 회의실에서, 어느 날 한 사람이 깨달았다.

적포를 행동불능에 빠뜨리기만 하면 된다. 〈트라우어슈반〉은 최소한 수백 킬로미터 너머의 적기를 쏘아서 파괴할 수 있다. 그렇다면 장전장치든 사격통제장치든 꼭 완성할 필요는 없다.

요컨대 명중만 하면 되는 거다.

"초탄 발사 성공. 계속해서 제2사, 제3사, 준비!"

〈캄프 파우〉의 자동장전장치는 미완성이다. 수동으로 장전하는 것도 인력으로는 택도 없고, 크레인을 이용해도 상응하는 시간과 주의가 필요하다.

그럴 텐데도 연대장은 연속사격 지시를 날렸다. 포병들도 의문을 드러내지 않고, 초탄의 명중 유무에도 관심을 기울이지 않고, 미세 조정한 조준좌표를 입력하고 다시금 포신 각도를 조절했다.

그렇다. 그런 것에 신경을 쓸 필요는 없다. 이 녀석은——〈캄프 파우〉는 그런 포다.

일격필중 따위 애초에, 처음부터 기대하지 않는다.

"라저. 〈캄프 파우〉, 제2사, 제3사, 사격 준비!"

쿠웅 하는 소리를 대며 레일들이 미동했다.

사격을 마치고 고열에 아지랑이를 피우는 포신이 아니다. 그 옆에 있는 몇 대의 포신이다. ——복복선상에서 3000톤이 넘는 강철의 위용을 자랑하는, 개량형 시작 레일건 탑재열차포 〈캄프 파우〉는 사실 13기가 있는 장대한 포를 등지느러미처럼 주르륵 하늘로 향하고 있었다.

명중 정확도가 떨어진다면, 숫자로 메우면 된다.

장전 속도가 느리다면, 장전이 끝난 포를 다수 준비하면 된다.

〈투신공작〉.
_{캄프 파우}

공작의 아름다운 꼬리날개처럼 포신을 늘어세우고, 독사마저 잡아먹는 공작의 사나움으로 적포를 파괴한다. 그 용맹함으로 아득히 먼 이국에서 악룡을 토벌하는 무신으로 추앙되는 공작의 이름을 가진 연방의 수호신.

"2번포, 이어서 3번포, 사격 개시!"

†

날아오는 적 포탄을 느긋하게 무시하고, 전자가속포형의 포격 준비는 계속되었다.

방열용 날개를 펼쳤다. 창과도 비슷한 포신 내부를, 흘러나온 유체 금속이 가득 채웠다.

그리고 독사가 고개를 세우듯 사격 자세를 취했다.

《니드호그가 광역 네트워크에. 지금부터 사격을 개…….》

그 순간.

레이더가 조금 전의 적 포격과 같은 탄속의, 하지만 각각 살짝 어긋난 궤도로 날아오는 포탄들을 감지했다.

《……!》

예측된 탄도 중 하나가 취한 궤도에 경고 표시가 떴다. 회피를 촉구하는 경보가 전자가속포형의 유체 마이크로머신 신경계를 지나갔지만, 이미 회피할 방법은 없었다.

회피하면 다른 궤도에 그 몸을 내주게 되기 때문이다.

그러니까.

《니드호그── 사격을 속행.》

전투기계의 본능은 자기 파괴를 두려워하지 않고, 어디까지나 냉철하게── 작전 목표의 완수를 우선했다.

포신에 푸른 벼락이 일었다. 처음에 감지된 적 포탄이 드디어 착탄했다.

첫 포격은 예측대로 엉뚱한 방향을 향해 날아가서 무관계한 언덕과 드문드문 있는 나무들을 날려버렸다.

하지만 두 번째, 세 번째, 네 번째. 평균오차반경이 넓은 비유도 초장거리사격은 그것이 넓기 때문에 조준한 좌표 주변에── 전자가속포형의 주변에 마치 감옥처럼 흩어져서 쏟아지고.

두 번째 사격이 부러뜨린 복복선 철로가 날아가서 대공기관포 하나에 직격했다.

세 번째 사격이 포신 끝을 스치고, 뒤쪽의 대지에 박혀서 큰 구멍을 냈다.

네 번째 사격은 크게 빗나가서, 무리를 지은 부속발전형(에델팔터)의 한복판에 꽂혔다.

《사격을…….》

그리고.

다섯 번째 초고속탄은 영웅이 던진 창처럼 무자비하게 거룡의 옆구리를 꿰뚫었다.

[EIGHTY SIX]

At the Republican Calendar of 368.8.26.
Less than one hour has passed
since the "First Great Offensive".
In the San Magnolia's capital, Liberté et Égalité.

공화력 368년 8월 26일
'대공세'로부터 1일, 동부전선 제1전투구역
〈스피어헤드〉 전대 막사 함락 직후

Judgment Day.
The hatred runs
    deeper.

조용해졌다고 깨달았다.

전선기지 격납고 안에서는 이미 아무것도 들리지 않는다. 〈레기온〉의 포성도 총성도, 정비원들이 응전하는 소리도.

리토와 아이들…… 도망치게 했던 어린 프로세서들은 간신히 빠져나간 모양이다. 출혈로 흐려진 머리로 그렇게 생각했다.

——그 녀석들은 살아남을 수 있을까.

하다못해 그 아이들만이라도.

반년의 임기 끝에 반드시 죽을 운명에 처해지는, 86구 동부전선의 최종처리장인 스피어헤드 전대. 그 마지막 대원이 된 아이들만이라도.

우리처럼 한심한 정비원은 여기서 끝이니까.

수많은 아이가 죽어가는 것을, 쇳덩어리들과 그들의 조국에게 살해되어가는 것을, 그냥 우두커니 서서 방관했던 우리는 여기서 죽는 최후 말고는 허락되지 않으니까.

언젠가, 떠나 보냈던 저승사자가 남긴 말이 최소한의 구원이었다.

——당신을 부르는 레기온은 없어.

전사했던 아내와 딸은, 그래도 하다못해 레기온에게 끌려가지 않았다고.

그가 저세상에 가면 만날 수 있다고.

그렇다면 됐다.

그걸로 충분하다. 사랑하는 아내와 딸이 죽어서도 이 전장에 사로잡혀 있지 않다면. 나도 저세상에 가면, 증오스러운 쇳덩어리에게 끌려가기 전에 스스로 목숨을 끊기만 하면 만날 수 있다면.

그거면──충분하다.

충분할, 터였다.

눈앞에 선 〈레기온〉을 올려다보며.

가까스로 손에 쥔 권총을 자기 머리에 들이대고.

문득.

그는 생각했다.

사랑하는 아내와 사랑하는 딸은 에이티식스로서 전장에 내던져졌고, 레기온이 되지는 않았지만 죽어버렸다.

에이티식스의 소년병을 계속 죽도록 내버려둔 자신들은 드디어 거기에 합당한 최후를 맞지만, 애초에 그 죄는 자신들만이 짊어져야 하는 것일까.

사랑하는 가족을 전장에 내버린 공화국은.

에이티식스를 전장에 계속 내버린 공화국 시민은 아직 뻔뻔하게 살아있는데.

리토와 아이들이 살아남는다면 거기에 기생해서 살아남을지도 모르는데.

구하지 못했던 것은 죄다.

죽게 내버려둔 것은 죄다.

죄는 그 값을 치러야만 한다.

그렇다면 공화국 시민들 또한 반드시 죗값을 치러야만 한다.

가족의 원수를, 갚아야만 한다. ──아니.

내 손으로── 갚고 싶다.

힘을 잃은 손에서 권총이 흘러내렸다.

레기온을 올려다보며 중얼거렸다.

간신히 죽을 수 있는데, 만나러 갈 수 없어져서.

모처럼 답을 얻었는데, 헛것으로 만들어서.

"──미안하다."

DIES PASSIONIS

성력 2150년 10월 12일
D+11

Judgment Day. The hatred runs deeper.

36

The number is the land which isn't
admitted in the country.
And they're also boys and girls
from the land.

EIGHTY SIX

꿰뚫린 검은 장갑 안쪽, 기계의 내장은 무참하게 찢겼지만, 〈레기온〉에 통각은 없다.

그러니까 생전의 마지막 순간처럼 그 몸은 더 이상 아프지 않다.

《니드호그가 광역 네트워크에. 니드호그는 대파. 외장 유닛을 버린다.》

깨진 장갑 틈새에서, 한 쌍의 창과 비슷한 포신의 틈새에서, 은색 유체 마이크로머신이 흘러나와 무수한 은색 나비로 모습을 바꾸었다. 중앙처리장치를 구성하는 유체 마이크로머신을 나비들로 바꾸어서 안전권으로 도주를 꾀하는, 고기동형의 검증을 거쳐 추가된 〈양치기〉의 불사화 기능.

가장자리부터 풀려서 희미해지고 흩어지는 사고와 모방된 뇌 신경계 속으로도 〈니드호그〉라는 이름의 망령은 아무런 공포도 느끼지 않는다. 기계인 〈레기온〉에 흡수되고 인간으로서는 미쳐 버린 그에게는 뇌를 갈기갈기 찢어서 분해하는 것과 마찬가지인 이 기능도 이미 두려울 것이 아니다.

무엇보다 그때—— 그 마지막 순간. 밀려드는 무수한 〈레기온〉 앞에서, 무너지는 그랑 뮬과 방어선을 등지고, 눈앞에 다가온 최후와 비교하면, 산 채로 해체되고 아직 사고하는 뇌를 전자파로 증발시키는 그 고통과 비교하면, 고작 중앙처리장치의 분해와 통합 정도는 아무것도 아니다.

그렇게 하면서 원하던 소망이 이루어지는 기쁨과 비교하면.

진심으로 빌었다. 증오스러운 그랑 뮬과 공화국을, 오랫동안 그를 가두었던 86구의 지옥이 무너지는 그 북부전선의 전장에서.

강철의 괴물로 변해 밀려드는 그리운 전우들의 망령 앞에서.

끝이 왔다. 그러니까——이제 됐어.

여태까지 견뎠으니까 다음은 우리 차례여도 되겠지.

은색 나비들이 별이 빛나는 밤의 어둠으로 확 날아올랐다.

《또한 사격 스케줄은 완료. ——작전명 〈성녀의 수난〉^{오퍼레이션 파시오니스}, 제2페이즈로 이행.》

어둠색 거룡의 모습으로. 무수한 은색 나비의 모습으로. 저편의 저승사자만이 들을 수 있는 최후의 말을 끊임없이 거듭하면서.

다음은 우리 차례다.

†

칫 하고 신은 혀를 찼다.

〈캄프 파우〉는 그 역할을 다했다. 전자가속포형의 한탄이 뚝 끊기는 것을, 그 이능력은 평소처럼 포착했다.

다만.

"적기 침묵. 하지만 각기, 경계 유지! 적은 제1사를 완료했다!"

그 경고에 지각동조 너머가 단숨에 긴박함으로 가득해졌다.

전자가속포형은 격파했다. 하지만 신의 이능력은 그 직전에 전자가속포형의 한탄이 높아지는 것을——포격을 알리는 특유의 소리를 내지르는 것을 똑똑히 포착했다. 기계 망령의 무기질한 살의는 전자가속포형에 깃든 누군가의 망령에게 방아쇠를 당기는 의사를 확실히 새겼다.

지각동조 너머에서 레나가 질문했다.

[전자가속포형이 부활할 조짐은…….]

"없습니다. 격파했다고 봐도 좋겠죠."

전자포함형이나 공성공창형에게서 확인된, 중앙처리장치를 나비로 바꾼 도주와 부활. 당연히 있을 것이라고 경계했지만, 그 조짐은 없다. 정확하게는 이 전자가속포형도 나비로 변해 도주했지만, 재집결할 낌새는 없는 채로 지금도 멀어지고 있으니 전투 이탈이라고 판단해도 되겠지.

[알겠습니다. 경고와 함께 특무포병연대에 보고하겠습니다.]

레나의 기척이 순간 지각동조에서 사라졌다. ──레나의 말처럼 전자가속포형이 마지막에 노린 곳은 특무포병연대와 〈캄프 파우〉일 가능성도 있다.

애초에 그 가능성이 크겠지. 중포란 요새나 기지, 진지 등의 고정목표나, 전장 그 자체를 쏘기 위한 포, 그중에서도 대구경 포탄을 초고속으로 날리는 전자가속포형은 견고한 요새나 진지를 노려야 진가를 발휘하는 전략병기다.

원래 표적은 아마도 연방이나 연합왕국의 예비진지대. 그 예정을 변경한다고 해도 〈캄프 파우〉에 대한 반격이겠지.

기동타격군과 그 작전영역을 노리는 일은 없을 것이다.

펠드레스 같은 것을 저격하기 위한 포가 아니다. 전장 전체를 노린다고 해도 수백 킬로미터의 전장에 기갑부대를 얇고 넓게 전개한 이 상황에서, 설령 산탄을 이용하더라도 전자가속포형으로서는 큰 피해를 기대할 수 없다.

그러니까.

곡사포에 대포, 대박격포 레이더도 보유한, 기동타격군 포병대대에서 그 보고가 올라온 순간 일말의 의문이 뇌리를 스쳤다.

[레이더에 반응 있음! 초고속탄, 레일건입니다!]

[기동타격군을 노렸다……?! 이 상황에서? 일부러!]

누군가가 흘린 신음이 그대로 신이 품은 의문이었다. 그동안에도 초속 8000미터의 마탄은 순식간에 밤하늘을 날아왔다. 예측되는 착탄 위치에 가까운 몇 개의 전대와 〈바나르간드〉 중대에 포병대대의 경고가 날아들었다. 막 출발한 피난열차가 착탄의 충격에 대비하여 감속하고 배후에서 정지하고, 〈레긴레이브〉가 산개해서 은폐에 임했다. 장갑이 얇은 그들을 지키며 〈바나르간드〉가 탄착 예측 위치와의 사이를 가로막고.

[착탄, 옵니다──!]

그 순간.

도달한 800mm 포탄은 〈레긴레이브〉의, 〈바나르간드〉의, 그들이 지키는 고속철도의 바로 위에서, 맹렬한 폭염과 충격파를 동반하며 자폭했다.

✝

과거에 어느 에이티식스는 이렇게 말했다.

여기서 〈레기온〉과 싸우다 죽을까, 포기하고 죽을까, 두 가지 밖에 길이 없다면 마지막까지 싸우고 살아남아주겠다. 포기하지도, 인간의 길을 벗어나지도 않겠다.
그것이 우리가 싸우는 이유고 긍지다.

복수 같은 것을 위해 우리의 긍지를 더럽히지 않겠다고.
공화국에 복수하지 않는 것은 그것이 에이티식스의 긍지이기 때문이다.
그리고 동시에 복수에 의미 따윈 없기 때문이다. 목숨을 걸고 복수해도, 하얀 돼지들은 자신들의 죄를 깨닫지도 못한다. 자신들의 무능함과 어리석음, 후안무치함은 무시하고, 비극의 주인공 행세를 하며 죽을 뿐이다. 그들이 바란 복수는 진정한 의미로 결코 이루어지지 않는다.
더불어서—— 애초에 복수 따윈 불가능했다. 퇴로에 지뢰밭과 요격포, 그랑 뮬이 자리를 잡았고, 보급조차도 공화국에 의존해야 하고, 무엇보다 〈레기온〉의 대군이 밤낮으로 공격하는 86구에서 관짝이나 마찬가지인 〈저거노트〉밖에 없는 그들이 공화국 85구를 공격할 방법이라곤 없었다.
그렇다. 그러니까 에이티식스들은 복수를 택하지 않았다.

그런 허무한 소망보다는 하다못해 가까스로 지킬 수 있는 긍지를 택했다.

하지만.

자, 질문을 하나 하겠다.

목숨을 걸고서라도 긍지를 지킨다.

그렇다면, 목숨보다도 긍지를 택할 수 있다면, 마찬가지로 목숨을 걸고서라도 복수하겠다고 바라는 것도 이상하지 않을 터이다. 자기 목숨보다도 중시한다면 긍지와 복수의 무게는 같다. 저울은 완벽하게 수평을 이룬다.

그렇다면 긍지가 아니라 복수를 택하는 에이티식스도 있지 않았을까?

거듭 말하지만, 불가능하다. 공화국 시민에게 복수한다니, 그런 힘은 에이티식스에게 없다.

하지만 에이티식스 이외라면.

에이티식스의 앞을 가로막은, 당장에라도 그들과 공화국을 짓밟는, 더불어서 죽은 이들마저도 전열에 가담시키며 덩치를 키우는 기계 망령들이라면.

자, 질문을 하나 더 하겠다.

목숨을 걸고서라도 복수를 바란다.

그렇다면 자신의 죽음조차도 더는 두려워할 것이 못 된다.

그렇다면 〈레기온〉이. 전사자의 기억과 의사를 복사하여 유체 마이크로머신의 중추처리계로 재현하는 〈양치기〉가, 되고 싶다고 바라는 자가.

인간의 형태도, 생명까지 잃어서라도, 복수의 힘을 가진 강대하기 짝이 없는 강철의 망령들에 가담하려는 에이티식스가 과연 한 명도 없었을까?

†

자폭한 800mm 포탄은 어째서인지 산탄도 아니고, 최소한의 외피에 고성능 폭약을 가득 채운 특수 사양인 듯했다.

광범위하게 흩어진 기갑병기를 목표로 한다면 그나마 효율적인, 장갑이 얇은 〈레긴레이브〉에는 그것만으로도 치명타가 될, 무거운 파편을 흩뿌리는 산탄이 아니었다.

대인, 대장갑용 고폭탄도 마찬가지지만, 살상력을 높이려면 폭약의 충격파만 믿지 말고 금속 파편을 더해 고속 탄체로 만드는 것이 효율적이다. 그 탄체를 일부러 섞지 않는, 순수한 폭풍과 충격파만을 터뜨리는 특수 사양.

고성능 폭약 몇 톤 분량이 작렬하는 충격파는 강렬했지만, 경량이라고 해도 〈레긴레이브〉는 기갑병기다. 1톤 남짓한 비장갑 민간차량이라면 모를까, 10톤이 넘는 장갑병기는 꼴사납게 날아갈 일이 없다. 하물며 전쟁에 익숙한 에이티식스들이 모는 기체다.

넘어지지 않기 위해 〈언더테이커〉는, 〈레긴레이브〉들은 재빨리 몸을 낮추고, 머리 위에서 아래로 쏟아지는 형태가 된 폭풍이 그 하얀 기체를 짓눌렀다. 짓누르는 듯한 중압을 강인한 쇼크업소버, 액추에이터는 견뎌냈고, 목이 없는 발키리들은 1초도 안 되는 짧은 시간 동안 움직임이 막혔을 뿐, 악룡이 토하는 불의 숨결을 피했다.

그 짧은 경직이야말로 전자가속포형 한 대를 바치는 불합리를 감수하면서까지 〈레기온〉들이 탐내던 것이었다고, 아무리 에이티식스들이었다고는 해도 그 불합리 때문에 깨닫지 못했다.

저 멀리서 망령들의 포효가 일었다.

〈레기온〉에 깃든 망령이, 공격 순간에 내는 소리. 멀리서, 하지만 전자가속포형 정도의 초장거리는 아니다——〈레기온〉 곡사포병종, 장거리포병형_{스 코 피 온} 특유의 거리.

탐지하고 먼저 포격하기에는, 포병 사양의 〈레긴레이브〉 전부의 움직임이 멎어 있었다.

탐지하고 그 자리에서 피하려고 해도, 거기에 있는 모두가 충격파로 이동을 멈춘 상태였다.

밤하늘을 가르며 포탄이 떨어졌다.

일어서서 자세를 가다듬은 〈레긴레이브〉의 머리 위를 아득히 넘어서, 그 뒤로 화염의 꼬리를 길게 끌고.

"…………!"

그 목표를 깨닫고 돌아본 시선 앞에서——폭풍에 대비하여 긴급정지했던 피난민 열차들을, 화염의 꼬리를 끌며 소이포탄들이 직격했다.

　"헉……?!"
　경악에 숨을 삼킨 것은 잠시.
　그대로 신은 숨을 멈추었다.
　눈앞에 현현한 것은 그가 아니더라도 모두가 얼어붙을 만한 지옥이었다.
　착탄 직전, 외피가 깨지고 무수하게 분열한 소이포탄의 자탄은 장갑 따윈 있을 리도 없는 피난열차의 얇은 알루미늄 합금 차체를 간단히 관통. 갈가리 찢어진 열차 내부에 그것이 내포한 업화를 유감없이 흩뿌렸다.
　소이탄이란 포탄 내부에 충만한 연소제의 화염으로 장해물을 태워 없애기 위한 탄종이다. 그 연소 온도는 1300도. 불에 타기 어렵다는 생나무조차도 이 정도의 고온에 닿으면 잠시도 못 버틴다.
　하물며 간단히 불이 붙는 의복이나 모발을 몸에 두르고, 다량의 수분을 포함했지만 동시에 지방도 내포한 인체가 네이팜의 초고온 화염을 뒤집어쓰고 무사할 수가 없다.

알루미늄 합금으로 된 열차와 그 안에 탄 수백 명의 사람이 단숨에 타올랐다.

"——————————————————————————

—————————————————————————!!"

 별이 가득 반짝이는 어둠 속, 붉게, 뻘겋게, 화염이 타오른다. 어둠을 밝히는 제왕의 요란한 모닥불처럼, 번쩍거릴 기세로 〈레긴레이브〉의 앞에서 타올랐다.

 희생자 자신의 비명은 오히려 들리지 않았다. ——자탄이 꽂히고, 옷이나 몸에 불이 붙어서, 그 고통과 공포에 절규하려고 숨을 들이마시면 목이 고열의 공기와 화염에 닿게 되고, 순식간에 불타 문드러진 목과 폐는 마지막까지 제대로 된 비명 하나도 희생자들에게 허락하지 않았다.

 그 대신 차체의 일그러진 구멍에서, 유리창이 깨진 그 안에서 무수한 손이 폭발처럼 솟구쳤다. 구조를 찾아, 도망칠 곳을 찾아 나와서 꿈틀거렸다. 그 자체가 투명한 화염의 혀에 휘감겨서, 말보다도 더 뚜렷하게 그 고통에 신음하는 움직임으로.

 넓지 않은 객차에 한계까지 꽉꽉 채워져서, 화염과 광란에서 도망칠 여지는 피난민에게 없다. 화염과 함께 순식간에 뿌려진 공황에, 수동으로 문을 열고 나올 이성이 마비되었다. 더불어서 연료에 증점제를 섞어서 만든 네이팜은 점도가 높고, 그 화염은 대상에게 휘감기는 형태로 타오른다. 인간 형태의 횃불로 변한 희생자는 몸을 태우는 화염에서 도망치기는커녕 걸어다니지도 못하고 거의 우두커니 선 채로 타올랐다.

그 이상함.

"뭐……뭐야?!" "우와아아아아아!" "불이! 불이 났어!" "공격받고 있어! 뒤쪽 차량이……!"

어둠을 밝히는 화염의 색과 옮겨붙기 시작한 화염 그 자체에 사태를 깨달은 앞뒤 차량 승객들이 비명을 질렀다. 순식간에 공황과 억측이 퍼지고, 바늘 꽂을 틈도 없는 차내에서 어떻게든 화염에게서 도망치려는 군중들이 옆 차량에 그 혼란을 전염시켰다.

희생자를, 산 채로 타오르는 동포를 구조하려는 모습은 없었다.

애초에 그렇게 거대하게 성장한 화염을 아마추어가, 충분한 물도 없는 상태에서 끌 수 있을 리가 없다. 또한 네이팜 화염은 물로는 꺼지지 않는다.

늦었다. 손쓸 수가 없다.

그걸 알기에 에이티식스들은, 연방 군인들은 순간 꼼짝할 수 없었다.

그 한순간의 망연자실한 시간에—— 귀찮은 연방 기갑병기를 800mm 포탄이 자폭하는 충격파로 발을 묶고, 나아가 전자가속포형의 포격을 경계하게 하여 산개와 대피를 강요한 것으로 번 시간을, 접근을 위한 시간을 착실히 이용하여.

전자가속포형의 포격과 연대하여 급접근했던 〈레기온〉 기갑부대의 광점이 레이더 스크린에 표시되었다. 접근 경보가 요란스럽게 조종석에 울렸다.

"칫……!"

더 치명적으로 여겼던 전자가속포형 대처를 우선하는 바람에 접근 자체는 허용했지만, 적 부대의 존재와 접근은 신의 이능력으로 지휘하의 모든 전대장이 감지했고, 그 밖의 전대, 〈바나르간드〉에도 공유되었다. 업화 속에서 사람이 불타는 지옥 같은 광경에서 즉각 의식을 떼어내고, 요격을 위해 〈레긴레이브〉가, 〈바나르간드〉가 기체를 돌린다.

"각자 판단으로 요격해라. 레일과 열차가 파괴되면 안 된다. 잡을 수 있는 적기부터 해치워!"

불타는 피난열차가 불타는 상태로 움직이는 게 보였다. 멈춰 있으면 전투에 방해된다고 판단했을까. ——아니. 그것도 있겠지만, 그것뿐만이 아니다.

이대로 정차해 있어도 이 자리에서는 이미 구조도 치료도 할 수 없다. 네이팜의 화염을 끌 방법은 이 자리의 누구에게도 없고, 비전투원인, 그것도 귀중한 기능직인 군의관은 제일 먼저 귀환시켰기에 남아 있지 않다.

하지만 연방이라면. 400킬로미터의 노정을 최대 속도로 주파하여 연방 세력권에 도달하기만 하면, 어쩌면 빈사의 화상이라도 구할 수 있을지 모른다.

야수가 기어가듯이 바퀴를 돌리고, 이윽고 속도를 높여서 질주하기 시작한 피난열차가 순식간에 어둠 속에서 멀어졌다. 불지옥과 거기서 불타 죽는 인간을 뒤에 싣고, 전부 다 구할 수는 없다고 이해하면서도 최선을 다하려는 냉철함으로.

시야 한쪽에서 그걸 지켜보며.

귓속에 꽂히듯이 요란스러운 단말마의 절규에 신은 눈을 가늘게 떴다.

단말마.

인격을 갖지 않는 〈목양견〉이 아니다. 〈양치기〉다. 그것도 숫자가 많다. 레이더 표시로는 중전차형만 수십 대, 그 밖에는 경량급만을 데리고, 그들이 낼 수 있는 최대 속도로 급속히 가까워진다.

전방, 경계망의 최전열을 맡는 전대에서 보고가 들어왔다.

[사거리에 들어왔다. 교전 개시…….]

그 순간, 〈레기온〉이 뛰쳐나왔다.

레이더에 표시된 대로 중전차형을 선두로 척후형만을 거느린 ^{아 마 이 저} 기묘한 편성. 중전차형의 차체 위에 빼곡하게, 차체와 포탑의 실루엣이 다르게 보일 정도로 무리를 지어 탱크데상트를 하는 자주지뢰가 뿔뿔이 뛰어내렸지만, 그래도 묘하게 밸런스가 나쁜 편성이다. 경량급 〈레기온〉 따윈 거의 접근을 허락하지 않는 견고한 장갑에 대화력을 갖는 〈바나르간드〉와 중전차형으로서는 감당할 수 없는 고기동성을 자랑하는 〈레긴레이브〉와 대치한다면 더더욱.

그 목소리는.

《다 죽여주겠어.》

수정방울이 울리는 듯한, 맑은, 소녀의 목소리였다.

　소녀의 목소리가 노래하듯이, 얼어붙은, 그러면서도 불을 내뿜는 듯한 격렬한 원한과 살의를 아무렇게나 뿌려대었다.

　생전의 마지막 의지와 말로서.

　소년병.

　아마도──에이티식스.

　이어서 그 자리에 모인 중전차형의──〈양치기〉 전부가 포효했다. 구웅 하고 태풍이나 폭풍처럼 낮은 신음소리와 높은 규환이 밤기운을 압도하며 울렸다.

　《모조리 죽여주겠어.》

　《저놈들을 다 죽여주겠어.》

　《원수를 갚는 거야.》

　《하얀 돼지를.》

　《공화국에 복수를.》

　《똑똑히 알아라.》《짓밟아주겠어.》

　《찢어주겠어.》《울부짖으며 죽어.》《꼴좋다.》

　《갈기갈기 찢어주마.》《거리도 나라도 깃발도 몸도 가족도 동료도 마음도 긍지도.》

　《목숨을 구걸해봐라.》《불타죽어라.》《쏴죽인다.》《짓밟혀라.》《절대로 용서 못해.》《용서할까 보냐.》

　《똑같은 꼴로.》《그 이상의 벌을.》《고통을.》《성이 풀릴 때까

지.》《부숴주마.》《공화국 놈들.》《공화국에게.》《하얀 돼지에
게.》《잘도.》《멸망해라.》《갈기갈기.》《짓밟고.》《원한을.》《복
수를.》《죽어라.》《타죽어라.》《용서 못해.》《복수.》《찢어서.》
《하얀 돼지를.》《다 죽어라.》《놈들을 다.》《잘도 우리 동료를.》
《가족을.》《돌려줘.》《저놈들 때문에.》《너희나 죽어.》《알아
라.》《하얀 돼지를 죽여라.》《원한을.》《멸망해라.》《공화국.》
《하얀 돼지.》《잘도.》《죽여.》《모조리 죽여.》《저놈들을.》《복
수를.》《모조리.》《원한을.》《다 죽어라.》《죽여.》《멸망해라.》
《죽여.》《죽여.》《죽여.》《죽여.》《죽여.》《죽여.》《죽여.》《죽
여.》《죽여.》《죽여.》《죽여.》《다 죽여.》《다 죽여.》《다 죽여.》
《다 죽여.》《다 죽여.》《다 죽여.》《다 죽여.》《다 죽여.》《다 죽
여.》《다 죽여.》《다 죽여.》《다 죽여.》《다 죽여.》《다 죽여.》《다
죽여.》《다 죽여.》《다 죽여.》《다 죽여.》《다 죽여.》《다 죽여.》
《다 죽여.》《다 죽여.》《다 죽여.》《다 죽여.》《다 죽여.》《다 죽
여.》《다 죽여.》《다 죽여.》《다 죽여.》《다 죽여.》《다 죽여.》《다
죽여.》

　모조리, 전부.

《——다 죽여버려!!》

　폭풍처럼, 불길처럼. 아우성을, 포효를, 비탄을, 애절함을, 분
노를, 노여움을, 증오를, 살의를, 저주를, 기계 망령들은 요란스

럽게, 활기차게 소리쳤다. 머리가 떨어져 나가면서도, 그 마지막 순간까지 그들의 뇌리를 활활 태웠을, 백계종과 공화국과 86구와 전장, 과거 그들을 학대했던 모든 것들에 대한 격심한 증오를.

죽는 순간의 뇌를 복사했기 때문에, 몇 년이 지났어도 치유될 일 없는 선명한 증오를.

모두가 에이티식스—— 죽어서도 끝없이 분노하고 증오하는 망령이다.

"큭……!"

신은 한순간 귀를 틀어막았다. 무의미하다고 알면서도 그러지 않으면 이 강렬한 절규와 감정의 소용돌이에 빨려들어서 먹힐 것만 같았다.

원한 때문에 전투를 포기하지 말자고 결심했다. 증오 때문에 긍지를 더럽히지 말자고 결심했다.

그래도 공화국인의 처사에 여태까지 한 번도 분노하지 않고, 원망하지 않을 수는 없어서.

그러니까 〈양치기〉들의 증오에 일말의 공감을 품는 것은 막을 수가 없었다. 그렇기에 그 소리를 계속 듣고 있다가는 언젠가 빨려들 것만 같았다.

[아…….]

실제로 자기도 모르게 그런 듯이 〈레긴레이브〉 한 대가 뒷걸음질 쳤다. 강타하는 듯한 목소리들을, 거기에 담긴 격정을, 흘려넘기지도 받아치지도 못하고 물러났다.

"각기. 힘들다고 느끼면 무전으로 바꿔라. 어차피 이래선 색적에 도움이 되지 않아."

말하면서 신은 한쪽 눈을 찌푸렸다. 공감하니까──이해하니까, 그것에 대해서도 왠지 모르게 느낌이 왔다.

전자가속포형의, 〈양치기〉들의 언뜻 불합리해 보였던 여태까지 보인 행동의 이유.

정면, 발소리도 없이 다가온 중전차형 한 대가 기억에 있는 남자의 저음으로 조용히 한탄했다.

《너희의, 원수를.》

신은 놀라 숨을 삼켰다.

이 목소리.

그 무렵과 같은 퍼스널 마크를, 신은 지금도 하고 있다. 그러니까 일부러 그 앞에 나타난 것은 아닐 테지만.

이 목소리.

이 목소리는.

──신! 신에이 노우젠! 또 저질렀구만, 이 자식!

──사과하라는 게 아니라 개선하란 말이다. 그런 식으로 싸우아간 언젠가 죽어!

거의 출격 때마다 혼났다. 안 그래도 다리가 약한 공화국의 〈저거노트〉를 한계 이상으로 쓰는 신은 매번 기체를 망가뜨렸고, 전투에서 귀환하면 그걸 걱정한 정비반장에게 항상 야단을 맞았다.

기억한다. 제1전투구역, 스피어헤드 전대 막사 옆. 전차포처럼 굵직한 목소리에 잔소리가 많은, 은색 눈을 선글라스로 숨긴 나이 많은 정비반장.

"알드레히트, 중위……."

　신이 흘린 그 이름에, 무엇보다도 지각동조를 통해 들린 목소리에, 라이덴과 앙쥬, 크레나에 리토, 그리고 레나는 경악했다.
　[알드레히트 영감이……?!]
　[아니, 왜……!]
　당황하는 목소리 가운데, 리토가 멍하니 중얼거렸다.
　"도망치라고, 말해 주었는데."
　알드레히트와 마지막으로 말한 사람은 리토다.
　시작된 〈레기온〉의 대공세 앞에서. 도망치라고, 어디든 좋으니까 도망쳐서 살아남으라고, 그렇게 말하고 리토와 아이들을 보내 주었다.
　기지에 남아서 싸우기 위해 소총을 짊어진 그와 정비원의 뒷모습이 마지막으로 본 모습이었다. 〈레기온〉의 대군 앞에서 도망칠 수도 없어서, 마치 벌을 받듯이 죽으러 가는 그 뒷모습.
　"이제 어디도 갈 수 없다고. 갈 수 없기 때문이라고. 그런데."
　스피어헤드 전대로 배속된 소년병을 계속 죽게 내버려둔 자신들은 어디에도 갈 수 없다고. 마치 속박된 것처럼.
　묘비도 없이 간 스피어헤드 전대의 수많은 사망자들의 묘를 계속 지키기라도 하듯이.
　그렇다. 마지막까지 그러려고 했는데. 그럴 터인데.
　"왜. 〈레기온〉 쪽으로 가버린 거야……."

묘비도 없이 간 수많은 사망자들의 거대한 묘인 86구의 전장을, 마지막 순간에 버리고.

〈알드레히트〉는 그 몸을 어딘가에 보여주듯이, 사람을 태우는 장작불과 전쟁터의 어둠 사이에 거만하게 섰다.

거듭되는 한탄만이 이능력을 가진 신의 귀에 끊임없이 울렸다.

《너희의 원수를》《원수를》《원수를》《원수를》《원수를》《원수를》《원수를원《원수를》수를》《원수《원수》를》《원수《원수》《원수》《너희의》원수를》《원수를《원수》《원수원수원수원수원수원수원수원수》

신은 어금니를 빠득 하고 다물었다.

"──당신을 찾는 〈레기온〉은 없다고, 그때 내가 말하지 않았습니까."

꽤 오래전으로 느껴지는, 2년 전의 스피어헤드 전대 기지의 격납고에서.

그때는 아직 하루토가 전사하지 않았으니까 남은 저거노트는 여섯 기였다. 휑하게 넓어진 그 공간에서 몰래 들었다. 아내와 딸이 〈레기온〉이 되어서 자신을 원망하며 찾고 있지 않냐고.

혹시 그들이 죽어서 전장에 사로잡혀 있지 않냐고.

그런 게 없다는 것은 이능력으로 알았으니까 그대로 전했다.

혹시 알드레히트를 찾는 망령이 있었다면 그걸 숨길 이유가 없었다. 전장에 사로잡혀서 신을 계속 부르는 형을 보내주기 위해,

5년에 걸쳐 전장을 계속 찾아다닌 것은 신 자신이다. 알드레히트를 부르고 있다면, 마지막에 그를 부르며 죽은 망령이 있다면 어떻게 알드레히트에게 그걸 숨길 수 있을까.

하지만 알드레히트의 가족은 이미 86구의 전장에 없으니까.

"그렇다면 자기가 저세상에 가면 만날 수 있다고…… 당신은 그렇게 말하지 않았습니까."

그런데.

〈알드레히트〉가 거듭 말했다. 생전의 그가 마지막으로 바란, 죽는 순간의 소망을.

《원수를.》

《너희의 원수를.》

아내와 딸의 원수를.

공화국에게. 조국에게 동포를 빼앗긴── 전장에 던져져서 무참하게 살해당한, 사랑스럽고 소중한 너희의 원수를.

알드레히트가 죽었다면 가야 할 곳에서 만날 수 있을 것이다.

그 소망을 마지막 순간에 버리면서까지.

"아내도 딸도 분명 기다리고 있을 텐데. 왜…… 만나러 가지 않았던 겁니까……!"

그런 가족들의 복수를 하기 위해서였다고 해도.

빠득 하고 어금니를 악다문 것도 잠시.

거의 부러뜨릴 기세로 신은 무전과 외부 스피커 스위치를 켰다.

연방군이 쓰는 모든 주파수, 암호화되지 않은 긴급용 회선도 포함해서 전부.

〈양치기〉가—— 중전차형이 뛰어들기 직전의 야수처럼 몸을 낮추었다. 올려다봐야 하는 전고 4미터의 거구의 포탑 위에서 두 정의 회전축 기관총이 천천히 회전했다.

그렇다. 회전축 기관총이다.

유효사거리 안이다. 여기까지 접근시킨 시점에서 이미 전원은 무리겠지만…….

"피난민을 대피시켜! 이것들의 목적은 공화국인의 학살이다!"

[큭……!]

튀듯이 뛰어든 중전차형을 〈레긴레이브〉도, 〈바나르간드〉도 그들이 가진 최대한의 화력으로 요격했다. 강력하기 짝이 없는 155mm 포의 사선상에는 몸을 드러내지 않고, 반대로 장갑이 얇은 측면이나 상면을 조준에 넣기 위해 기동하고, 혹은 발을 멈추기 위해서. 기동에 방해가 되는 자주지뢰들은 기총 사격으로 찢어버리고, 혹은 산탄으로 날리고.

하지만 아무리 견고한 장갑방어를 자랑하는 〈바나르간드〉라고 해도, 중전차형의 주포에 몸을 드러내는 위험을 감수하면서까지 적 기총의 탄막에서 인파를 지키는 방패는 될 수 없다. 또한 12.7mm 탄에 견디는 정도의 장갑밖에 없는 〈레긴레이브〉는 연방의 전선에서 14mm 기총으로 바꾸는 일도 많은 중전차형의 기총 사격에 몸을 드러내고 방패가 되는 도박을 할 수 없었다.

무엇보다 일개 행정직원, 또한 훈련도 받지 않은 공화국 시민에게 연방 군인이나 에이티식스만큼의 재빠른 대응을 기대할 수도 없었다.

전차포와 비교하면 가벼운, 하지만 권총 따위와는 비교도 안 되게 무거운, 씹어먹는 듯한 스타카토가 울려 퍼졌다.

12.7mm. 혹은 14mm 중기관총.

대장갑용이라고 하기엔 약한 부류에 드는 화기다. 전차의 장갑에는 전후좌우, 어느 방향에서도 무력한 것은 물론이고, 경우에 따라서는 보다 장갑이 얇은 장갑차량, 장갑보병도 튕겨낸다.

하지만 장갑이 없는 대상이라면 차량의 엔진도 갈기갈기 찢고, 콘크리트 참호를 넝마로 바꾸고, 고도에 따라서는 항공기마저 떨어뜨리는, 지극히 강력한 총탄이기도 하다.

하물며 얇아 빠진 피부 말고는 몸을 감싸는 게 없는, 뇌와 순환기를 지키기 위한 것이라고는 약한 뼈밖에 갖추지 않은, 허약한 맨몸의 인간 따위.

중기관총탄의 유효사거리는 대략 2000미터. 탁 트인 전장에서 딱 2킬로미터 너머, 인간의 눈에는 아득히 먼 그 거리와 반쯤 무너진 잔해라고 해도 두 개의 요새벽으로 일단 지켜지는 듯한, 그랑 뮬 너머의 터미널 앞 광장 주변에서.

피난을 위해 모인 군중의 가장 바깥. 광장에서 그랑 뮬로 이어지는 메인스트리트 위에 있던 집단이 순식간에 나자빠졌다.

[……!]

탄두가 무겁고 탄속이 빠른 중기관총이나 소총탄은 인체에 직격했을 경우, 탄두 직경 정도의 구멍이 뚫리는 어중간한 피해로

그치지 않는다.

착탄하고, 인체에서 해방된 총탄의 운동 에너지는 탄도 주변의 연조직을 광범위하게 부순다. 근육도 혈관도 신경도 내장마저도 순식간에 으스러뜨려서 갈가리 찢는다. 애초에 인간을 쏘기 위해서 만들어진 게 아닌, 대인용으로는 너무 위력이 과한 중기관총탄의 경우, 파괴되는 인체의 범위도 지극히 커진다.

착탄한 목에서부터 윗부분이 날아간다. 팔다리가 핏덩이로 바뀐다. 명중한 배에서부터 위아래 두 쪽으로 절단된 몸이 각기 떨어져서 겹친다.

완전히 즉사다. 비명도 지르지 못한다. 자잘한 살조각과 뼛조각이 떨어지는 소리조차도 전장의 소음에 지워진다.

동포의 피보라를 머리부터 뒤집어쓰고 넋이 나간 공화국인을 향해 〈양치기〉의 기총이 돌아간다. 강력한 중기관총탄임에도 불구하고 총탄이 관통하여 뒷사람을 해치는 일은 없다. 대인살상력을 높이기 위한 텀블링탄이다. 인체처럼 부드러운 물체의 내부에 침입하면 탄두가 직진하지 않고 회전, 관통시키지 않고 체내에 머물러서 운동 에너지를 남김없이 파괴에 소비하기 위한 총탄.

견고한 장갑 목표를 주요 적으로 삼은 중전차형이 기총에 장전할 만한 탄종이 아니다.

애초에 같은 장갑병기를 사냥하는 거룡인 중전차형이 연약한 인간 따위를 노리는 것부터가.

그—— 악의.

《다 죽여.》

《다 죽여── 다 죽여! 다죽여다죽여다죽여다죽여다죽여다죽여다죽여!!》

기총이 선회했다. 사나운 규환을 지르며 화선이 연이었다. 줄줄이 선 나무들이 해일에 쓸려서 차례로 쓰러지듯이, 시민들이 이제야 도망치기 시작했다.

뒷걸음질 치고, 발길을 돌리고, 들끓는 인파 속을 허우적거리듯이, 휩쓸리듯이 후퇴했다. 뒤늦게 피난을 외치기 시작한 행정직원의 목소리가 멀다.

중전차형이 돌진을 개시했다. 눈앞의 〈바나르간드〉도 〈레긴레이브〉도 무시하고 느긋하게, 오만하게. 동시에 어딘가── 같은 에이티식스면서 공화국 시민 따위나 지키며 가로막는 〈레긴레이브〉들의 죄를 따지고 나무라는 듯한 격정을 띠고.

[이게 진짜……!]

[제길! 요격해!]

동시에 신의 눈앞에서, 〈알드레히트〉도 움직였다.

쿠웅 하고 여덟 개의 다리가 휠 정도로 힘을 모았다. 정지 상태에서 단숨에 최고 속도에 달하는 부조리할 정도의 가속으로 전투 중량이 100톤에 달하는 강철의 괴물이 움직였다.

《원수를!!》

그 포효를, 하지만 옆에서 끼어든 리토의 〈밀란〉이 달라붙는 형태로 요격했다.

"리토!"

[알드레히트 중위와 마지막으로 이야기하고 보낸 건 대장이 아니라 접니다! 그러니까 이 중위를 보내는 것도 대장이 아니라 제가 할 일입니다!]

거미가 사냥을 하듯이, 네 다리를 펼치고 포탑 상면에 달라붙어서, 떨쳐내려는 중전차형이 그 몸을 흔드는 가속도에 견디면서 리토가 외쳤다. 〈밀란〉의 붉은 광학 센서만이 〈언더테이커〉를 돌아보았다.

[그러니까 대장은 가세요! 지금부터 다 막는 건 이미 무리겠지만! 같은 에이티식스를, 녀석들을…… 막아 주세요!]

그 힘 어린 외침.

신은 입술을 다물었다.

한 차례 숨을 내뱉고 말했다.

"맡기마."

[네!]

그렇긴 해도 아쉽게도 리토의 말이 맞았다.

중전차형이란 인류 측의 견고한 방어선을 돌파하기 위해, 〈레기온〉이 집중적으로 투입하는 공세의 최선봉이다. 지뢰도 대전차장해물도 참호도 보병도 펠드레스도 무차별로 유린하기 위한 병기다.

그 돌격을 방어시설도, 후방 포사격 지원도 없이, 펠드레스만으로 막아내기란 어렵다.

더불어서 화력과 장갑방어보다도 기동성을 중시한 〈레긴레이브〉는 정지 상태의 포사격전에 적합하지 않다. 애초부터 상정되었던 〈레기온〉 부대의 공격 징후를 감지하고 선수를 쳐서 전진, 강습하는 공격성 방어전이라면 또 모를까, 고작 몇 킬로미터 배후에 호위 대상을 등지고 한 발짝도 물러나지 않는 전투를 수행할 만한 기종이 아니다.

팽팽하게 보인 것은 잠깐, 쇳빛 해일과도 비슷한 〈레기온〉 중기갑부대의 두꺼운 종심에, 가까스로 구축되었던 얇은 은색과 쇳빛의 방어선이 여기저기 갉아먹히며 침공을 허락했다. 좌우에서 쏟아지는 88mm 포탄을 두꺼운 장갑으로 모조리 튕겨내고, 그 거대한 몸뚱이에 걸맞지 않은 민첩함으로 중전차형이 기갑병기들의 난전을 제압했다.

전투중량 100톤의 초중량으로 시속 100킬로미터 가까운 속도를 낼 수 있는, 부조리하기 짝이 없는 강철의 괴물에 쫓겨서, 포유류 중에서도 특히나 발이 느린 인간이 도망칠 수 있을 리가 없다.

속도와 중량을 그대로 인간들에 대한 흉기로 바꾸어서.

중전차형은 똑바로 피난민 한복판에 뛰어들었다.

라이덴이 〈베어볼프〉로 달려갔을 때는 이미 열 대 이상의 중전차형이 83구 안에 침입해 있었다.

아직 몇 킬로미터 저편인 일렉스 시 터미널의 플랫폼에는 출발을 기다리는 열차가 이미 대기하고 피난민을 태우는 도중이었던 모양이다. 열차 안에서, 그게 아니더라도 고가 위의 플랫폼에서는 곧바로 움직일 수 없다. 게다가 아직 기총의 사선에도 들어가지 않은 자들은 모를까, 다음 열차편을 타기 위한 집단은 터미널 앞의 광장에 모여 있고, 부채꼴로 펼쳐진 열두 개의 메인스트리트에도 탑승편별로 뭉친 집단이 서 있다.

그 전원이 일제히 앞뒤 안 가리고 도망치려는 혼란이 밤중의 83구를 혼란의 도가니로 만들었다.

중전차형의 위용과 사격에 겁먹고 뿔뿔이 도망친다. ──아니, 도망치려다가 서로 충돌하고, 의도하지 않게 진로를 가로막고, 제대로 도망치지도 못하고 아우성친다.

수천 명씩 모여서, 광장이나 길거리를 가득 채우는 덩어리가 된 것이 문제였다. 시민들은 서로가 방해되어서 제대로 이동하지도 못하고, 적게나마 유도하는 목소리도 비명과 중기관총의 굉음에 묻혔다. 질서정연한 피난과는 거리가 먼, 차마 봐줄 수 없는 혼돈 속의 군중을, 〈양치기〉들은 느긋하게 짓밟고 다녔다.

〈레긴레이브〉로 인파 한가운데를 가로지르는 건 물론이고, 시민들이 불규칙하게 사선을 가로지르니까 〈베어볼프〉의 기관포도 기총도 함부로 쓸 수 없다. 외부 스피커로 피난 유도를 하려고 해도, 광란에 빠진 군중이 그걸 들어주기나 할지.

"제길……!"

적기를, 학살을. 눈앞에 두면서도 어떻게 할 수 없는 답답함에 조종석 안의 라이덴은 이를 갈았다.

[제길……. 완전히 대공세 때랑 똑같잖아! 하얀 돼지가! 도망치면서 방해나 하고!]

"방해된다는 건 동감이지만. 대공세 때랑 똑같진 않아, 토르."

달리는 〈재버워크〉 안에서 아우성치는 토르의 옆에서, 클로드는 〈밴더스내치〉를 몰며 대꾸했다. 1년 전, 이제는 아주 먼 옛날도 같은, 공화국이 처음으로 함락된 날. 대공세.

그때도 〈레기온〉은, 중전차형은, 아마도 〈양치기〉들도, 시민들 사이로 치고 들었지만.

"그때는 이렇게까지 집요하게 하지 않았어. 이런 식으로 인간사냥 같은 짓은."

중전차형의 기총이 내는 총성이 가볍다.

피난민을 향해 사격해대는 것이 어느 틈엔가 중기관총이 아니라 더 소구경인 범용기관총이 되었음을 신은 깨달았다.

중전차형의 회전축 기관총은 포탑 위에 2정. 그중 하나를 일부러 범용기관총으로 바꾼 모양이다. 연방의 전선에서는 척후형조차도 쓰는 일이 거의 없는, 대인용 7.62mm 구경.

풀사이즈 7.62mm 소총탄은 비장갑 차량이나 어지간한 건축물을 어렵지 않게 관통하고 파괴하는 위력을 갖고, 물론 인간을 죽이기에도 충분하고 남지만—— 대물용 중기관총탄과 다르게 무조건 즉사한다고 할 수 없다.

꿈틀대듯이 도망치는 시민들의 등을 일제사격이 무자비하게 쓸어버린다. 발사속도가 고속이기에 나중에 울리는 발사음이 사나운 돼지가 콧소리를 내며 으르렁대듯이 울려 퍼진 뒤에는, 팔다리가 날아가고 찢어진 배를 부둥켜안고 몸을 구르는 군중의 무참한 광경이 남겨졌다. 잘 익은 수박처럼 머리가 터지고, 머리 윗부분이 깨끗하게 날아가서 쓰러진 시체가 오히려 행운인 것처럼 보일 정도로.

"칫……."

광학 센서도 청음 센서도 끊을 수 없으니까, 싫어도 그 광경이 눈에 들어온다. 힘없는 신음소리와 도움을 청하는 목소리도 귀에 닿는다. 이미 익숙해진 망령들의 한탄보다도 훨씬 신경에 거슬리는, 귀에 달라붙는 어린아이의 울음소리에 무심결에 혀를 찼다.

보면 안다. 구할 수 없다.

하지만 아예 죽여주려고 해도 숫자가 너무 많다. 애초에 전투 중이다. 탄을 낭비할 수 없다. 동료의 숨통을 끊어 주거나 자살할 때밖에 쓸모가 없는 권총도, 그런 이유로 예비 탄창이 없다.

아무것도 할 수 없다.

밟아 주는 것조차도, 과도한 부착물이 주행이나 회피행동에 영향을 미칠지 모르는 이상 피해야 한다.

그걸 알면서도, 그래도 들리는 목소리.

《제발, 살려줘.》

이쪽을 향해 뻗은 작은 손을, 즉각 그것이 자주지뢰임을 간파하고 본체와 함께 걷어찼다. 당연하다. 이런 자리와 심리에 파고들기 위한 병종이다.

데이터링크 너머로 상황을 파악한 레나에게서 재빨리 모든 부대로 경고가 날아갔다. 한순간 주저한 다음에는 외부 스피커로 공화국 시민에게도.

함부로 부상자나 시체에 접근하지 말라고. 도움을 청하는 목소리에, 그것이 확실히 아는 목소리가 아니라면 응하지 말라고. 냉철함을 가장하여 팽팽하고 날카로운, 깨지기 직전의 유리 같은 목소리로.

라이트는 이미 눈 먼 탄에 파괴되었고, 여기저기서 타오르는 화염의 검붉은 빛 말고는 광원이 없는 어둠 속에서, 인간의 눈으로 굴러다니는 부상자와 자주지뢰를 구별할 방법은 없다. 자기 몸을 지키기 위해, 부상을 입은 동포를 버리라는 지시를, 공화국인들에게 같은 공화국 시민인 레나가.

그 번뇌를 비웃듯이, 그렇다면 모닥불을 늘려주겠다는 듯이, 구웅 하고 화염의 선이 밤하늘에 그어졌다.

육전부대가 아닌 공병부대의 장비일 터인 화염방사기가 지상전의 패자인 중전차형에게 장착되어 사용되고 있다. 꼭 인간을 향해 쓰면 안 되는 무기는 아니지만, 전차포는 물론 범용기관총과 비교해서도 사거리가 너무 짧은, 연료 분사가 닿는 고작 100미터 정도밖에 안 되는, 말 그대로 물총 같은 것을 중전차형이 운용하고 있다.

화염방사기의 노즐을 증설한 포구에서, 기다란 포신과 비교하면 장난처럼 가는 화염을 뿜어내고. 기갑병기의 정석을 완벽하게 무시한 느긋한 보행으로, 느려터진 인간을 몰아붙이고 불로 구워 댄다. 연소 온도 1300도에 달하는 네이팜의 화염에 인체가 마른 잎처럼 타올랐다.

거기에 맞춰 증설한 듯한, 미쳐 날뛰는 화염 같은 실루엣 속에서 꿈틀거리는 안구 같은, 아마도 대인 센서일 광학 센서가 왜인지 즐거워한다는 것이 느껴졌다.

비유가 아니라 미친 듯이 춤추며 뛰어다니는 모닥불이 밤의 전장에 복잡한 그림자를 한 차례 드리웠다. 교차하는 명암에 현혹되었는지, 눈이 부신 사람처럼 순간 발을 멈춘 〈바나르간드〉가 그 다리 하나에 자주지뢰의 접근을 허용했다.

걷어차기 일보 직전에 작렬. 부러진 다리는 그 중량 때문에 그 자리에 쓰러지며 불운한──어쩌면 행운인──부상자를 깔아 뭉갰다.

[제길⋯⋯!]

"〈펜리르 28〉, 물러나세요. 다른 〈바나르간드〉도. 사각이 많은 〈바나르간드〉로 이만큼 시민과 자주지뢰가 섞인 전장은⋯⋯."

즉각 노성이 돌아왔다.

[멍청한 소리 마, 기동타격군! 너희 에이티식스야말로⋯⋯ 쇳덩어리를 죽이는 훈련밖에 못 받은 너희야말로 무리하지 말고 물러나! 인간의 죽음에는 익숙해졌다지만, 마음을 지키는 훈련을 너희는 받지 않았잖아! 하물며 이렇게 수백 명이 산 채로 통구이가 되는 광경 따위!]

Illustration:I-IV

THE CAUTION DRONES

[〈레기온〉 요주의 전력]

[디노자우리아]

중전차형
화염방사기 사양

[ARMAMENT]

155mm 활강포×1
화염방사기×1
12.7mm 중기관총×1
7.62mm 범용기관총×1

주포 포신에 화염방사기(연료 탱크는 후면 부분)를 증설, 상부에는 광역 대인 센서를 탑재했다. 또한 부무장인 12.7mm 중기관총 1정을 7.62mm 범용기관총으로 교환해 기갑병기로서는 오히려 약해진 특수 사양. 즉사를 피하는 무장 선택 또한 〈레기온〉의 합리성에서 크게 이탈했다── 이것은 공화국에 대한 증오와 복수에 치달은 옛 에이티식스의, 효율보다 인간에게 괴로움을 주며 죽이는 것을 추구한 새로운 모습.

"……."

포성.

일곱 다리의 〈바나르간드〉가 날린 120mm 전차포탄이, 록온을 감지했을 텐데도 시민들에게 집요하게 화염을 내뿜던 중전차형을 옆에서 꿰뚫고 주저앉혔다. ──이 〈양치기〉들은 명백히 〈레긴레이브〉나 〈바나르간드〉에 대한 경계, 대처보다도 공화국 시민의 학살을 우선하고 있다.

같은 기갑병기를 적으로 상정하는 다각전차, 그것도 최고봉에 위치하는 중전차형. 본래 최우선으로 노려야 할 〈레긴레이브〉나 〈바나르간드〉를 무시하면서까지, 중전차형이 보자면 벌레나 마찬가지인 인간을 집요하게 사냥한다. 위협도가 더 높은 목표부터 순서대로 냉철하게, 기계적으로 적기를 격파하는 〈레기온〉의 상투적인 전술에서 보면 너무나도 이상한, 완전히 불합리한 행동이다.

당연하게도 중전차형 집단을 평지에서 〈레긴레이브〉가 상대하는 것치고는 너무 빠른 속도로 폭룡들이 격파되었다. 〈양치기〉의 중앙처리장치가 변한 은색 나비가 주저앉은 거체에서 뿜어져 나와서 밤하늘로 날아올랐다.

마치 미련이 없어진 망자가 마음 편히 승천하듯이.

이전에 프레데리카에게 말했다.

〈레기온〉은 인간을 가지고 놀지 않는다.

그럴 텐데.

"그렇게까지 하면서……."

〈레기온〉의 본성을 거스르고, 기계 망령이 되면서까지.

이를 꽉 악다물었다.

이렇게 되는 것은 알고 있었다. 대공세 이전부터, 저 86구에 있을 무렵부터.

알고 있었으니까 복수 같은 건 택하지 않았다.

자신들이 일부러 복수하지 않아도, 언젠가 반드시 〈레기온〉이 공화국을 멸망시킨다고 알고 있었으니까. 자기가 손을 쓸 필요 따윈 없다고 알고 있었으니까. 그래, 과거에 레나에게 말했다. 그때 자신은 비웃으며 말했다.

──그때 백계종들은 싸울 수 있습니까?

──불가능하겠죠.

몸을 지키기 위해서라도 싸울 수 없는 공화국 시민의, 생물로서의 꼴사나움을 비웃으며.

하지만, 그렇다고 해서.

이렇게까지 무참한 광경을, 그때 나는, 우리는, 바랐던 것이 아니다.

〈레긴레이브〉의 88mm 포가, 〈바나르간드〉의 120mm 포가, 중전차형을 격파한다. 양산형 〈레기온〉 중에서 최강인 중전차형이지만, 공화국 시민의 살육을 최우선한 그들을 사냥하는 것은 전쟁에 익숙한 에이티식스들과 연방 군인들에게는 어렵지 않다.

하지만 격파할 때마다 나비가 날아간다.

유체 마이크로머신 처리계를 변형, 분산한 도주다. 고기동형을 시작으로 전자포함형이, 공성공창형이 보여준 〈레기온〉의 불사화.

인간이라면 제정신을 지킬 수 없으리라고 생각되는, 뇌를 녹여서 무수한 작은 병에 분할하는 거나 마찬가지인 도주를, 원래 인간인 〈양치기〉들이 하는 모습은 역시 광기 그 자체다. 전율하면서 에이티식스들은 과거의 동포가 변한 모습인 나비들을 올려다보았다.

"뭘 하고 있습니까, 각기! 놓치지 마요!"

그들의 여왕이 질타했다. 다급히 〈레긴레이브〉 포병사양기가 소이탄을 장전했다.

하지만.

[대령님, 틀렸습니다. 저놈들은 사람을 방패로 삼고 있습니다!]

"큭⋯⋯."

인파 한가운데 있는 중전차형에, 소이탄은 쏠 수 없다.

이를 가는 여왕을, 〈레긴레이브〉를 무시하고, 살육을 즐긴 〈양치기〉들은 유유히 도주했다.

좌우지간 〈알드레히트〉에게 57mm 대장갑 파일을 네 기 모두 박아 넣었지만, 휘둘리면서 박았기 때문인지 정통으로 먹히지 않았다. 그렇기에 견고하기 짝이 없는 중전차형은 아직 멈추지 않았다.

몸부림에 내팽개쳐졌다가 벌떡 일어난 이후로는 정신이 없었다. 88mm 전차포탄을 몇 번이나 날리고, 다리 관절을 파괴하고 회전축 기관총을 날려버리고, 기총사격으로 광학 센서를 깨뜨리고, 와이어앵커를 감아서 포의 회전을 방해하고, 와이어를 감아서 다시금 포탑에 매달리고.

그렇게 했는데도 〈알드레히트〉는 집요하게, 〈밀란〉이 아니라 주위의 공화국 시민을 노리고 계속 발버둥 쳤다. 쏴죽이고, 포신으로 후려치고, 무장과 광학 센서를 잃고도 부러진 다리로 짓밟으려고 날뛰었다. 방해되니까 도망치라고 외부 스피커로 몇 번이나 목청껏 외쳐야만 할 정도로.

그런 끝에 간신히 상처투성이인 포탑 상부에 밀착해서 전차포탄을 갈겼다.

"헉…… . 허억…… . 헉……헉…… ."

주저앉아 불길을 일으키는 중전차형에서 뛰어내려, 기갑병기의 사투로 엉망이 된 도로 위에서 리토는 거칠어진 호흡을 필사적으로 가다듬었다.

대파된 〈알드레히트〉에게서, 유체 마이크로머신의 은색 나비는 도망치지 않았다.

나비 형태를 갖추려고 하면 얇은 날개를 화염이 불태워버리니까 도망칠 수 없었다.

도망칠 수 없게 88mm 성형작약탄을 썼다.

장갑 내부에서 발생하는 초고열, 초고속 메탈제트가 〈알드레히트〉를 태워 없애고 있었다.

Illustration:1-IV

"중위…….."

아내가, 딸이 있었다는 건 이전에 신에게 들었다.

연합왕국에서의 작전 이후, 알드레히트의 최후에 대해서는 그도 기억했으면 싶어서 이야기했을 때, 신도 답례라는 듯이 가르쳐 주었다. 아내와 딸을 지키려고 스스로 86구에 왔고, 구하지 못하고 죽게 해 버렸다고. 죽어서도 만나고 싶다고 계속 바랐다고.

알드레히트는 사실 백계종이고, 그러니까 딸도 아마 은색 머리나 은색 눈을 가졌을 터이다.

그래서였을까.

아마도 그렇다. ……분명 그렇다.

〈밀란〉의 옆에서 털썩 주저앉아 떨고 있던 젊은 백계종 여성이 간신히 고개를 들었다. 은색 머리에 은색 눈, 리토에게는 역시나 가증스러운 공화국인.

〈알드레히트〉는 마지막에 이 여성을 짓밟아버리려고 했지만 그럴 수 없었다.

다리가 풀려서 주저앉은 여성의 머리 위로 다리를 들어올렸지만, 내리치지 못한 채 그대로 굳어버리고. 그 틈에 리토는 〈밀란〉을 몰아서 달라붙을 수 있었다.

여성은 하얀 얼굴 절반에 불타는 〈알드레히트〉의 붉은 불빛을 받고 떨면서 〈밀란〉을 올려다보았다.

아직도 주저앉은 채로, 간신히 말했다.

[저기……. 구, 구해줘서, 고마…….]

끝까지 말하기 전에 리토는 잘라 말했다.

"그런 건 됐으니까. 일어서서 얼른 대피해!"

분명 날카로운, 비명과도 같은 노성이 나왔다. 흠칫 어깨를 떨고, 일어서지 못하는 채로 기듯이 도망치는 여성에게는 역시나 눈길도 주지 않고 리토는 얼굴을 찌푸렸다.

알드레히트를 구할 수 없었는데.

몇 명이나 죽이게 해 버렸다. 그걸 바라며 〈양치기〉가 되었을 테지만, 그래도 몇 명이나 죽이게 해 버렸다.

그런 짓은 시키고 싶지 않았는데.

공화국인이 아니라 알드레히트를 구하고 싶었는데.

"어째서……."

알드레히트가 아니라 공화국인이 살아남고. 알드레히트가 아니라 공화국인을 구하고.

왠지 화가 치밀고, 그 이상으로 울고 싶은 기분이었다. 하지만 그럴 수 있는 상황도 아니니까, 리토는 광학 스크린을 한 차례 내리치는 것으로 격한 감정을 다스렸다.

중전차형 한 대가 여동생인 듯한 소녀를 데리고 도망치는 소년의 등으로 조준을 맞췄다.

그걸 발견한 동시에 크레나는 쏘았다. 88mm 성형작약탄이 머리 위에서 자폭하고, 기총 두 정이 모두 날아간 〈양치기〉가 비틀거렸다.

그 눈앞에 크레나는 〈건슬링어〉를 착지시켰다. 소녀와 소년, 그

리고 중전차형 사이에 끼어드는 위치. 공화국인 소녀와 소년을,
원래는 에이티식스인 〈양치기〉에게서 지키는 위치로.

돌아본 소년이 중얼거렸다. 열대여섯 살일까. 비슷한 또래의.

[에이티식스…….]

"그래!"

외부 스피커로 크레나는 외쳤다. 그동안에도 중전차형에서 시
선은 떼지 않았다.

"그래. 우리는 에이티식스. 하지만."

우리는 너희 공화국에게 박해를 받은 에이티식스지만.

우리는 끝까지 싸우는 것을 긍지로 삼고, 여태까지 싸워온 에이
티식스니까.

"구해줄게! 우리는 싸울 수 있으니까, 그러니까 여기는 지켜줄
테니까!"

어리고 약했던 과거의 자신과, 그런 과거의 자신을 지키려고 한
언니를, 지금의 자신이라면 지킬 수 있으니까.

지킬 수 있을 만큼 강하니까.

"넌 오빠잖아. 그 애를 데리고 얼른 도망쳐!"

소년은 한순간 멍하니 있다가 한 차례 훌쩍이듯이 얼굴을 찌푸
렸다.

[미안해. 고마워……!]

그리고 어린 여동생을 안은 채로 달려갔다.

크레나는 시야 한쪽으로 그 모습을 보고 중전차형을 조준했
다. 옛 동료의 망령이 담긴 〈양치기〉. 일부러 회전축 기관총을

7.62mm 범용기관총으로 바꾼, 중전차형이라면 있을 수 없는 대인 사양.

모르는 청년의 목소리가 울렸다.

──절대로 용서 못 해.

"…………응."

그건 이해한다.

저 86구에서, 같은 말을 몇 번이나 입에 담았다. 가슴속에서 들끓는 시커먼 불길은 지금도 마음속 어딘가에 틀림없이 있다.

신과 만나지 않았다면, 라이덴이나 세오나 다이야나 앙쥬나 카이에나 하루토나, 레나 같은 동료가 없었다면. 단추 하나만 잘못 끼웠으면 어쩌면 자신도 그 화염에 사로잡혀 있었다.

부모를 어떻게든 구하려 해주던 백계종 장교가 없었으면. 강제 수용소에서 자신이 아직 어린애였을 때 지켜준 언니가 없었으면.

하지만.

그러니까.

"같은 짓을, 하진 마."

어린 여동생을 지키려는 오빠를 쏴 죽이려는 짓을.

저항할 힘도 아직 없는 어린아이를 짓밟으려는 짓을.

하얀 돼지와 같은 짓을, 에이티식스였던 당신이.

나는, 같은 에이티식스였던 당신이.

"같은 짓을 하게 놔두진 않을 테니까."

전고 4미터라서 인파 속에서는 완전히 눈에 띄는 중전차형, 더불어서 후방에서 관측에만 전념하는 척후형들은 꽤 줄었지만, 야간에 원거리, 게다가 이 혼란 속에서는 인간과 비슷한 자주지뢰가 줄었는지 아닌지 알 수 없다.

아니, 아무래도 수십 킬로미터 저편에 전자사출기형^{젠 타 우 어}이 진출한 모양인지, 투척된 자주지뢰가 어두운 하늘에서 띄엄띄엄 내려오는 것을 시야 가장자리에서 토르는 보았다.

"으, 제길, 귀찮아! 정말로 방해된다고……!"

성형작약을 내장한 대전차형 자주지뢰는 밀착 상태라면 〈바나르간드〉의 상판장갑도 관통한다. 일정거리로 접근을 허용하면 위험한데, 주위에는 인간형 실루엣이 북적대고 있다.

반년 전 샤리테 시 지하 터미널 제압작전에서 얻은 경험을 살려서, 조준 레이저를 최대 출력으로 쏴서 근처에 있는 인간과 자주지뢰를 다소나마 구별했다. 열이나 고통을 꺼리는 인간은 반사적으로 몸을 움츠리지만, 통각이 없는 자주지뢰는 무반응, 그게 아니더라도 반응이 느리다. 공화국인을 실수로 쏘거나 걷어찬들 토르로서는 아무렇지도 않지만, 무차별로 짓밟고 싶다는 생각은 없다.

그런 것을 짊어지고 싶지 않다.

접근 경보가 울렸다. 눈에 보이지 않는 조준 레이저의 창을 아랑곳하지 않고 또다시 자주지뢰 한 기가 다가왔다.

"칫."

걷어차려고 앞다리를 당겼다. 그 순간.

[와아아아아아아아악!]

뜬금없는 고함소리와 함께 옆에서 휘두른 뭔가가 자주지뢰를 때렸다.

얼빠진 절규와는 달리 힘이 들어간 일격에 경량의 자주지뢰는 머리 센서가 날아가면서 엉뚱한 방향으로 나자빠졌다. 토르는 다급히 〈재버워크〉의 다리를 멈추었다.

자세히 보니 끼어든 난입자는 더러워진 양복에 안경을 낀, 말라 빠진 백계종 청년이었다. 어딘가에서 뽑아온 듯한 기다란 철봉을 두 손으로 들고, 일어서지도 못하고 바둥거리는 자주지뢰를 노려보면서 외쳤다.

[너, 넌, 낮에 게이트 앞에서 질서를 지키던 〈레긴레이브〉지?!]

그 말을 듣고 깨달았다.

터미널 앞의 광장, 입장 게이트 담당이던 청년이다. 가져갈 수 없는 화물을 버리게 하고, 군인을 우선하는 피난 순서에 납득하지 못하는 시민들의 힐난에 울상을 지으면서도 입장 관리를 맡던 행정직원.

그러고 보면 옆에서 보고 있던 토르에게 몇 번이나 머리를 숙였던가.

[고맙다. 그러니까 작은 건 맡겨줘!]

"뭐어?!"

토르는 무심코 외쳤다. 약하고 무른, 〈레기온〉과 대치하기에 너무나도 나약한 맨몸의 공화국인이 무슨 소리를 하나 했더니만.

"그게 될 리가 없잖아, 물러나! 아니, 도망치라고, 방해되니까!"

9년이나 에이티식스에게 전쟁을 떠맡기고 벽 안에 틀어박힌 하얀 돼지가. 이제 와서 무슨 소릴.

악다문 이가 딱딱거렸다.

애초에.

"애초에…… 난 그냥 구경만 한 거야. 도와줬다든가 그런 게 아니라고."

동포들끼리 소리치고 아우성치는 하얀 돼지들의 꼬락서니를.

벽 안에 틀어박혀 어디도 갈 수 없는, 너희 하얀 돼지들의 그 꼬락서니를.

[그래도 우리는 오늘 그것 덕분에 도움을 많이 받았으니까. 그러니까……!]

자주지뢰의 접근은 멈추지 않는다. 달려오는 다음 자주지뢰에게 청년은 철봉을 휘두르고.

엎어진 채로 일어서지 못하며 자꾸 발버둥 치던 아까 그 자주지뢰가 그 순간에 몸을 뒤집는 데 성공했다.

동체 앞부분을 청년에게 향했다. 껴안고 작렬하여 지향성 산탄으로 인체를, 혹은 성형작약으로 전차장갑을 파괴하기 위한 자폭 병기.

산탄이든 성형작약이든, 그 파괴는 껴안는 품에――동체 앞부분에 집중된다.

"위험해! 도망……."

자폭.

산탄을 흩뿌리는 대인형이 아니라 메탈제트를 생성하는 대전차형 자주지뢰다.

그래도 가까이서 폭염을 맞으면 인간은 성할 수 없다.

"내가 뭐랬어……."

입안으로만 중얼거린 목소리가 설마 들린 것은 아니겠지만.

날아가고 검게 타서 쓰러진 직원의 입술이 살짝 움직였다.

[미안하다……. 아니, 아니군. 미안했다. 에이티식스들.]

"그만둬."

이제 와서 그런 소리는 듣고 싶지 않고, 귀에 담고 싶지도 않다.

강제수용소에서도, 전장에서도, 우리를 구해주지 않았던 주제에. 이제 와서 사과 따윈 듣고 싶지도 않은데.

[용서해 달라고는 하지 않으마. 하지만 가능하면.]

증오하지 말아주면 좋겠다…….

속삭이듯이 청년은 말했다. 증오받지도 않는 것이…… 멸시받고 버려져서, 마지막에는 벌레처럼 잊히는 것이 공화국 시민이 에이티식스에게 할 수 있는 유일한 보상임을 아는 눈빛으로.

그럴 수는 없어서. 그래도. 부디, 지금만큼은.

이번만큼은.

[동포들을…… 부디 구해주지 않겠나.]

나의 이 헛된 죽음을 봐서.

토르는 빠드득 이를 악다물었다.

토해내듯이, 내뱉었다.

"난 몰라……."

하얀 돼지의 자기희생 따윈 알 바 아니다.

그런 건 나와 관계없다. 그러니까.

"구해주지. 널 봐서가 아니야. 단순히 내 변덕이야."

〈레긴레이브〉가 우선적으로 중전차형에 대처하는 가운데, 즉, 자주지뢰가 뒤로 미뤄지기 쉬운 가운데.

거기에 맞서는 시민도 개중에는 있었다.

아이나 배우자를 감싸는 어른. 친구들끼리 어설프게 대오를 짜는 젊은이. ——행정구 단위로 하는 피난이다. 주위에 가족이, 지인이 있는 집단이다. 그 누군가를 지키려고, 어딘가에서 무슨 몽둥이를, 때로는 작렬하여 날아간 자주지뢰의 팔다리마저 주워들어 후려갈기고, 잔해를 주워서 던졌다.

그 전원이 저항한 보람도 없이 찢겨 나갔다.

〈레긴레이브〉의 분전으로 중전차형은 줄어들었다.

한편, 시민은 도망치는 사람도, 맞서는 사람도, 마찬가지로 희생만 늘어났다.

대인형 자주지뢰 하나만 해도 산탄을 뿌려서 여럿을 날려버리는 상황이다. 그리고 여기저기서 타오르기 시작한 불길이 겹겹이 쌓인 무참한 시체와 죽어가는 부상자를 드러냈다.

그 모습에 레나는 이를 갈았다.

희생자를 줄여야 하지만, 그 이상으로 더 많은 희생을 줄이기 위해서라도.

"어떻게든……."

이 자리에서 피난시켜야만 한다. 하지만 83구 밖까지 무질서하게 흩어질 수도 없다. 그러니 공황이 퍼진다. 눈에 보이는 전투에, 피에, 살점에, 주검에, 무참함에, 사람들의 공황이 더욱 커진다. 안 그래도 제대로 들리지 않는 유도의 목소리에 드디어 군중들이 따르지 않기 시작했다.

"노르트리히트 전대, 시민 유도에 임할 수 있겠습니까? 다소 위협해도 좋습니다, 제3번 플랜트…… 송신한 지점 뒤에 대기시켜주세요."

[알겠습니다.]

하지만 신이 끼어들었다.

냉철한 목소리.

[아뇨, 레나. 새로운 적이 옵니다. 그들을 유도에 돌릴 수는 없습니다.]

"큭……!"

마지막 중전차형이 드디어 쓰러졌다.

은색 나비들이 날아오르고, 그걸 쏠 기회를 주지 않겠다는 듯이 목소리들이 접근했다. 은색 해일이 지평선을 야금야금 침식하며.

섬광.

무너져 가는 그랑 뮐 너머에 반짝이는 별이 타올랐다.

하나, 둘, 다섯, 일곱, 숫자를 늘리는 그것은 후방에 있는 장거리 포병형이 날린 조명탄이다. 낙하산으로 천천히 강하하면서 작은 태양이 되어 지상을 밝혔다.

밤의 어둠에 갇혀서 여태까지 시민들의 눈에 들어오지 않았던, 속속 접근하고 있던 살육기계들의 막대함을.

"히익⋯⋯."

양떼들의 마지막 이성이 무너졌다. 중전차형이 전멸한 전장이지만, 공포와 생존본능이 시민들을 뒷걸음질 치게 했다.

살육의 도가니와도 요새벽과도 오히려 먼 장소에 있던 한 아이가 비명을 크게 지르며 달려갔다. 그 뒤를 따라서 주위의 몇 명이 제각각 달리고, 그런 그들을 따라서 주위 사람들이 도망치고, 드디어 피난민 집단이 무너졌다.

재빨리 막으려고 하던 행정직원의 목소리도 이미 닿지 않는다. 둑이 무너진 것처럼 83구의 바깥, 그들의 안전한 집이 과거에 존재했던 85행정구 안쪽으로 달려 돌아간다. 〈레기온〉 본대에 맞서기 위해 〈레긴레이브〉는 그설 쫓을 수 없고, 외부 스피커로 외친 레나의 목소리도 제지하기엔 부족했다.

"잠깐, 돌아와요! 벽 안으로 도망친 정도로 버틸 수 있는 숫자가⋯⋯ 큭!"

말한 뒤에 깨닫고 전율했다. 신의 이능력이 포착한 새로운 적의 숫자는 기동타격군과 구원파견군의 모든 전력을 합친 것보다 두 배 가까이 많다. 무력한 공화국 시민은 물론── 지금 여기에 있는 연방군 부대조차도 위태롭다.

리햐르트 소장이 즉각 판단을 내렸다. 그 판단을 내려야 하는 것은 레나도 그레테도 아니라 구원파견군의 사령관인 그다. 〈레기온〉 전쟁의 처음부터 전장에 있었던 역전의 장수는 이때도 자기 직책을 즉각 실행했다.

[공화국 시민의 피난 지원을 현시각부로 종료. 더 이상의 항전은 불가능하다 판단하고, 지금부터 구원파견군 및 기동타격군, 모든 방어부대의 철수를 개시한다!]

"……!"

그럴 거라고 이성으로는 판단하면서도 숨을 삼킨 레나에게 리햐르트가 물었다. 지각동조의 설정을 바꾸어서 한 명에게만 연결하는 형태로.

[밀리제 대령. 자네라면 도망친 시민의 일부라도 불러들일 수 있겠나?]

"아닙니다……."

그런 건 불가능하다고 깨닫게 하려는 질문이 아니었다.

레나가 아니라 누구라도 불가능한, 그러니까 저버리는 것은 어쩔 수 없다고 암암리에 가르쳐 주기 위한 질문이었다.

[──플랫폼에 있는 191편. 남은 피난민의 탑승이 완료되는 대로 발진해라. 대기 중인 192편을 본 작전의 마지막 열차로 한다.]

[191편. 알겠습니다.]

[85구 안에 남은 공병, 헌병, 사령부 요원은 현시점으로 임무를 종료. 192편에 탑승하라. 근처에 공화국 시민이 남아 있다면 데리고 태워도 상관없다. 모든 요원의 탑승을 확인하는 대로 발차하라.]

도망치려는 시민들을 헌병들이 어떻게든 플랫폼으로 밀어넣고 억지로 태운 191편이 출발하고 반시간 뒤. 연방표준시 0258시.

　공화국을 떠나는 마지막 열차, 192편이 일렉스 시 터미널을 출발했다.

　플랫폼 위에서 피난 유도에 임하던 헌병이, 사령부 철수 작업을 하던 요원이, 그랑 뮬을 폭파하고 돌아온 공병 일부가 떠나는 열차다. 공황 속에서 도망치지도 않고 우두커니 서 있어서 피신이 늦은 일부 시민들을 최대한 태운, 마지막 피난민도 태운 열차.

　〈레기온〉에 위치를 알리지 않기 위해 차량 전방의 라이트는 끄고, 심야의 어둠을 야간투시장치에 의존하여 질주했다. 공화국으로 향하는 도중이던 빈 화물열차, 193편과 194편이 연락을 받고 연방으로 역주행하는 것이 먼 어둠 속에서 희미하게 보였다.

　이어서 남은 기동타격군이 철수를 개시했다.

　이동이 느린 〈바나르간드〉를 먼저 철수시키고, 〈레긴레이브〉와 보급물자를 실은 〈스캐빈저〉로 후진을 이룬 부대다. 최악의 경우에는 〈레기온〉의 태반을 뿌리치는 그 최대 속도를 살려서, 다소의 희생을 각오하고 지배영역을 단숨에 돌파하기 위한 편성.

　프로세서의 몸을 혹사할 정도의 고기동성을 지닌 〈레긴레이브〉지만, 본격적인 전투를 피하며 행군하는 거라면 비전투원도 견딜 수 있다는 사실은 전자가속포형 추격 작전 때 프레데리카나 용아대산 거점제압작전에서의 아네트 같은 사례가 있다. 아네트 때와 마찬가지로 부상에서 갓 복귀하여 장교 수송을 맡은 옛 선더볼트 전대의 사키가 모는 〈레긴레이브〉── 식별명 〈그리멀킨〉 안의 보조석에 몸을 묻고 레나는 혀를 깨물 정도의 진동에 견뎠다.

보이지 않는다고 알면서도 후방, 멀어져가는 전장 쪽으로 시선을 돌렸다.

그걸 눈치챈 사키가 조종간을 쥔 채로 손끝으로 스위치를 조작, 서브윈도를 표시. 전개된 홀로그램 윈도에 조금 화질이 열악한 그랑 뮬의 영상이 비쳤다. 데이터링크를 통해 공유된, 최후미에 있는 부대의 건카메라 영상.

"고마워요."

"아닙니다……."

멀어졌음에도 올려다봐야 할 정도의 그랑 뮬의 하단부는 이미 죄다 〈레기온〉의 대군으로 뒤덮여 있었다. 바짝바짝 밀려드는 홍수처럼, 저편의 어둠 너머에서 연이어 진군하는 무수한 메뚜기떼처럼, 지표면을 메우면서 속속 포위망을 구성해 나간다. 굶주린 것도, 천벌인 것도 아니라, 그저 살육기계로서의 무기질한 살의에 쫓겨서 거리를, 나라를, 대지를, 인간을 유린하고 삼키는 쇳빛 메뚜기의 재앙이다.

한 차례 은색 나비로 변해서 도주했던 〈양치기〉의 목소리들이 다시금 그 안에 깃드는 것을 신의 이능력을 통해 레나는 들었다. 처리계에 깃든 망령의 증오가 아까의 학살을 거쳐서도 가라앉지 않고 더욱 날뛰었다.

포탄위성의 투하와 그 후의 공격으로.

"공화국을 멸망시키지 않았던 것은……."

기동타격군 진출을 허용하고, 오늘 하루 연방군 철수와 이에 따른 공화국 시민의 피난을 일부러 좌시했던 것은 이걸 위해서다.

공화국 시민보다 우선해서 철수할 연방 구원파견군의 비전투원을 지체 없이 연방으로 귀환시키기 위해서. 전투요원뿐이라면, 남은 공화국 시민을 버리면 〈레기온〉 지배영역을 빠져나갈 수 있을 거라고 파견군 본대가 판단할 수 있도록 하기 위해서.

연방군 병력이 그랑 뮬 내부에 남아서 철저하게 항전이라도 했다간 〈양치기〉들이 공화국인 학살을 즐길 수 없으니까.

사냥터는 완전히 포위되었다. 순백을 자랑하는 사냥감들은 갇혔다. 그들이 유색종 동물이라고 경멸하며 쫓아낸, 그 동물들의 망령들에게.

과거 86구에 긷혔던, 시민 대신 싸우고 죽어간 에이티식스들의 희생의 재현처럼.

과거에 시민을 이끌고 혁명을 주도했으면서도 그 시민의 손에 옥사했던 성녀 마그놀리아의 수난을 빗댄 것처럼.

학살이 시작되었다고 이해하고 레나는 전율했다. 선혈에 취하여 인간을 태우는 화염을 모닥불로 삼고, 절규와 고통의 신음을 장단처럼 듣고서. 증오스러운 '하얀 돼지'들을 그 이름처럼 잔치의 성찬 삼아 집어삼키는 복수자들의 연회가, 만취하는 일도 배가 불러 물리는 일도 없이.

마지막 한 명을—— 이번에야말로 다 먹어 치울 때까지.

†

《——아니다.》

　차단 컨테이너 안의 어둠 속. 제레네는 그 말을 거듭했다. 비카의 질문에 대답하려다가 금칙사항에 걸린 말.

　자신은 통괄 네트워크 중추에서——〈레기온〉 총지휘관들 중에서, 그 총의로서 배제되었다.

　〈레기온〉을 막으려고 했으니까.

　현재의 〈레기온〉에게 최우선 임무는 사라진 최고지휘권 보유자 수색이다. 〈레기온〉은 병졸과 부사관, 하급장교를 대체하기 위한 병기다. 지휘관도 없는 채로 〈레기온〉만으로 몇 년이나 계속 싸우기 위한 것은——사실 아니었다.

　그 초기명령에 따라서, 제레네 빌켄바움의 망령으로서, 조국과 인류의 멸망을 좌시하지 않으려다가 자신이 배제되었다.

　현재 〈레기온〉의 통괄 네트워크 중추는, 〈양치기〉들은, 초기명령을 모든 논리, 행동을 구사하여 회피하려고 한다. 〈레기온〉으로서가 아닌, 그들 자신의 소망을 이루기 위해서.

　〈레기온〉이 되었으면서, 〈레기온〉이 아닌 인간이었을 적의 소망을, 죽어서도 채 못 다한 소원을 성취하기 위해서.

[EIGHTY SIX]

At the Republican Calendar of 368.8.26.
Less than one hour has passed
since the "First Great Offensive".
In the San Magnolia's capital, Liberté et Égalité.

공화력 368년 8월 26일
'대공세' 로부터 약 1시간 뒤
리베르테 에트 에갈리테

Judgment Day.
The hatred runs
deeper.

주변 일대의 요격포에 발사 코드를 입력하여 맹포격을 가해 지뢰밭을 개척한 것에 이어서, 그랑 뮬 게이트 개방 코드의 입력. 일개 핸들러에 불과한 레나는 본래 알 리 없는, 따라서 가능할 리 없을 터인 그것들의 수순을 마치고 육군 본부에서 내려다본 심야의 제1구는 참으로 고요했다.

혁명제 밤이다. 축제에 지치고 취한 많은 이들이 잠든 와중이지만, 그래도 거리에도 광장에도 도망치는 사람의 모습이나 차는 극히 소수다. 그랑 뮬의 붕괴와 〈레기온〉의 침입을—— 최종방어선의 함락과 공화국의 안녕이 무너졌음을 알리는 긴급 속보조차도 아직 나오지 않는다.

물어뜯긴 북부 요새벽에 섭한 제일 바깥 구역, 제74구는 생산 플랜트와 발전 플랜트가 많은 공업구역이다. 주민의 숫자는 소수, 도망친 자가 있다고 해도 느려터진 인간의 다리로는 아직 이웃 행정구에도 도달할 수 없다. 하지만 최종방어선 함락이 전해진 국군 본부, 그리고 정부에서 함락의 연락, 피난의 지시가 어째서인지 아직 나오지 않는다.

핏기가 가신 입술을 깨물었다.

뻔하다. 피난민이 몰려서 길이 막히기 전에 정부고관들이 안전권으로 피난하기 위해서다. 지금 도망치는 것은 많은 시민보다 먼저 연락을 받은, 군이나 정부와 관계가 있는 유력자들이다.

아마도 제1구의——주민의 태반이 백은종이며 옛 귀족계급이다──피난이 끝날 때까지, 제1구 이외에는 피난 지시조차 제대로 나오지 않을 것이다.

전장에 비전투원이 남아 있으면, 모든 작전행동에 방해된다. 그것은 에이티식스들에게도 변함없다. 불필요한 혼란을 부르지 않으면서도 신속하게 가장 많은 시민을 피난시키기 위해서는 어디에 알리고 누구에게 지휘를 부탁해야 할까, 레나는 고속으로 머릿속의 인명록을 뒤졌다.

커다란 창문 밖을 스친, 군 사령부와는 어울리지 않는── 그리고 원래 궁전이었던 화사한 이 건물에는 얄궂게도 어울리는 색채에 숨을 삼키며 돌아보았다.

"어머님⋯⋯?!"

틀림없다. 사령부 정면에 도착한 고급차에서 뛰어내려, 드레스 자락을 붙잡고 좌우 대칭인 기하학적 정원 사이를, 대리석 돌계단을 열심히 뛰어서 올라오는 것은 정말이지 시대에 어긋나게 드레스 차림을 한 어머니였다.

다급히 계단을 내려가서 홀로 향했다. 거울처럼 반질반질한 대리석 홀에 내려가자마자, 뛰어든 어머니와 부딪쳤다.

"도망치거라, 레나!"

필사적인 표정이었다. 드레스라고 해도 방에서 입는 용도, 외출에 어울리지 않는 편안한 구조와 재질, 머리도 화장도 풀지 않은 채로 달려온 것이라고 한눈에 알 수 있는, 정말로 어머니답지 않은 모습이었다.

"제롬에게서 연락을 받았다. 〈레기온〉이⋯⋯ 저주스러운 자동

기계들이 그랑 묠을 뚫었다고!"

그 순간 갑자기 눈물이 넘쳐날 뻔했다.

칼슈타르는…… 에이티식스 박해를 좌시하고, 공화국도 저버렸던, 그 어렴풋한 절망에 잠겼던 과거의 '숙부님'은.

그래도 최소한…… 레나의 어머니만큼은 구하려고 한 걸까.

레나에게 시간을 남겨주려고 했던 것만이 아니라.

감상과 눈물을 뿌리치며 대답했다.

그래. 남겨주었으니까.

"예. 그러니까 어머님은 도망치세요. 집안사람들도 데리고 가세요. 다 같이, 최대한 남쪽으로. 저도 반드시 따라갈 테니까요."

"레나, 무슨……."

"에이티식스들에게 협력을 부탁했습니다. 그들을 이끌고 〈레기온〉을 요격하겠습니다. 핸들러로서 저는 그 지휘를……."

"안 돼!"

비명 그 자체인 날카로운 소리가 가로막았다. 레나는 놀라 입을 다물었다.

그런 레나의 어깨를 힘없는 두 손으로 붙잡고 어머니는 계속 말했다. 필사적인 표정. 당장에라도 절벽에서 떨어지려는 아이의 손을, 힘이 부족한 두 팔로 필사적으로 붙잡고 잡아당기려는 어머니의 표정.

"안 돼, 레나! 싸우면 안 돼. 전장에 가면 죽어. 군인 같은 짓을 하다간 죽어. 바츨라프처럼…… 전장에 나갔다가 죽은 네 아버지처럼!"

레나는 놀라서 어머니를 바라보았다.

──군인은 그만두렴.

어머니가 몇 번이고 그렇게 말했던── 내심 현실을 보지 않는다고 무시했던 그 말의 참뜻을 처음으로 깨달았다.

어머니가 계속 보았던, 아버지의 죽음이라는 '현실' 을── 자신이야말로 보지 않았다고.

"자, 레나. 그러니까 군인 같은 걸 하면 안 돼. 그보다도 너는 행복해져야 해. 너만큼은 바츨라프처럼 죽으면 안 돼. 응? 행복해져야지. 너는 행복해져야 해……!"

"……"

레나는 이를 악다물었다. 하지만 자신은 거기에 등을 돌리겠지. 이렇게나 자신을 생각하는── 어머니의 마음에.

어머니를 쫓아와서 얼굴을 보인 운전기사를 손짓하여 불렀다. 어머니의 어깨를 밀어내 그에게 맡겼다.

"고마워요, 어머님. 하지만 그 전에. 일단 살아남기 위해서…… 저는, 제가 싸워야만 합니다. 싸우지 않으면 살아남을 수 없지요. 지금은 그런 상황입니다."

발길을 돌렸다. 의지의 힘으로, 어머니가 뻗은 손을 뿌리쳤다.

운전기사는 그 뜻을 읽고 어머니를 붙잡아서 쫓지 못하게 해 주었다. 비명 같은 목소리만이, 이를 악물고 눈물을 참는 레나의 뒷모습을 쫓아왔다.

"레나! 안 돼! 돌아오렴. 레나……!"

그것이. 레나가 어머니와 마지막으로 나눈 말이 되었다.

'마님께선 전차형에 짓밟히려던 아이를 감싸다가 돌아가셨습니다.' 라고. 훗날 유일하게 살아남은 메이드에게 들었다.

D-DAY PLUS ELEVEN.

At the Celestial year of 2150.10.12
The Astronomical Twilight.

성력 2150년 10월 12일
D+11

하늘이 밝아올 무렵

The number is the land which isn't
admitted in the country.
And they're also boys and girls
from the land.

86

EIGHTY SIX

기동타격군은 연방 벨루데파넬 시와 공화국 옛 일렉스 시를 잇는 길이 400킬로미터의 고속철도의 철로를 따라 얇고 길게 방어부대를 전개하고 있다.

　고속철도의 남북으로 가는 실처럼 이어진 방어선 전력을 실을 감듯이 회수하면서, 그들은 연방으로 철수하는 길을 내달렸다.

　군의 전진, 후퇴는 교차약진이 기본이다. 가장 뒤에 있는 부대가 적을 붙들고 전투를 수행하며 추격을 막는 사이에 후퇴행동을 취하는 부대가 정해진 위치까지 후퇴한다. 우군부대가 다 후퇴한 다음에는 나머지 부대가 후퇴하고, 새롭게 가장 후열에 선 부대가 남아서 적 추격부대와의 전투를 이어받는다. 예정거리를 다 후퇴한 부대는 방어선을 유지하는 부대와 합류하고, 후속부대가 철수할 때까지 후퇴로의 안전을 확보한다.

　제일 먼저 후퇴시켜야 하는 후방 지원부대, 이동이 느린 보병부대는 이미 연방 지배영역으로 귀환시켜서, 이동이 빠른 〈레긴레이브〉와 그걸 따라갈 수 있게 만들어진 〈스캐빈저〉만으로 이루어진 후퇴행동이다. 방어선에 대화력을 제공하기 위해 요소에 남은 최소한의 〈바나르간드〉도 순차적으로 합류, 회수하면서 훌륭할 정도의 속도와 원활함으로 가을밤 철수행이 진행되었다.

　레나를 포함한 각 기갑 그룹의 작전지휘관, 참모들이 그걸 성공시키고 있다.

　방어선 곳곳, 각 전대에서 올라오는 무수한 보고를 정리하고,

검사하고, 당연히 그룹 사이에도 공유하고 조정해서 새로운 지시를 내린다. 작전 변경이 알려지자 한밤중인데도 일어난 비카와 프레데리카가 정보 검사와 공유를 지원하고, 철수로 주변의 색적 보조를 담당해 준다. 이능력자인 프레데리카는 어쩔 수 없지만, 정보 관련 지원으로는 작전행동이 길어질 것을 대비하여 교대요원으로 자이샤와 올리비아도 대기하고 있다는 이야기를 보고와 함께 들었다. 이쪽의 피로는 걱정하지 말고 마음껏 써도 상관없다면서.

기갑병기의 초중량을 질주시키고, 혹은 전투를 거치면 보급도 필요하다. 각 전대를 교대로 방어선 안쪽으로 물러나게 해서 〈스캐빈저〉로부터 에너지팩이나 탄약을 보급받게 하고, 프로세서에게 최소한이나마 식사와 휴식을 취하게 한다. 그 순서를 조정하고 지연이나 누락이 없도록 계산한다. 400킬로미터에 달하는 장대한 방어선, 기동타격군의 〈레긴레이브〉 수천 기가 하나의 거대한 생명체가 되어 올바르게 가동할 수 있도록.

다행히 〈레기온〉 주력은 연방이나 연합왕국의 전선에서 교착상태에 빠져 있어서 기동타격군 철수행에 돌려진 적 부대는 별로 많지 않다. 근접엽병형만 아니라면 떨쳐낼 수 있는 〈레긴레이브〉의 속력이 공화국 주변의 〈레기온〉 부대를 뿌리치기도 했다.

무엇보다 피난민을 태운 마지막 열차가 방해받지 않고 나아가는 게 크다.

불타는 채로 선행했던 열차는 연방에 도착한 듯하고, 선로도 손상을 입지 않은 모양이다. 최종편은 예정보다 사람을 가득 채웠으니까 속도를 떨어뜨릴 수밖에 없지만, 〈레긴레이브〉와 함께 철수하기에는 충분한 속도다.

그들뿐이라도 어떻게든 모두 무사히 피난시키고 싶다고, 레나는 희미하게 밝아지기 시작한 새벽하늘을 올려다보며 생각했다.

†

《──그것을.》
《너희가 우리에게서 도망치려 하는 것을.》

동포를 두고 꼴사납게 도망친 일부 하얀 돼지의 도피행을, 아득히 높은 하늘에서 추적하는 경계관제형의 눈을 통해 확인하면서 〈양치기〉들은 속삭였다.

지휘하의 〈레기온〉이 들끓는 83구의 일렉스 시 터미널 앞 광장의 깨진 돌바닥에서 백합이 한 송이 피어 있었다.

어디선가 씨앗이 날아온 거겠지. 얼마 전의 혼란과 살육 속에서 운 좋게 짓밟히지도 불타지도 않고 살아남은 모양이다. 들꽃 특유의, 온실의 백합과는 비교도 되지 않게 키가 작고 조그만 꽃봉오리, 하지만 중전차형의 흉기 같은 다리 옆에서 얌전히 머리를 수그리고서도 확실히 피어 있다.

눈처럼 하얗고 둥그런 꽃봉오리를 얼마 전까지 있었던 살육의 피로 붉게 물들이고.

마치 순백을 자랑하는 성녀가 자기가 저지른 죄에, 오만에, 부끄럽게 고개를 숙인 것처럼.

그런 너희를.

순백을 자랑하면서 가증스러운 죄인인 하얀 돼지들의 도주를.

같은 에이티식스면서, 같은 에이티식스인 주제에, 하얀 돼지들을 감싸고, 그 손에 묻은 피도 잊어버린 척하면서 지낼 수 있는 옛 동포의 행동을.

《우리 에이티식스가—— 용납할 줄 아는가.》

†

"아아……."

탄식이 흘러나왔다. 레나는 멍하니 그 모습을 보았다.

이미 이 구역을 담당하는 제4기갑 그룹, 그 작전지휘관에게서 보고는 받았다. 그러니까 각오는 하고 있었지만.

철수로인 고속철도 주변을 인파가 가로막고 있다.

눈대중으로 500미터 정도 거리에 걸쳐서 띄엄띄엄, 그리고 길게. 10여 명에서 수십 명 정도가 옹기종기 모여서 쩔쩔매는 기색으로 서 있는 그들은 마지막 피난열차인 192편에 탔던 공화국 시민들이다.

그들을 운반할 터인 고속철도의 선로는 정지한 열차의 전방 10여 미터부터 몇 킬로미터 너머 지평선에 이르기까지, 눈에 보이는 곳은 죄다 날아간 모습이었다. 보고에 따르면 그 너머로도 수십 킬로미터의 광범위에 걸쳐서 노선이 절단되었다는 모양이다.

포격으로.

"장거리포병형, 여기까지 와서……!"

연방 지배영역까지 앞으로 50킬로미터도 안 남은, 조금만 더 가면 닿을 터였던 여기까지 와서.

연방 지배영역에 가까운 게 오히려 화근이 되고 말았다. 〈레기온〉과 연방군의 전력이 팽팽히 맞서며 교착상태인 최전선 부근은 〈레기온〉 부대가 몰려 있다. 적 부대 숫자도 듬성듬성한 지배영역 깊숙한 곳에서는 가능했던 〈레기온〉 공세 발기의 징조를 감지한 선제공격이, 최전선 부근에서는 농밀하게 배치된 적 부대가 방해해서 어려워진다.

더불어 신의 이능력은 〈레기온〉의 위치와 숫자를 파악할 수 있지만, 병종은 판별할 수 없다. 연방과 대치한 군단 규모의 〈레기온〉, 그 숫자가 10만 기를 넘는 대열의 뒤에서 준동하는 부대가 전열 돌파를 위한 기갑부대인지, 포병인지 전부 정확하게 파악하기는 어렵다. 하물며 그 포병이 조준하는 게 정면의 연방군 방어선인지, 측면의 기동타격군 철수로인지 판별하는 것은.

그리고 비유도식 곡사포탄은 한번 발사되면 격추할 수 없다.

작전지휘관도 총대장인 스이우도 분통한 기색이었지만, 그렇다고 해서 제4기갑 그룹의 잘못은 아니다. 포병이 있을 가능성이 있는 적 부대, 위협이 될 위치에 있는 그것들에는 당연히 주의를 기울였다. 70킬로미터 저편에서 연방군 포병사단과 포격전을 주고받던 장거리포병형이 갑자기 제4기갑 그룹의 방어선에 집중포화를 날렸음에도 각 전대를 산개해 피해를 최소한으로 줄였고.

다만 이동이 불가능한 데다가 수십 킬로미터의 길이에 달하는 바람에 표적이 되기 쉽고, 지키기 어려운 철도 선로까지는 지켜 낼 수 없었다.

　155mm 고폭탄은 폭발과 고속 파편으로 반경 45미터의 광범위를 살상하는 병기다. 전차장갑에는 효과가 제한되지만, 어지간한 콘크리트 벽이나 진지도 일격에 파괴하는 위력을 자랑한다. 차폐물도 없이 드러난, 약하고 가느다란 금속 선로는 버틸 수 없다.

　대구경 고폭탄으로 아득히 저 멀리까지 일직선으로 갈아엎어진 땅, 구부러진 철골과 듬성듬성 나무가 솟구친 피난로를 둘러보며, 신은 솟구치는 괴로움을 숨기지 않으며 말했다.

　"여기 오는 걸 기다렸다고 봐도 되겠지. 70킬로미터 저편에서 관측사격도 없는 일제사격으로 선로 주변을, 그것도 수십 킬로미터나 모두 명중시키면서도 피난열차에는 피해가 없다니."

　"그래요."

　치미는 전율을 꾹 누르며 레나는 끄덕였다.

　그렇게. 파괴된 것은 선로뿐이다. 노선상으로만 이동할 수 있고, 속도를 조절하는 것 말고는 회피할 방도도 없는 열차에는 피해가 발생하지 않았다. 직격은 물론이고, 미처 정지하지 못해서 탈선하는 일도 없었다.

　그 정도의 여유를 가지고 정확하게 노선만 파괴한 것이다. 신의 말처럼 시험사격도 없이——미리 갖추어 놓은 사격 데이터를 기반으로 한 사격으로, 사거리를 연장하는 베이스블리드탄을 운용해서 일부러 70킬로미터 저편에서.

기동타격군이 대처할 수 없도록 최전선의 무수한 〈레기온〉 사이에 섞여서, 그걸 위해 연방 지배영역까지 일부러 철수를 허용하고. 아마도 상공에서의 관측으로 타이밍을 재어서, 연방 측에서 다른 열차를 보낼 수도 없도록, 연방 지배영역 부근까지의 수십 킬로미터에 달하는 노선을 절단하고.

그렇게까지 해서.

"30킬로미터나 사거리를 연장하는 베이스블리드탄을 준비하고, 공격의 징후를 들키지 않도록 직전까지 연방군 본대와 포격전을 벌이고, 아마도 관측까지 하면서 일부러 열차를 피해서. 그렇게까지 애써 공화국인을 살려서 멈추게 했다면……."

시선을 돌려서 보니. 역시나 신은 괴롭게 고개를 끄덕였다.

"그래. 지금 공화국 주변의 〈레기온〉 일부가 움직였어. 총 숫자는 1만 정도, 진격 속도로 보면 선진은 근접엽병형, 후진은 전차형이나 중전차형 주체의 기갑부대야. 기동타격군이 지나온 길을, 고속철도의 노선을 따라서 똑바로 추격하고 있어."

"……."

레나는 이를 악물었다.

인간이 걸어서 진군하는 속도는 평균 시속 4킬로미터.

훈련받은 군인으로서는 느린 듯하지만, 실제로는 이 속도가 보병의 기나긴 역사 속에서 도출된 가장 효율적인 진군 속도다. 걷는 속도를 이것보다 더 올리면 피로가 커지고, 최종적으로 이동 거리는 오히려 짧아진다. 하루에 약 30킬로미터, 보다 장시간을 들여서 강행군해도 40킬로미터 정도가 하루에 행군하여 갈 수 있는 최대 거리다.

중량 수십 킬로그램에 달하는 장비를 짊어지고 걷는다고 해도, 훈련받고 고도로 통제된 군인의 발로 고작 시속 4킬로미터.

행군 훈련을 받지 않은, 평소 자동차나 열차를 이용하니까 걷는 데 익숙지도 않은 시민들이라면 더욱 느리다.

함께 타고 있던 헌병이나 사령부 요원이 열심히 질서를 지키고 있으니까 일단 이동이 멈췄더라도 함부로 돌아다니진 않지만, 그 래도 통제가 전혀 되지 않은, 수천 명이나 되는 대집단이다. 대열 을 짜고 걷기까지 얼마나 걸릴까.

더군다나 노약자와 아이들이 같이 있고, 건강한 젊은 남녀도 이 미 10년 넘게 85 행정구 안의 정비된 포장도로만 걸었을 뿐, 길 없 는 들판을 걸은 경험은 거의 없다. 단 하루, 몇 시간이라도 계속 걷 는 것조차도 어쩌면 어렵겠지. 장거리를 걷게 할 생각은 없었기 에 많은 사람이 마땅한 신발도 신지 않은 지금이라면 더더욱.

최고 시속이 200킬로미터를 넘는, 고기동형 다음으로 빠른 속 도를 자랑하는 근접엽병형에 추격받으며 도망칠 수 있을 리가 없 다. 순식간에 따라잡혀서 일렉스 시 터미널과 같은 공황과 살육 에 처하겠지.

그들뿐이라면 도망칠 수 있는 〈레긴레이브〉도, 근접엽병형 단 일 편성에 평지라면 따라잡혀도 패배할 리 없는 〈바나르간드〉도, 피난민을 데리고 가다가 발이 묶이고 방해받아선.

한순간 레나는 생각해 버렸다.

옆에서 아마도 같은 결론에 도달한 신이, 레나에게서 눈을 돌리는 게 느껴졌다.

기동타격군과 구원파견군. 지각동조로 연결된 그 지휘관들에게 동시에 차가운 침묵이 흘렀다.

전원이 그것을 검토했다.

수많은 부하의 목숨을 맡고 책임을 지는 지휘관으로서, 검토할 수밖에 없었다.

연방 군인만이라도 귀환시키기 위해서, 걸리적거리는 공화국 시민을 버려야 할까.

연방군 지휘관과 참모는 생각했다.

애초에 공화국 시민의 피난을 돕는 것은 가능한 범위까지다. 연방 군인에게, 부하에게 희생을 치르게 하면서까지 공화국인을 구할 의무는 없다.

레나는 생각했다.

연방군이 희생을 치르면서까지, 공화국인을 구하라고 명령할 수는 없다. 하물며 에이티식스에게 공화국인을 위한 희생을 치르라고 명령할 수는 없다.

신은, 에이티식스들은 생각했다.

자신과 동료가 희생하면서까지 공화국인을 돕고 싶진 않다. 연방 군인인 자신들에게는 이미 도와야 할 의무도 없다.

그러니까.

무심결에.

그것을 생각해 버렸다.

여기서 공화국 시민을 버리더라도.

그건──어쩔 수 없는 일 아닐까?

작고 차가운 한숨 하나 지각동조를 지배한 침묵을 깨뜨렸다.

[──생각할 것도 없는 일인데.]

강철을 맞부딪치는 듯한 딱딱하고 낮은 목소리. 구원파견군 사령관인 리햐르트 알트너 소장.

레나보다도, 기동타격군 여단장인 그레테보다 위. 이 자리에서 최고의 지휘권과 책임을 지는 지휘관.

무심코 레나는 입을 열었다.

버려야 한다고 말할 각오도, 그 반대의 말을 바랄 뿐인 결의도, 아직 확실하지 않은 채로.

"리햐르트 소장님……."

[부장, 구원파견군의 후퇴 지휘는 자네에게 맡기지. 벤체르 대령, 기동타격군 후퇴의 총지휘권은 여태까지처럼 자네가 갖도록. 〈레기온〉의 요격은 나와 본부 직할 연대가 맡는다. 그동안 공화국인들을 연방까지 피난시켜라.]

"……!"

무심결에 레나는 숨을 삼켰다. 마찬가지로 신이 옆에서 눈을 치켜뜨고, 지각동조 너머의 총대장들이 각기 숨을 삼키는 기척.

한편, 그레테는 담담히 대답했다.

예상했다는 듯이, 각오했다는 듯이, 조용하면서도 어딘가 침통한 목소리로.

[시민들이 도보로 철수할 시간을 1개 연대만으로 뒤에서 번다. 결사대나 마찬가지……그렇게 목숨을 바치는 거군요, 소장님.]

[군인이라는 자가 자기 목숨이 아깝다고 민간인을 저버리고 도망쳐선 안 되니까. 무엇보다 우리 연방은 정의의 나라니까.]

정의의 나라.

그것은 연방이 내건 '정의'라는 국가 슬로건을 가리키는 것만이 아니라.

[조국에서 박해받은 소년병들을 구하고. 그 소년병들과 함께 곤경에 처한 다른 나라를 돕고. 박해자인 공화국에도 원조와 개심의 기회를 주면서, 고생해서 쌓은 정의의 이름이다. 연방의 영원한 재산이 되어야 할 명성에 이런 일로 흠집을 내선 안 되지. 하물며 악이어야 할 공화국에, 버림받은 피해자라는 위치, 연방에서 버렸다는 간판을 주어선 연방의 미래에 문제가 생길 수 있다.]

"전후의, 외교를 위해서……?"

레나는 무심코 중얼거렸다. 리햐르트는 "흥." 하고 코웃음을 쳤다.

[그런 거다. 운이 없었군, 밀리제 대령. 공화국으로선 어쩌면 좋은 기회였을 텐데.]

연방은 정의의 자리를 양보하지 않고, 비극의 주인공으로 끌어안은 에이티식스에게서 비극의 위치를 앗아가는 짓을 하지 않는다. 규탄해야 할 악으로서의 추태를 스스로 드러낸 공화국이 그 악명을 씻어내게 하는 짓도.

"……."

[아쉽게도 시민 전원은 구하지 못했지만, 일국의 국민, 수백만 명을 구하라는 게 얼마나 말도 안 되는지는 옆에서 봐도 분명하지. 얼마 안 되는 생존자를 구하기 위해 연방의 1개 연대가 장렬히 산화한다. 그 정도의 비극이 있으면 씻을 수 있는 흠집이다.]

그러니까. 스스로 목숨을 바쳐서…….

본부연대의 대열 중간에서 리햐르트가 탄 지휘차 대용 〈바나르간드〉가 방향을 틀었다. 파견군 사령관의 책임으로서, 또한 화력이 부족한 〈레긴레이브〉에 120mm 포의 대화력을 지원하기 위해서, 파견군의 가장 뒤에서 이동하던 구원파견군 본부연대. 백여 대로 이루어진 그 전부가 〈바나르간드〉 특유의 무거운 발소리와 땅울림을 내며 반전하기 시작했다.

후속의 진로를 막지 않도록, 좌우로 반전하면서 온 길을 되돌아간다. 외부 자극에 반응하여 일제히 몸을 뒤집는 물고기 떼처럼, 일사불란하고 훌륭한 동작.

동쪽에서 서쪽으로 나아감에 따라 행군을 위한 종렬 진형에서 요격을 위한 횡렬 진형으로 전개하고, 또한 전대, 소대별로 나뉘어서 나아간다.

지금도 다가오는 〈레기온〉의 추격부대 1만을, 고작 1개 연대로 맞서기 위한 지형을 찾아서.

[한 가지 가르쳐 주지, 밀리제 대령. 거기 있는 벤체르 대령은 이러한 정치에 별로 능하지 않으니까. 군대도 군인도 정치를 위한 도구다. 적을 무찌르는 것이 진짜 의의가 아니다. 자네가 공화국의 도구인지, 에이티식스를 위한 여왕이라는 말인지는 모른다. 그저 자네가 속한 장소의 이득을 위해 자네의 재능과 승리를 써라.]

"저는……."

[에이티식스, 자네들도 그렇다. 자네들은 연방군의 일원, 연방의 정치를 위한 말이다. 그것만을 위해 살라고는 하지 않겠다. 다만 군인으로서는 그렇게 일해라. 끝까지 싸운 끝에 죽는다는, 자기만을 위한 전투는 더 이상 자네들에게 허락되지 않아. 실수로라도 전멸이라도 했다간 연방이 난처해지지. 죽으려고 드는 전투는 두 번 다시 하지 마라.]

신이 놀라 고개를 들었다. ——외교의 도구로서, 선전부대로서 죽게 하지도 않는다. 이용해 먹겠다는 듯한 그 말에 숨겨진 참뜻을, 한 차례 결사행에 보내졌던 그는 정확하게 간파했다.

전멸 따윈 하지 말고. 죽으려고 들지 말고. 그것은.

살아남으라고.

[또 한 가지. 밀리제 대령. 에이티식스들. 자네들은 최대한 공화국인을 버리지 마라.]

"그건……."

[버리려고 했겠지. 그것이 군인의, 지휘관의 책임이라는 변명을

대고. 그만둬라. 기울어졌다고 알면서 저울로 생명의 무게를 쟀다간 죄의식에 사로잡히게 된다. 에이티식스가 공화국인을 위해 그런 걸 짊어지지 마라.]

공화국 시민을 증오하진 않더라도, 존중할 수도 없다면.

공화국 시민이 지닌 목숨의 가치를, 자신들보다, 연방 군인보다 낮게 잡는다면. 그것을 자각하고 있다면.

그것을 자각하고 있기에 더더욱.

버리지 마라. ——짊어질 필요도 없는 죄의식을, 복수처럼 평생 짊어지지 않기 위해서.

[정의로움은 연방 군인의 긍지. 인간다움은 에이티식스의 긍지겠지. 그렇게 행동해라. 복수를 택하지 않았다면, 앞으로도 택하지 마라. 자네들이 잘 살아가는 것을, 놈들이 방해하게 두지 마라. 벤체르 대령.]

마지막에 리햐르트는 다시금 그레테에게 말을 걸었다.

그레테가 짧게 끄덕였다.

[네.]

[에이티식스를 주웠다면, 그들의 긍지를 지켜주는 게 책임이라고 말했지. 그렇다면 그걸 다해라. 앞으로 잔인함은, 냉혹함은, 비정함은 모두 자네가 짊어져라.]

리햐르트와 본부연대가 결국 〈레기온〉에 패하고, 공화국인을 버릴 수밖에 없어지거든. 혹은 공화국인을 버리지 않기 위해 구원파견군이 더욱 희생을 치러야 한다면.

그 결단은 레나도 에이티식스도 아닌 그레테가 내리라고.

앞으로도.

전우를 버릴 때가 왔다면. 민간인을 지켜낼 수 없다면. 희생을 전제로 작전을 세워야만 한다면. 상황의 악화가 가져오는 모든 잔인하고 냉혹하고 비정한 결단을. 여단장으로서.

에이티식스들을 버려선 안 된다고, 그것이 연방의 책임이라고 정면에서 반박했던, 본인이 한 말에 대한 책임으로서.

[아직 그들이 아이들이라면…… 그것만이라도 자네가 지켜주도록.]

그레테는 잠시 눈을 감는 듯한 침묵을 지켰다.

그리고 대답했다.

밝지는 않지만, 어둡지도 않게.

[당연하죠, 선배. 그러니까…….]

그들의 일은. ──앞으로의 일은.

무엇도. 무엇 하나도.

[걱정하지 마세요.]

본부연대가 철수 방어를 떠맡았다고는 해도 〈레기온〉 추격부대에 비해 병력 면에서 크게 뒤지는 이상, 설마 적의 섬멸을 노릴 수도 없다. 오히려 지연전술을 취하는 것이 고작이다. 전투와 후퇴를 거듭하여 적의 진군을 방해하고 느리게 하는 전술적 행동.

후퇴를 거듭하기 위해서는 그걸 위한 거리가 필요하니까, 철수 방어를 맡은 연대는 최대한 온 길을 되돌아가고, 피난민과 기동타격군에서 멀리 떨어져야만 한다.

마찬가지로 철수 방어를 맡은 자들이 후퇴할 수 있는 거리를 주고, 최대한 많은 시간을 벌기 위해서, 기동타격군도 피난민을 데리고 최대한의 속도로 연방 지배영역으로 가야만 한다.

[──본대에 요청한 수송 트럭은 간신히 필요수가 확보되었어. 준비가 끝나는 대로 출발시킬 테니까, 그동안 이쪽도 거리를 벌리자.]

연방 서방방면군 본대에 상황을 보고하고, 걸어서 이동하는 피난민을 회수할 운송수단을 준비시킨 그레테가 조정을 마치고 지시를 내렸다.

여태까지와 마찬가지로 사키의 〈그리멀킨〉 보조석에 앉은 레나는 지각동조 너머에서 그 목소리를 들었다. 프로세서는 물론이고 보조석에 동승하는 관제관, 지휘관도 전원이 이미 〈레긴레이브〉의 조종석에 들어가서 출발을 기다리는 중인 조용한 긴장.

[제4기갑 그룹은 계속해서 방어선을 유지, 제3기갑 그룹은 제4기갑 그룹과 합류하여 방어선을 강화해. 제2기갑 그룹은 후방을 경계.]

[라저.]

제각각 서있는 피난민은 헌병이나 공병이 몇몇 그룹으로 나누고 정리, 즉석 대열을 만들게 했다. 그리고 연방 지배영역에 가까운 이 근처의 방어선 구축을 원래 담당했던 기동타격군 제4기갑 그룹과 합류하기 위해 제3기갑 그룹과 나머지 〈바나르간드〉가 이동을 개시한다.

[제1기갑 그룹, 밀리제 대령과 노우젠 대위 이하는 피난민 대열을 호위해. 그들이 흩어지지 않도록, 하지만 지연되지 않도록, 수송 트럭과의 합류지점까지 모두를 걷게 해 줘.]

"네, 알겠습니다, 벤체르 대령님."

지휘관 중에서 유일하게 몸소 〈레긴레이브〉를 모는 그레테의 기체에서 합류예정지점과 도달예정시각이 데이터링크를 통해 공유되었다. 홀로그램 서브윈도에 표시된 그것을 슬쩍 보고, 레나는 고개를 끄덕였다. 행군예정거리, 17킬로미터. 도달예정시각은 다섯 시간 뒤.

더불어서 급히 헌병에게 확인시킨 이 자리의 피난민 숫자와 동반하는 모든 〈스캐빈저〉의 물자 잔량이 다른 윈도에 표시되었다. 본래 사흘을 예정했던 작전이다. 탄약도 에너지팩도, 식량과 물도 충분한 여유가 있다.

바로 홀로윈도 상에 대략적인 예정을 띄우면서 지각동조의 대상을 바꾸어 명령했다.

"기동타격군, 제1기갑 그룹. 철수를 재개해 주세요."

철수 재개의 말을 이번에는 〈레긴레이브〉가 피난민들에게 외부 스피커를 통해 전달하고 다녔다. 그 재촉에 피난민의 첫 집단이 익숙지 않은 행진을 재개했다.

일정한 속도를 지키며 걸을 수 있도록 직할 부대를 포함한 몇 개 전대가 집단 주위에 흩어져서 동반했다. 잘 닦은 백골 색채의 펠드레스가, 아직 해도 솟지 않은 희끄무레한 여명 속을 기어가는 모습은 정말 괴물 그 자체라서, 흠칫 몸을 움츠리고 서로 붙어서 걷는 시민들은 무언의 압력이라도 느낀 것처럼 다리를 움직였다.

　집단의 가장 뒤쪽에 있는 몇 명이 걷고, 그 배후를 몇 기의 〈레긴레이브〉가 지키는 상황에서 다음 전대가 일어섰다.

　[슬슬 갈까. 제2집단, 출발한다.]

　그렇긴 해도 민간인 수천 명으로 이루어진 집단이다.

　마지막 집단이 걷기 시작했을 때는 하늘에서 별빛이 절반쯤 사라지고 짙은 남색의 여명에서 군청색 새벽으로 변하고, 세계는 투명하며 어둑어둑한 청색으로 채색되고 있었다.

　집단의 호위는 스피어헤드 전대다. 또한 작전지휘관으로 대열의 가장 뒤에 있는 레나와 이를 태운 〈그리멀킨〉이 동행하고, 시덴 지휘하의 브리싱가멘 전대가 주위에 흩어졌다.

　차가운 사파이어색 어둠 속을 망령들 같은 사람의 그림자와 잘 닮은 뼈 색깔의 머리 없는 해골들이 천천히 나아갔다.

　이윽고 후방, 서쪽 하늘 저편에 포성이 울려 퍼졌다.

　드디어 철수 방어부대와 〈레기온〉 추격부대가 접촉하고 전투가 벌어진 것이다. 철수 방어부대와 피난민도 각각 전진하여 거리는 꽤 벌어졌지만, 120mm 전차포의 격렬한 포성은 그 거리도 뛰어

넘어서 날카롭게 울린다. 마치 바로 옆에서, 당장에라도 지평선을 넘어 나타날 정도로 가까운 곳에 쇳빛 살육자들이 다가오기라도 한 것처럼.

긴 경험으로 포성에 익숙하고 적과 마주쳤다는 보고도 받은 〈레긴레이브〉는 움직이지 않았지만, 피난민들의 눈은 얼어붙은 채로 소리가 난 방향을 향했다. 〈레기온〉의 접근에 반사적으로 도망치려는 사람이 대열 밖으로 눈과 다리를 돌렸다.

그 순간, 그 눈앞을 재빨리 머리 없는 백골이 가로막았다.

"히익."

[멋대로 대열에서 벗어나지 마라.]

외부 스피커가 낮게 말했다. ——한 명이 뛰기 시작하면 주위도 따라간다. 집단이 폭주하기 시작하면 더는 걷잡을 수 없어진다. 그러니까 그렇게 되기 전에.

"하……하지만, 총성이. 〈레기온〉이 근처에……!"

[아직 멀다. 도망치고 싶거든 이대로 전진해라. 혼자 뛰어서 도망쳐도, 그런 녀석은 지켜줄 수 없다.]

"에이티식스니까."

집단 속에서 누군가가 말했다. 들으라는 듯이, 하지만 사람들 속에 숨어서 내뱉듯이.

너희는 에이티식스니까.

우리 공화국 시민을, 사실은 지켜주고 싶지 않으니까.

어차피 원망하고 있겠지. 증오하고 있겠지. 그러니까.

원망한다고, 증오한다고 알면서, 오히려 헐뜯고 분노하는 목소리였다. 원망을 살 만한 짓을 했다고는 전혀 생각지 않고, 오히려 역정을 부리는 듯한.

〈레긴레이브〉는 움직이지 않았다.

[그래, 그렇다. 그러니까 거듭 말하는데 멋대로 굴지 마라. 그래, 나는 에이티식스다. 임무 이상의 일은 하지 않는다. 대열에서 벗어나면 그 녀석이 어찌 되어도 모른다.]

그러니까.

자기 몸을 지키고 싶다고 생각한다면 더더욱.

[입 다물고 걸어.]

"뭐, 불쾌하다는 소리나 불만은 나오겠지. 우리는 당연하지만, 공화국인들 사이에서도."

움직이지는 않았지만, 유쾌한 기분은 물론 아니었던 모양이다. 외부 스피커를 끊은 클로드가 성대하게 혀를 차는 것을 들으면서 〈베어볼프〉 안의 라이덴은 투덜거렸다.

전대장이며 제1기갑 그룹의 총대장이기도 한 신은 이 작전에서 색적을 우선하기에 그리 세세한 지휘를 할 수 없다. 그만큼 차석인 라이덴에게 여러 보고가 올라온다. 스피어헤드 전대는 물론이고, 다른 부대의 대장들에게서도.

몇 개 앞의 집단과 나란히 가는 뤼카온 전대의 미치히에게서 지각동조가 연결되었다.

[슈가 부장. 〈스캐빈저〉의 빈 컨테이너에 아이만이라도 태울 수

없겠냐는 요청을 받았습니다. 어린아이를 안은 엄마는 많이 힘들겠습니다만……]

"그래……."

잠시 생각한 뒤 라이덴은 고개를 내저었다.

"아니, 안 돼, 미치히. 그랬다간 수습이 안 돼. 저들은 되는데 왜 우리는 안 태워주느냐는 둥, 아이가 되면 노인도 되지 않겠냐는 둥, 그랬다간 모두 태우라는 식으로 요구가 끝이 없어져. 지금은 그런 걸로 다툴 시간이 없어."

[아……. 그러네요. 알겠습니다. 애초에 탄약 같은 걸 보급할 때 근처에 아이가 있으면 위험하겠고요.]

"그렇긴 해도 슬슬 제1집단부터 휴식에 들어가죠."

전자서류의 투영 디바이스로 현재 시각을 확인하고 레나는 말했다. 제1집단의 출발로부터 슬슬 한 시간. 첫 휴식을 취하게 할 타이밍이다.

힐끗 시선을 준 곳에서, 훌쩍이는 젖먹이를 껴안고 지친 얼굴로 걷는 것은 부모도 아니라 10대 초반 정도의 소년이었다. 부모와 떨어져서 형제만 남은 걸까, 어쩌면 형제조차 아닌 걸까.

서둘러야 하는 길이지만, 피로 때문에 움직일 수 없게 되면 더 안 된다.

"게다가 우리야말로 어젯밤부터 계속 움직였고, 수송대와의 합류까지 앞으로 네 시간 걸립니다. 짤막하게라도 쉬어야겠죠. 행군 중에도 가능하다면 교대로 경계에서 빠지도록. 그리고 여태까지 피로를 경감하기 위해 처방약을 사용한 프로세서는 자진 신고해 주세요."

　본래 사흘을 예정했던 작전이다. 보급물자에는 충분하고 남을 정도로 여유가 있다.

　페트병 음료수와 전투식량을 피난민 모두에게 나눠주고 10분 동안의 휴식을 거쳐서, 대열은 다시금 행군을 시작했다.

　한 차례 앉는 것을 허락받았던 시민들은 "겨우 10분……?" 이라며 불만을 흘렸지만, 마찬가지로 휴식을 취하던 주위의 〈레긴레이브〉는 아랑곳하지 않고 발을 옮겼다.

　휴식 종료와 출발을 알린 뒤에는 더 말하지도 없이 성큼성큼 발을 옮겼기에, 시민들은 뒤처지면 안 되겠다 싶어서 황급히 일어섰다.

　피난민과 〈레긴레이브〉의 대열은 계속 나아갔다.

　계속 나아갔다. 시간이 지나고 계속 걸으면서, 도보에 익숙지 않은 발에는 피로가 쌓였다. 피로로 다리를 끌다가 들풀이나 조약돌, 지면의 굴곡에 걸려서 넘어지는 자가 속출했다. 아이나 노인은 물론이고 건강한 어른들마저.

　그 모습을 무시하고 〈레긴레이브〉는 발을 옮기거나 혹은 먼 곳을 계속 경계했다.

피난민들과 마찬가지로 한 시간마다 휴식을 취하고, 또한 경계 임무를 교대하며 휴식을 취할 때만 관짝 같은 조종석의 캐노피가 열렸다. 기체를 빼앗기는 것을 경계한 것일까, 반드시 한 명은 어설트라이플에 손을 댄 채로, 물을 마시고 데우지도 않은 전투식량을 묵묵히 먹는 소년병들에게 원망이 어린 시선이 쏠렸지만, 에이티식스들은 아랑곳하지 않았다.

펠드레스를 타서 편할 것으로도 보이지만, 사실은 그렇지 않다. 그나마 나은 자는 밤중부터, 불운한 자는 꼬박 하루 가까이 계속 움직여서 피로가 쌓인 채로, 발이 느린 비전투원을 지키며 적지를 행군한 것이다. 〈레기온〉에 대한 경계에도 행군속도의 유지에도 신경을 쓴다. 쉴 때 조금이라도 쉬지 않으면, 잘해도 앞으로 몇 시간은 더 걸리는 행군을 버틸 수 없다.

캐노피가 닫혔다. 행군 재개 명령이 나왔다.

에이티식스는 말을 섞지 않고, 시민들도 소리 높여 불만을 늘어놓을 배짱이 없었다.

원망 어린 시선만이 향하고, 에이티식스들은 그걸 깨끗하게 무시했다. 말도 시선도 엇갈리지 않는 침묵의 시간이 또 끝났다.

철수 방어부대의 전투 상황은, 지인의 현재를 보는 이능력을 가진 프레데리카가 가장 상세하게 확인할 수 있다. 그들을 이끄는 리햐르트 알트너 소장을, 프레데리카는 기동타격군의 마스코트로서…… 연방군에 붙잡힌 여제 아우구스타로서 알고 있다.

〈레기온〉의 위치를 아는 이능력을 가진 신 또한 추격부대의 배치에서 역산해 후방의 상황을 알 수 있다. 하지만 그에게는, 주변 수백 킬로미터를 경계하면서 나아가는 그에게는, 후방의 상황을 파악시키는 일까지는 맡겨선 안 된다고 생각했다.

무엇보다 비정한 결단을 내리지 말라는 명령을 받은 신에게, 그 결단을 내릴 수밖에 없는 후방의 패배 상황을 보게 하고 싶지 않았다.

전투가 벌어지고 시간이 꽤 흘렀지만, 철수 방어부대와 〈레기온〉 추격부대가 서로 물어뜯는 전장의 위치는 전투 개시로부터 거의 변함없었다. 작전에도 전투에도 아직 어두운 프레데리카도 선전하고 있음을 알았다. 정말로 철수 시간을 벌 요량으로, 너무 소모되지도 않지만 불필요하게 물러나지도 않고, 그저 용감하게, 과감하게 싸우고 있다.

마지막에는 전멸할 것을 각오하고서.

"훌륭하구나, 알트너. 그리고…… 미안하다."

계속 나아간다. 해가 떴다.

갓 태어난 태양광이 하늘을 금색으로 빛내고, 깨끗한 햇빛이 대지에 퍼져 만물에 공평하게 내리쬐었다.

빛 속, 모든 생물이 눈뜨는 아침이다.

투명한 금색을 띤 빛 입자에 대기 자체가 가득 차는 아침이다.

빛나는 아침 이슬에 젖은 가을꽃들이 싱그럽게 꽃망울을 퍼뜨리고, 밤의 정적에 씻겨 시원한 바람이 순수한 꽃의 향기를 날랐다. 눈을 뜬 숲의 나무들이, 들판의 꽃들이 아침안개 속에서 숨쉬고, 작은 몸을 데운 새들이 지저귀며 하루의 시작을 기쁘게 노래했다.

축복과 환희로 가득한 그 한가운데를, 공화국 시민들은 말없이 계속 걸었다.

아름다운 가을 아침이다.

시원한 바람이, 기분 좋게 따스한 햇살이, 아픈 다리를 위로하고 피로를 잊게 하는 아름다운 아침이다.

그렇기에 더더욱 패주는 비참했다.

결코 강행군 속도가 아니라고 해도, 짧은 휴식을 취하면서 이미 얼마나 걸었을까. 둘러본 곳들에 흐드러지게 핀 들꽃은 색색으로 아름다움을 겨루지만, 동시에 지친 다리를 무심코 붙든다. 길도 없는, 어디 한 곳도 결코 평탄하지 않은 지면은 걷는 데 익숙하지 않은 그들의 다리를 아프게 하고, 걸어도 걸어도 변함없는 꽃과 들판과 하늘의 풍경.

하늘은 밝고 높고 푸르러서, 이 계절 특유의 화창하고 투명한 느낌으로 아름다웠다.

그렇기에 패주는 비참했다.

다리를 끌고, 피로에 신음하고, 아이나 젖먹이를 데리고 있는 부모는 지쳐서 칭얼대고 우는 그들을 안고서.

하지만 주위의 〈레긴레이브〉는 비틀거리며 나아가는 시민들을 몰아세우지 않는다.

　재촉하지도 않고, 그저 시민들의 대열을 에워싸고, 이따금 멈춰 서서 주위를 경계하는 모습을 보이면서, 그것 말고는 그저 말없이 계속 걸었다.

　내몰지도 않고 재촉하지도 않는다.

　그럴 여유도, 의리도 없기 때문이다. 연방군과 그 군인은 연방의 국토와 국민을 지키는 존재지, 공화국 시민을 지킬 의무는 본래 없다. 연방 시민이 상대라면, 필요하다면 총을 들이대서라도 보호를 우선하겠지만, 공화국 시민에게는 그렇게까지 할 책임이 없다. 하물며 공화국 시민을 증오할 터인 에이티식스라면 말할 것도 없다.

　공화국 시민에게는 오히려 그게 괴로웠다.

　내몰린 거라면, 이를테면 저 위압적인 전차포나 기관총을 들이대고 몰아대는 거라면, 불만을 품어도 정당하다. 괴롭다고, 힘들다고 울고불고 떠들고, 심한 대접을 받았다고 내심 원망하며 스스로를 가엾게 여기는 것은 올바른 감정이다.

　총부리 앞에서 억지로 내몰린 거라면, 자신들은 마치 어리석은 폭군에게 박해받은, 가엾고 올바른 순교자가 될 수 있는데.

　그럴 텐데, 연방 군인도 에이티식스도 아무것도 하지 않는다.

　괴롭다고 울어도, 힘들다고 호소해도, 기껏해야 시선을 한 번 줄 뿐이다. 말도 걸지 않는다. 혹시 멈춰 서서 그대로 〈레기온〉에게 붙잡히더라도 알 바 아니라는 듯이.

　하지만 따라온다면, 그래도 상관없다는 듯이.

정말로 아무래도 좋은 것이다. 에이티식스들에게 자신들은.

아무래도 좋으니까, 죽어도 상관없지만 살아있어도 된다.

어느 쪽이든 관계없다.

그 무관심을, 원망하지도 않는 에이티식스들의 무관심을 견딜

수가 없었다.

"이젠 싫어!"

비명처럼 누군가가 외쳤다. 비틀비틀 걷던 젊은 여성 하나가 드

디어 발을 멈추었다.

은색을 띤 주위의 시선이 그 여성에게 일제히 모였다.

근처를 걷던 〈레긴레이브〉들이 멈춰 섰다. 저 불길한, 기어다니

는 머리 없는 해골처럼 생긴 실루엣.

불길한. 무자비한.

견딜 수 없어졌는지 뚝뚝 흐르는 눈물을 닦지도 않고, 아이처럼

울면서 여성은 말했다.

"이젠 싫어. 더는 못 걸어. 다리가 아파. 이젠, 못 걸어."

은색 눈동자가, 그 여성과 발걸음을 멈춘 〈레긴레이브〉에게 모

였다. 그중에서 지휘관기인 듯한 하나가 붉은 광학 센서를 여성

에게 향했다. 거미의 더듬이 같은 한 쌍의 고주파 블레이드와 야

삽을 짊어진 목 없는 해골의 퍼스널마크.

시민들의 시선이 여성과 〈레긴레이브〉에게 모였다.

외부 스피커 너머로 목소리가 말했다.

아직 어린 소년의 목소리.

시선을 따르도록 설정된 88mm 포의 포구가 시선 앞에 선 여성을 똑바로 향했다.

[──뒤처지면 회수하러 갈 여유가 없습니다.]

눈앞에 있는, 마치 방황하는 유령처럼 완전히 지친 시민들을 보면서, 신은 무덤덤하게 말했다.

"뒤처지면 회수하러 갈 여유가 없습니다."

몰아세울 정도의 의무도 없다. 하물며 에이티식스가 공화국 시민을 격려해 줄 의리는 없다.

그러니까 입을 연 신의 목소리는 아주 차갑고 무관심하다.

죽어버리든 살아남든 상관없다.

어떻게 되든 상관없으니까 어느 쪽이든 좋다.

그 마음이 여실하게 묻어나는 목소리.

광학 센서와 포구 앞의 여성, 눈그늘 같은 은색의 두 눈동자에. 주위에서 숨을 삼키고 지켜보는 공화국 시민들의 다양한 색채의 은색 눈동자에. 살짝 흔들린 기대를 모르는 척했다.

"그러니 한숨 쉬고서 그때 근처에 있는 집단에 합류해 주세요."

그 말에 여성은, 주위 공화국인들은 경악했다.

사무적인, 아무런 감정도 없는 말이었다.

하지만 그것은 다시 걷게 하기 위한, 남겨지지 않게 하기 위한 조언이었다.

에이티식스가, 증오할 터인 공화국 시민에게 하는 조언.

[이 정도 인원이라면 전원이 계속 걸어도 한동안 대열은 끊기지 않습니다. 잠깐 휴식을 취할 정도의 여유는 충분히 있습니다.]

여성은 고개를 내저었다. 믿을 수 없는 거겠지. 그것은 주위에서 약소한 기대를 품고 숨을 삼키며 지켜보는 공화국 시민들도 마찬가지였다.

"못 걸어."

[다만 너무 오래 멈추면, 그만큼 피로가 느껴지고 다시 걷기 힘들어집니다. 휴식은 10분 정도로…… 더 말할 것도 없지만, 시계가 없다면 600초를 세는 정도로 해 주세요.]

"못 걸어. 이젠 못 걸어. 나는 못 걸어."

[원래 집단으로 따라오려고 서두를 필요는 없습니다. 주위와 같은 속도로, 일정한 속도를 지키며 걸으세요.]

"아니, 못 걷는다고. 못 걸으니까, 그냥 두고 가면 되잖아!"

여성은 드디어 소리를 질렀다. 하늘 높이 퍼진 날카로운 목소리에도 〈레긴레이브〉는 미동도 하지 않았다.

"당신은 에이티식스잖아?! 우리를 증오할 거잖아?! 좋은 기회잖아. 그냥 두고 가면 되잖아! 걸리적거린다고 말하면 되잖아! 그런데 왜……!"

왜 버리지도 않는 걸까.

우리는 버렸는데. 11년 전에 버렸는데, 같은 짓만 하면 되는데,

어째서——똑같이 추악한 존재로 떨어지지 않는 걸까.

　비명처럼 목소리는 퍼졌다.

　〈레긴레이브〉는 대답하지 않고 그저 시선을 돌렸다.

　그 모습에 더스틴은 충동적으로 〈사지타리우스〉의 캐노피를 열려고 했다.

　더스틴은 공화국 군인이다.

　연방 군인인 신에게는 시민들을 몰아세울 의리가 없다.

　그 이상으로 다른 나라 시민에게 총을 들이댈 수도 없다.

　에이티식스인 그가 이토록 자제하고, 필요도 없는 충고를 해 주었다. 그렇다면 다음에 시민들을 채찍질하는 것은 내 일이다.

　공화국 군인인 자신이 할 일이다.

　방어용 어설트라이플을 꺼내고 개폐 레버에 손을 댔다.

　그 순간.

"그리멀킨, 캐노피를 열어주세요."

　명령보다 조금 늦게 〈레긴레이브〉의 캐노피가 열렸다. 날개가 달린 고양이의 퍼스널마크. 사키가 모는 〈그리멀킨〉.

　선혈의 여왕이 탄, 이 작전에서의 가마.

　조종석 밖으로 레나가 내려왔다.

　새틴의 광채를 띤 은백색 장발이 햇빛을 받으며 흘러내렸다. 조용한 은색 눈동자를 군모 아래로 빛내며 가을 새벽 전장에 섰다.

의도를 파악하지 못한 주위 〈레긴레이브〉가 발을 멈추었다. 놀란 듯한 시덴의 〈키클롭스〉, 또한 〈언더테이커〉가 호위를 위해 좌우에 섰다.

"사지타리우스, 당신은 물러나세요. 내가 하겠습니다."

[하지만 대령님.]

"물러나세요, 소위. 이건 대령의, 나의 역할입니다. 게다가…… 당신은 나만큼 할 수 없어요."

시민 전원을 상대하여 사자후를 토할 수는 있어도, 에이티식스를 거느리고 선혈을 두른 왕이 될 수 없었던, 냉혹해질 수 없었던 당신은.

[알겠습니다…….]

어쩔 수 없이 대답한 더스틴에게 고개를 끄덕여주었다.

흑백의 〈레긴레이브〉를 좌우에 거느리고 여왕은 시민들을 노려보았다.

왕관처럼 제모를 쓰고, 망토처럼 은발을 늘어뜨리고, 왕홀처럼 어설트라이플을 옆에 세우고.

시선을 받은 시민들이 그 모습에 눈을 크게 떴다. 어째서, 라며 저마다 목소리를 흘렸다.

군청색 블레이저, 공화국군의 여성용 군복. 깊이 눌러쓴 제모와 공화국군 제식의 어설트라이플.

어째서 〈레긴레이브〉에서, 에이티식스가 아닌 공화국 군인이 나오는 걸까.

어째서 공화국 군인이, 걷고 있는 우리가 아니라 〈레긴레이브〉를 모는 에이티식스와 함께 있는가.

어째서 우리를 지켜야 할 공화국 군인이, 우리는 아픈 다리를 끌고 참담함을 견디며 계속 걷는데, 느긋하게 에이티식스와 〈레긴레이브〉에 보호받고 있는가.

"너……."

"걸으세요."

따져 물으려던 한 명을 시선만으로 제압하며 말했다. 제모 아래, 번쩍번쩍 빛나는 은백색 눈동자.

"〈레기온〉이 옵니다. 걸으세요. 쉬는 건 좋습니다. 하지만 더는 못 걷는다고, 버리고 가라고 칭얼대는 건 그만하세요."

"큭……."

"구원받고 있다는 사실을 안다면, 버리라는 소리를 경솔히 해서는 안 될 겁니다. 당신들이 떼를 쓰면 그만큼 구원하러 와 준 연방군 여러분의 피해도 커집니다. 무엇보다 당신들 자신의 목숨이 없어집니다. 그러니까 걸으세요. 다치지 않을 정도로, 하지만 최대한 서둘러서."

노려보는 무수한 시선을 당당하게 받아주었다. 왕홀을 높이 들 듯이 어설트라이플을 들어 올렸다.

보여주듯이 초탄을 장전했다.

"나는 공화국 군인입니다. 당신들의 생명을 지킬 의무가 있습니다. 탈락해서 죽게 하느니, 총을 들이대고 내몰아서라도 걷게 하겠습니다."

아무리 그래도 총부리를 돌리진 않았고, 주위 〈레긴레이브〉도 움직이지 않았다. 그래도 〈레긴레이브〉와 에이티식스에 보호받는 가녀린 소녀사관에게 시민들은 기가 죽었다.

인파 너머의 누군가가 가까스로 외쳤다.

"공화국 군인이거든! 왜 너는, 너만 〈레긴레이브〉를 타고 있는데! 군인이라면, 우리를 지킨다면 우리랑 같이 걸어!"

레나는 준비했던 냉소를 보냈다.

"내가? 왜죠? 나는 성녀 마그놀리아의, 혁명을 이끈 성녀의 재림입니다. 성녀의 역할은 양떼를 이끌고 구하는 것. 고락을 함께 하는 게 아닙니다. 그리고."

그리고 무력한 양들을 둘러보고 말했다.

아무 말 없이 가만히 지켜보는, 자신의 든든한 부하이자 신뢰하는 전우들을 등 뒤에 거느리고서.

"나는 에이티식스를 거느리는 여왕, 선혈의 여왕입니다. 여왕이 기사가 끄는 말을 타는 것은 당연하지요?"

"……!"

"언더테이커. 여기서부터는 당신에게 기마의 영예를 주죠."

입에서 흘러나오는, 차마 제대로 된 말을 빚지 못한 분노를 싹 무시하고, 레나는 〈언더테이커〉로 눈을 돌렸다.

기수를 내리고 캐노피를 열려는 것을 제지하고 기체의 외벽을 붙잡았다. 조종석 블록 옆에 서서 88mm 포신에 손을 대고 균형을 잡았다.

순백의 전차에 타고 개선하는 은백색 발키리처럼.

지각동조 너머로 신이 말했다. 나무라는 음성으로.

[레나. 〈레기온〉은 근처에 없지만, 그렇다고 해도 너무 위험합니다. 조종석에 들어와 주세요.]

"이대로 이 집단 선두까지 이동해 주세요. 거기서 조종석에 탈 테니까요. 괜찮습니다. 〈레긴레이브〉에 타고 있는데 돌 같은 걸 던질 배짱은 없어요."

신은 무시하고 라이덴이나 누군가에게 지시를 내린 모양이다. 〈베어볼프〉와 〈키클롭스〉가 〈언더테이커〉의 대각선 뒤, 피난민의 대열과 〈언더테이커〉 사이에 끼어드는 위치에 섰다. 레나의 모습을 피난민이 보고 돌을 던진다고 해도, 이 두 기가 방패가 되어서 닿지 않는 배치.

스피어헤드 전대의 각기가 이동을 대비하여 전개하고, 브리싱가멘 전대가 호위로 흩어지고, 〈언더테이커〉가 조용히 걷기 시작했다.

이미 시민을 놔두고 도망쳤을 터인 공화국 군인의 모습에, 그것도 에이티식스가 모는 〈레긴레이브〉에 타고 시선도 주지 않은 채 지나가는 그 얼굴에, 피난민들은 일제히 멍하니 넋 나간 얼굴을 하다가, 곧 지친 얼굴에 분노의 표정을 띠었다. 레나가 간파한 것처럼 뭔가를 던질 정도로 배짱 있는 사람은 없는 모양이지만, 인파에 섞여서 모멸과 욕설은 드문드문 들렸다.

배신자.

비겁한 놈.

완전히 독재자다.

계집애가 에이티식스를 구워삶아서.

창녀처럼.

닿지 않는다고 생각하고. 혹은 들으라는 듯이.

집단의 선두까지 마음껏 보여준 뒤에, 선언한 대로 〈언더테이커〉의 조종석 안으로 들어갔다. ──이제는 다른 집단에도 알아서 이야기가 퍼지겠지.

에이티식스를 거느리고, 그들을 '박해' 하는── 증오스러운 은백색 마녀의 존재가.

캐노피를 열게 하고 올라타려고 했을 때, 신은 마치 끌어안듯이 그대로 레나를 조종석 안으로 데려갔다. 곧바로 캐노피가 닫히고 잠겼다.

일단 대기상태로 이행했던 삼면의 광학 스크린이 켜지고 밝아진 조종석에서 올려다보자, 신은 눈에 띄게 언짢은 눈치였다.

"총부리에 내몰리고 싶다고, 박해받는 비극을 연출하고 싶다고, 녀석들이 바라는 것을 아는데. 그렇다고 응해 줄 필요는 없잖아. 그것도 레나가."

"필요는 있었어요. 그렇게 부채질하면 그것만으로도 걸을 힘이 되지요. 리햐르트 소장님에게 맡은 임무는 그들을 생환시키는 것입니다. 그러기 위해 필요한 조치였지요."

힐끗 신은 광학 스크린을 보았다. 멈춰 있던 아까 그 여성에게 동년배의 여성이 달려가서 부축하고 있었다.

어린아이를 둘이나 안고 힘겹게 걷는 어머니에게 청년이 말을 걸어, 그 아이 중 한 명을 반쯤 빼앗듯이 맡고 걸었다.

부모와 떨어진 듯이 우는 아이의 손을 끌고, 자기도 이를 악물면서 노인이 걸었다.

다리를 다친 듯한 젊은이에게 연인인 듯한 여성이 어깨를 빌려 주었다.

그 모두가 선도하는 〈언더테이커〉를 노려보면서 뒤쫓듯이 발을 옮겼다.

그 안에 있는 존재에 대한 분노를, 증오를, 피폐한 몸을 움직이는 연료로 삼고서.

"그럴지도 모르지만, 꼭 레나가 할 필요는 없었어. 그래선 레나가 '악역'이야. 그렇게까지 하지 않아도."

"그렇지요. 그들은 이제 나를 성녀 마그놀리아의 재림이라고 떠받들지 않아요."

신은 놀라서 레나를 보았다.

올려다보며 레나는 미소를 지었다.

언젠가 당신이 말한 것처럼.

"비장한 얼굴의 성녀 역할은 이제 하지 않겠어요. 하고 싶지 않으니까요. 이걸로 공화국 군인의 의무는 다했습니다. 그러니까 이제 그들이 매달려도 알 바 아니에요."

"……."

신은 말없이 한 손을 조종간에서 떼어 레나의 제모를 벗겼다.

"일부러 이걸 쓴 건 군인의 입장으로, 의무로, 위압한 건가."

그 말에 레나는 놀랐다.

"그것도 있지만. 저기, 얼굴을 숨길까 하고."

이번에는 신이 의표를 찔린 얼굴을 했다.

　"저기, 그래서 깊이 눌러썼어요. 지금은 새벽이고 동쪽을 향하고 있어서 거의 정면에서 빛을 받으니까 모자챙으로 얼굴에 그늘이 지지요. 악역이 되더라도, 아니, 악역이니까 더욱 얼굴을 숨길까 해서요. 난 혁명제의 불꽃놀이를 포기하지 않았으니까요."

　돌아갈 수 없게 되면 곤란하니까.

　"풉⋯⋯."

　더는 못 참겠다는 듯이 신이 웃었다. 그대로 큭큭 소리를 내어 웃어댔다.

　"과연⋯⋯ 정말로 비장한 얼굴은 하지 않았군."

　"그렇죠?"

　좁은 조종석 안에서 다소 고생해서, 불꽃놀이를 함께 보자고 약속했던 연인의 품에 몸을 맡겼다.

　"돌아가죠."

　"그래."

　시민들은 내몰린 것처럼 〈언더테이커〉를 쫓아서 나아갔다.

　조금 전 유령 같은 모습과는 완전히 달라진 그 분위기와 얼굴에, 신은 레나를 안고서 조용히 탄식했다.

　분노는. 증오는 분명히.

　곤경에 처했을 때 잠시 몸을 움직일 힘이, 절망 속에서 자신을 지탱하는 힘이 될 수 있겠지.

86구에서도 그랬다.

우리는 그때 자각하지 않았을 뿐이지, 분노와 증오로 버텼다.

포기하지도, 길을 엇나가지도 않았다. 마지막 순간까지 계속 싸웠다.

인간의 길을 쉽사리 벗어난, 저열한 공화국 시민과 똑같은 꼴로 전락하지 않는다. 그래.

그런 놈들과 같은 존재가 될 것 같으냐.

불길과도 같은 그 분노는 분명히 긍지의 뒷면에서 우리를 지탱해 주었다.

싸울 힘을──주었다.

하지만 그것이 인간의 본성이라고, 인간의 진실이라고 생각하고 싶지 않았다.

같은 에이티식스에게도 욕을 먹고 기피당하고, 적국의 핏줄이라고, 매국노라고, 역병신이라고, 망령 붙은 저승사자라고 미움받은 신이다. 돌과 욕설을 던져대는 동포들의 행동이── 어린 동생의 목을 조른 형의 그 증오가 인간의 본성이라고 생각하고 싶지 않다.

그러니까.

하지만.

──〈양치기〉들의 마음도 모를 것은 아니야.

입 밖으로는 내지 않고 속으로 중얼거렸다. 분노에 잡아먹히고 증오로 더러워져서 〈레기온〉으로 타락한 과거의 동포들.

그들과 자신은 다를 바 없다.

선택한 것은 다를지라도, 같으니까.

86구에서 우리는 마치 화형대에 묶여서 사형 집행을 기다리는 것과 같았고. 다만 손 안에는 자신들을 불태우려는 공화국 시민들까지도 날려버리기 위한 폭탄의 스위치를 들고 있었다.

에이티식스 모두가 알고 있던, 공화국에 대한 복수의 수단.

저항을 그만두기만 해도, 혹은 저항을 그만두지 않더라도, 언젠가 반드시 공화국을 집어삼키고 불태울 〈레기온〉이라는 강철의 재앙.

어차피 죽을 게 확실하다면, 저항을 그만두지 않고 긍지를 지키다가 죽을지, 저항을 그만두고 복수하고 죽을지, 둘 중 하나를 선택할 뿐으로, 마지막에는 무엇에 만족하고 죽느냐는 차이밖에 없었다.

그러니까 신은 〈양치기〉들을 나무랄 수 없다. 단추 하나만 잘못 끼웠으면, 뭔가 하나를 얻지 못했으면.

이를테면 백계종의 몸으로 에이티식스와 가까워지려고 했던, 잊지 않겠다고 대답해 주었던, 그만의 은색 여왕과 만나지 않았다면.

어쩌면 나도 저쪽에 있었을 테니까.

한편, 타오르는 증오를 따라서 시민들은 뒤쫓듯이 걸었다.

성녀인 척하는 여왕에 대한 증오. 증오하게 해 주지 않는 에이티식스에 대한 증오.

그리고 그들의 곤경에 아랑곳없이 아름답게 존재하는, 이 아름다운 세계에 대한 증오.

이렇게나 힘드니까, 이렇게나 참담하니까, 이렇게나 우리가 곤경에 처했으니까, 그러니까 이건 다른 누군가의 탓이 틀림없다.

도대체 누가 우리를 이렇게나 괴롭고 참담하고 가엾은 꼴로 만들었을까.

사악한 누군가가 있을 것이다.

이렇게나 괴롭고 참담하고 가엾은 자신의 꼴이, 자기 자신의 탓이라고 생각하면. 자기 자신이야말로 곤경에 떨어뜨린 원흉이라고 자각하면. 안 그래도 이토록 괴롭고 참담한데, 더는 버틸 수가 없어진다.

미워하게 해 줘. 아무나 좋으니까.

무엇이든 좋으니까.

아름다운 새 따윈 울지 않으면 된다. 꽃 따윈 아름답게 피지 않으면 된다. 햇빛이 아름답지 않으면 된다. 이렇게 아름답고 화창한 가을 하늘이 아니면 된다.

차라리 비 오는 아침이면 좋았다.

세계 전부가 역겨워하는 것처럼 폭풍이, 벼락이, 진흙탕이, 어둠이── 세계 전부를 원망하는 듯한 모든 고난이 우리를 가로막으면 좋았다.

높고 푸르고 맑은 하늘을, 피난민들은 원망했다. 그들의 고난 따윈, 비탄 따윈 전혀 알 바가 아니라는 듯이, 아랑곳하지 않는다는 듯이 아름답게 존재하는 세계이기에 원망스러웠다.

　미워하게 해 줘. 그게 아니라면.

　차라리—— 우리와 함께 몽땅 멸망하면 된다.

　그런 생각마저도 들었다.

　연방에서 60킬로미터, 통제선 아쿠아리우스를 통과하자 시민들은 더 이상 불평하지 않았다. 오전부터 높게 뜬 태양 아래, 한없이 앞으로 뻗은 거친 길을 노려보면서, 짐승처럼 거친 숨을 내뱉으며 묵묵히 걸었다.

　선행하는 〈레긴레이브〉가 광학 센서를 지평선 너머로 향했다. 아직 머나먼 저편에서 흙먼지가 접근했다. 이윽고 사각형 그림자가 나타나고, 그것은 투박한 차량의 실루엣이 되어 다가왔다.

　연방에서 보낸 수송 트럭 부대다.

　수송대와 합류하고, 거의 동시에 신은 그것을 감지했다.

　"큭……. 레나. 〈그리멀킨〉으로 돌아가 줘."

　"네?"

　돌아보는 레나에게 씁쓸하게 고개를 저었다. 후방, 리햐르트 소장 휘하의 철수 방어부대는.

　"후방이 무너지기 시작했어. 상황에 따라서는 앞으로 전투가 벌어져. 〈그리멀킨〉으로 돌아가 줘."

한계까지 피난민의 퇴로를 벌어준 그들은 한계를 맞아 붕괴하고 있었다.

"──피난민 전원, 수송차량에 탑승을 완료했습니다, 소장님. 지금부터 철수를 개시하겠습니다."

합류한 수송대 대장에게서 보고받아 기동타격군에 이동 명령을 내린 뒤. 그레테는 아직도 철수 방어부대를 지휘하는 리햐르트에게 지각동조를 연결했다.

수송대와 합류할 때까지의 시간을 버는 이들의 목적은 이것으로 달성되었지만, 이미 귀환할 방도가 없다. 느릿느릿 전쟁터를 나아간 기동타격군과 요격하기 위해 전속력으로 되돌아간 강철의 준마들은 지금 너무나도 떨어져서, 〈레기온〉의 맹공으로 붕괴한 전열을 지금부터 다시 가다듬고 이탈하는 것은 불가능하다.

그러니까 돌아오지 못하는 전우에게 최소한 할 말을 전했다.

"소장님은 의무를 다했습니다. 경의를 표합니다. 리햐르트 알트너 소장님."

리햐르트는 쓴웃음을 지은 듯했다.

[그만둬라, 독거미. 너답지 않아.]

지각동조 너머에서는 앞자리 조종사의 기척이 없었다. 전사했을까…… 〈바나르간드〉 자체가 더 이상 움직이지 않는 걸까.

총성과 포성만이 끊임없이 울렸다. 교대로 울부짖는 중기관총 2정. 중간중간에 포효하는 120mm 활강포.

[내기는 내가 졌군. 이번에도 말이야. 싸움으로 연마된 피의 칼날이, 스스로를 그렇게 내보일 뿐이던 아이가 드디어 우리 연방의 밑에서 단순한 아이로 돌아갔나.]

더없이 다행이다.

"선배……."

[이번에는 빼앗기지 마라. 흑과부거미의 광란은 그때 한 번이면 충분하다. 너와 빌렘, 피에 굶주린 괴물 둘이 같은 전장에서 날뛰던 그때의 내 신세가 되어봐라. 두 번은 사양이다. 그래…… 그 바보 빌렘에게도 이번에는 복수로 열 배 정도는 죽여 주겠다는 생각은 하지 말라고 전해라. 장갑보병의 일개 소령이라면 모를까, 준장, 참모장 정도 되는 자가 고철덩이를 상대로 사람 써는 식칼을 휘두르다니.]

그렇게 말하고 리햐르트는 이런 상황인데도, 어쩌면 이런 상황이기 때문일까, 즐거운 듯이 웃었다.

[이제 와서 말하기도 그렇지만, 쇳덩어리를 베었으니 쇠 써는 검이지. 쇠 써는 식칼이라고 해야 하나. 몇 년이나 이상한 별명으로 불러버렸군.]

"……."

[그리고 별명을 바꿀 만한 짓을 하진 마라, 그레테. 그 바보는 묘한 구석에서 정이 많은 주제에 본인은 자각할 줄 모르는 바보다. 너는 자각하면서 똑같은 부류니까 알겠지만.]

"——네."

쇳덩어리를 사냥하는, 에렌프리트의 사람 써는 식칼. 〈레기온〉

을 사냥하는 흑과부거미(블랙 위도우).

〈레기온〉 전쟁 초반의, 아직 전술도 확립되지 않았을 그 혼돈의
전장에서. 수없이 죽었다. 사관학교 동기도, 함께 전장의 진흙탕
속을 뛰어다닌 전우도, 그때는 연상이었던 부하들도, 아주 조금
이라도 소중했던 것은 차례로, 계속해서 사라지고.

10대의 나이에 전장에 선 뒤로 그대로 몇 년이나 전장에서 지내
서 간단히 스물을 넘었을 즈음의 젊은 장교 둘은 빼앗긴 모든 것
을 속죄하듯이, 모든 것을 앗아간 쇳덩어리들에게 복수했다.

애초부터 제정신인지 의심스러운 백병전 장비로 경량급 〈레기
온〉을 썰고 다니던 장갑보병 청년은 빼앗긴 전우의 열 배의 〈레기
온〉을 해치우겠다며 맹세하고. 척후형만이 아니라 근접엽병형마
저도 혼자서 사냥하는 악마로 변했다.

약혼자가 모는 〈바나르간드〉로 중량급 〈레기온〉을 사냥하고
다녔던 〈바나르간드〉 포수 소녀는 그 약혼자를 잃은 뒤로 포수석
에는 아무도 태우지 않고 홀로 〈레기온〉 기갑부대를 유린하는 마
녀로 변했다.

그때의 자신을, 사람 써는 식칼이라는 별명을 얻은 장갑보병의
전우를, 그레테는 아직 기억하고 있다.

그 광기를.

"그러니까 그 녀석은 싫어……."

달궈진 쇠 같은 격정을, 자기 내면에 있지만 인정하기 싫은 매서
움을, 거울처럼 똑같이 품은 상대니까.

자신과 똑같이 품은 상대라는 것을 알아버렸으니까.

[녀석은 너의 그런 올곧고 매서운 점을 사랑했겠지만. 그 정이 자신에게는 향할 일 없다는 것을 알면서도.]

"알고 있어요. 그러니까 싫은 거죠."

리햐르트가 소리 없이 쓴웃음을 짓는 기척을 느끼면서, 그레테는 말을 이었다.

"그러니까…… 절대로 그 녀석에게 성묘 같은 건 시키고 싶지 않아요."

먼저 죽는 짓은 하지 않는다.

당신이 걱정해 준 것처럼.

리햐르트의 웃음이 한층 깊어진 듯했다.

[그러도록 해라.]

"하지만."

이쪽으로 향하는 주위에 한껏 웃음을 돌려주었다.

"앞으로도 선배와 술을 마실 때만큼은, 여태까지 그랬듯이 그 녀석도 부를게요."

이미 구원은 늦었다.

탈출할 방도도 이미 없다.

리햐르트와 그레테가 살아서 술잔을 주고받을 기회는 이미 두 번 다시 없고.

그래도 당신을 생각할 때는 여태까지처럼 당신도 있다는 느낌으로.

10년 전의 그 무참한 전쟁을 간신히 살아남은 세 사람이 아직도 그대로 살아남아서 모이기라도 한 것처럼.

[그런가…….]

탑승감은 물론이고 안전성마저 도외시해서 인간을 과적한 상태로 수송 트럭은 달려갔다. 다 못 태운 피난민과 헌병들은 승차 작업 도중에 짐을 내려서 빈 〈스캐빈저〉의 컨테이너에.

서로에게 팔을 두르고 부축해 주는 시민들을 태운 트럭이, 〈스캐빈저〉가 달렸다. 〈레긴레이브〉가 주위를 지켜주는 가운데, 길 아닌 길을 달려서 바람을 일으키며.

프레데리카는 침통하게 눈을 감았다. 말해도 그 말은 닿지 않는다. 여기서부터는 해 줄 수 있는 게 하나도 없다. 하지만. 그래도.

"수고가 많았다, 리햐르트 알트너 소장. 그 휘하의 용맹한 병사들이여."

질주하는 대열의 한곳에서 그레테는 입술을 깨물었다.

리햐르트가 탄 〈바나르간드〉의 포성이 조금 전부터 들리지 않았다.

그 대신에 울리는 것은 어설트라이플의 총성이고, 그럼에도 불구하고 다가오는 뼈를 마주 비비는 정도의 발소리. 바람을 가르며 휘두르는 소리와 딱딱한 금속이 부드러운 뼈와 살을 부수는 소리가 났다.

고통을 견디는 신음이 몇 차례. 권총 슬라이드를 당기는 장전음이 희미하게 울렸다. 연방군 제식 9mm 자동권총. 기갑병기 탑승원에게 지급되는 자살용 무기.

속삭이듯이, 마지막으로 누군가를 불렀다.

그레테는 굳게 입술을 깨물었다.

몇 번 만난 적 있는, 그의 아내와. 어린 아들과 간신히 말을 하기 시작한 딸의 이름이었다.

총성이 울렸다.

철수 방어부대의 전멸은 이능력을 가진 신도 느꼈다. 훼방꾼을 처리한 〈레기온〉 부대가 전속력으로 기동타격군과 피난민을 추격했다.

하지만 이미 늦었다.

리햐르트 소장과 그 휘하 연대는 임무를 다했다.

발키리들에게 보호받는 수송부대는 연방 세력권에서 30킬로미터 지점, 통제선 피스케스를 통과. 기동타격군을 대신하여 연방군 정규기갑부대가 유지하는 두터운 방어선의 안쪽으로 통과하여 드디어 포인트 조디악스, 연방 지배영역에 도달했다.

이어서 기동타격군 각 부대가 통제선 피스케스를 통과, 조디악스에 도달했다. 공화국에서 귀환한 모든 부대를 다 수용한 뒤 철수로가 연방군 본대의 손으로 닫혔다. 연방의 방어선 후방에서 군단 포병이 토해낸 돌격파쇄 사격이 계속해서 쫓아오려던 〈레기온〉의 추격부대를 일절 봐주지 않고 찢어발겼다.

연방 세력권으로 귀환한 기동타격군과 수송 트럭은 그대로 고속철도의 종착점, 벨루데파델 시 터미널에 도착했다.

유리와 금속의 가로수가 장식된 아름다운 거리. 점점이 박힌 채로 영원히 움직이지 않는 유리 낙엽이 도로 여기저기에 흩어졌고, 풍요롭고 화려한 금색이 깃든 햇살이 유리의 낙엽들에 흩어졌다.

따스한 황금색을 띤 풍경 속에서 〈언더테이커〉를 몰면서, 신은 숨을 내뱉었다. 어젯밤부터 꼬박 움직였다. 그 피로도 있고, 여태까지 눌러왔던 답답함이 안전권에 도달하면서 솟구치려고 했다.

답답함. 그렇다.

공화국 시민 모두를 피난시키지 못하고. 리하르트와 그 휘하 연대를 잃고. 알드레히트를 포함한 같은 에이티식스의 망령을 막을 수도 없어서.

터미널 앞 광장에 정차한 수송 트럭에서 시민들은 줄줄이 내렸다가 피로에 그대로 주저앉았다.

피난구역으로 수송하는 목적이던 트럭을 이 철수행에 일시적으로 돌렸기에, 광장에는 대량의 공화국인이 남아 있다. 그런 그들이 동포의 참상과 〈레긴레이브〉를 보고 웅성대기 시작했다.

왜 에이티식스가 벌써 돌아왔지? 다음 피난열차는 왜 아직 오지 않지? 다음에 올 동포들은?

잡음을 가로막듯이 그레테가 말했다.

[다들 수고했어. 피난민은 여기 담당에게 맡기고 우리도 복귀하자.]

[자, 여러분. 조금만 더 버티면 뜨거운 샤워와 침대입니다.]

기동타격군의 숙영지는 이 도시보다 더 안쪽에 있다. 일부러 밝은 목소리를 낸 레나와 브리싱가멘 전대의 선도에 따라 제1기갑 그룹이 이동을 시작했다.

꼬박 하루 이상 움직여댄 이들은 약을 먹었더라도 힘들겠지. 조금이라도 빨리 돌아가서 쉬게 해 주고자 이동 루트를 양보하고, 스피어헤드 전대는 유리 가로수가 있는 길가에 기체를 세웠다.

몸을 뻗고, 또 바깥 공기를 마시고 싶어서, 신은 조종석 밖으로 나갔다.

다른 대원들도 제각기 밖으로 나와서 기지개를 켜고, 혹은 머리에 물을 뒤집어썼다. 피곤하다는 마음에 길게 숨을 내뱉었다.

그때 날카로운 목소리가 울렸다.

무의식중에 동료를 지키려는 듯이 다른 〈레긴레이브〉와 피난민 사이에 〈언더테이커〉를 세우고 있던 신에게, 우연히 그가 제일 가까이에 있었기 때문이라는 이유로.

"살인자에 식인종이니까 빨간 눈이겠지, 에이티식스! 더러운 유색종에 도움도 안 되는 무능한 열등종!"

눈썹을 곤두세우며 크레나가, 앙쥬가 몸을 일으켰다.

라이덴이 험악한 눈을 하여 그쪽을 바라보았다. 남아 있던 〈레긴레이브〉가, 프로세서가, 더스틴이나 전투속령병들도 포함한 전원이 싸늘한 눈으로 돌아보았다. 부하들 모두가 복귀할 때까지 기체에서 내려오지 않고 대기할 작정이었던 듯한 그레테의 〈레긴레이브〉까지도 돌아보았다.

소리친 것은 동포를 헤치며 앞으로 나오려던 백계종 청년이었다. 곧바로 달려온 헌병 때문에 신에게 다가오기는커녕 광장을 나서기도 전에 제지당했지만, 좌우에서 팔을 붙들린 부자유스러운 자세인 채로도 계속 몸을 내밀려고 들었다.

억지로 내뻗은 한 손에는 뭔지 모를 탄 자국이 있는 천 조각을 움켜쥐고.

"너희 때문이야. 어차피 우리를 지키고 싶지 않으니까 대충 싸운 거지? 너희 때문에 죽었어. 왜…… 왜 여동생을 지켜주지 않은 거야!"

광장 안쪽. 시민들의 인파 너머의 선로 위에, 마치 사람들 뒤에 숨듯이 자리 잡고 있는, 여기저기 탄 자국이 있는 열차가 눈에 들어왔다.

소이탄을 뒤집어써서 타오르면서도 계속 달렸던 그 피난열차.

거기 갇힌 피난민은 결국 아무도 구할 수 없었을까. 아니면 그 옷의 주인은 실수로 불속으로 떨어진 걸까. 그건 신도 알 수 없지만.

그 불타는 열차 안에서 죽은 거겠지.

〈양치기〉의 악의로 불타오른 열차 안, 에이티식스의 망령이 악의를 가지고 만들어낸 초열지옥 안에서.

갑자기 격정의 덩어리가 북받쳐 올랐다.

견디다 못해 어금니를 깨물고, 토해내듯이 맞받아쳤다.

"그렇다면!"

"그렇다면 당신들이야말로 왜 싸우지 않았습니까."

청년이 움츠러들었다.

"무슨……."

"어째서 싸우려 하지 않았습니까. 9년이나 〈레기온〉에게 포위되어 갇힌 채로, 9년 동안 한 번도 이기지 못한 채로, 그런데도 어째서 싸우지 않아도 된다고 생각했습니까. 어째서 싸울 힘도 의지도 내팽개치고 어떻게 태연히. 항상 누군가가 언제까지고 대신 싸우고 지켜줄 거라고 한가하게…… 아무런 근거도 없이 생각할 수 있었습니까."

자신 이외의 누군가에게 싸우라고 말할 뿐.

자신 이외의 누군가에게 지켜달라고 말할 뿐.

그것이 무섭다고는 왜 생각도 하지 않을 수 있었을까.

스스로를 지키지 못하는, 스스로의 생사조차도 남에게 맡긴다는 생물로서의 한심함을, 왜 두려워하지 않을 수 있었을까. 하물며 10년이나 이어지는 이 〈레기온〉 전쟁 속에서. 요새벽들도 공화국도 그 시민들을 지켜내지 못한, 절망적일 정도의 무력을 드러낸 그 대공세 뒤에.

어째서 이렇게나.

약한 채로.

"어째서 당신들이야말로, 당신들 자신을 지키려 하지 않았습니까. 몇 년이나 지났는데, 이런 일들이 일어났는데 어째서 스스로를 지키려고도 하지 않았습니까."

자기 자신만이라도 스스로 지켰다면.

그랬으면 신은, 에이티식스들은, 공화국인이 그렇게 많이, 그렇게 비참하게 죽는 꼴을 보지 않아도 되었다.

구하지 못해 저버리는 처지 따윈 되지 않았다.

생각도 하지 않았던 그런 죽음을.

공화국인은 보이지 않아도 되었는데.

"어째서 자신조차 지키지 못하는 채로 있을 수 있었습니까⋯⋯!"

결코 비난하는 목소리가 아니었다.

오히려 비통한, 피를 토하는 듯한 목소리였다.

사람의 죽음을, 그것도 도탄의 괴로움을 짊어진 그것을, 비참하다고. 있어선 안 되는 것이라고 생각하는 자의 목소리였다.

청년은 기가 죽어서 입을 다물었다.

신은 견디지 못해 눈을 돌리고 서둘러 그 자리를 떠났다.

영원히 지지 않는 유리잎에 햇살이 무지갯빛으로 반짝이며 내리쬐는 가운데, 누군가가 쫓아왔다 싶었더니 마르셀이었다.

그레테의 〈레긴레이브〉에 동승하고 있었으니까, 그대로 내려서 쫓아온 모양이다. 말을 걸려다가 주저하며 뒤에 멈춰 선 그에게, 숨을 내뱉어 스스로의 내압을 조절한 뒤 신은 말했다.

마르셀을 본 순간 후회가 밀려들었다.

"미안."

마르셀은 괴이쩍게 눈썹을 찌푸렸다.

"뭐가?"

"약한 게 잘못이라고, 약하니까 죽었다고, 말하려던 건…… 아니었어."

유진이 떠올랐다.

서부전선에서, 전사했던.

그것은 그가 약했기 때문이라고 생각하는 게 아니다.

약한 게 잘못이라고 태연하게 말할 수 있을 정도로 냉혹해질 생각은 없다.

그의 말을 가로막으며 마르셀은 끄덕였다.

"그건 나도 알아. 이해하니까. 그 녀석은 싸웠고, 하지만 당해내지 못해서 죽은 거야. 하지만."

하지만.

그러니까.

"싸우지도 않은 채 죽어가는 것은, 왠지, 견디기 힘들어……."

"그래."

"왜 저렇게 태연한 걸까, 저 녀석들은. 우리 탓이 아닌데도, 왜 이렇게 괴로운 걸까. 저 녀석들도……."

고양이처럼 곤두선 두 눈동자의 시선을 내리며 마르셀은 말했다. 그 또한 1년 넘게 전장에서 살면서 수많은 전우를 떠나보냈다. 그런 슬픔을 담아서.

"죽지 않았으면, 그게 더 좋았겠지……."

군인들하고 소란을 일으키지 말라는 헌병들의 손에 청년들과 피난민들은 역사 안으로 들어갔지만, 유리와 빛의 가로수 아래에 깔린 차가운 침묵은 사라지지 않았다.

신도 말을 내뱉은 뒤로 사라졌고, 라이덴도 앙쥬도 크레나도, 토르도, 클로드도 그 뒤를 쫓지 않았다.

쫓아갈 기분이 들지 않았다.

끝난다고 생각했던 전쟁이. 끝내고 싶다고 바랐던 전쟁이. 드디어 끝이 보일 터였던 이 〈레기온〉 전쟁이.

고작 하룻밤 만에 완전히 뒤집혀서. 역시 끝나지 않을지도 모르게 되어서.

반년 동안 계속 싸우고 싸워서 얻어낸 전과는 전부 다 물거품이 되었고, 반년 동안의 자신들의 싸움은 전부 다 무의미했던 걸지도 몰라서.

자신들이 한 일이 전부, 모조리 헛수고였을지도 몰라서.

인류의 모든 전쟁터에 화염의 별이 떨어진 그날 밤에 새겨졌고, 그날 밤 이후로 정말 계속 가슴속에 남아 있는 공허와 피로감, 답답함과 무력함과 친숙한 허무.

이 세계에 인간 따윈 필요 없다는, 자신들이 있어도 되는 장소는 여태까지도 앞으로도 정말 하나도 없다고, 86구에서 머릿속 한구석에 새겨진 이후로 지금도 계속 속삭여대는 허무.

그래도 작전 전이니까, 자신들은 아직 포기하지 않는다고 그 생각을 뿌리치고 억누르고.

그렇게까지 하면서 돕고 구한 것이.

토르가 조용히 중얼거렸다.

"왜 우리가 구한 게 저놈들이었을까."

"그러게 말이야……."

구원파견군. 그리고 일단 공화국인을 구하러 갔지만 전부 다 구하지는 못했는데.

작전은 실패로 끝났는데.

죽음을 각오하고 뒤에 남은 소장과 그 부하들은 결국 죽었는데.

〈양치기〉로 전락한 옛 동포들은 이미 죽었는데.

86구에서 함께 싸웠던 동료는 죽었는데. 대공세를 살아남은 동료도 반년 동안 몇 명이나 죽었는데.

갑자기 치솟은 격정에 클로드는 꾸욱 어금니를 깨물었다.

공화국 시민이라도 형은. 핸들러라는 형태로라도 싸우려 했던 형은 아마도 죽었을 텐데.

어째서 녀석들이.

어차피 반성하지도 않는, 감사할 마음도 없는, 불평불만만 가득하면서 어디에도 갈 수 없는, 한심한 놈들은 대체 왜.

살아남아서.

우리가 얻은 전과는 녀석들을 구했다는 것에 불과하고.

왠지 모를 답답함과 피로감이 머리 위부터 내려와서 온몸을 짓눌렀다. 우리는 대체 뭘 위해 싸우고, 대체 여태까지 뭘 했고.

"내가 뭔가를 했으면 형은."

무의식중에. 그런 말이 흘러나왔다.

뭔가를 했다면 형은. 이 작전은. 그 소장님은. 철수 방어를 맡은 연방 군인들은. 수없이 죽어버린 동료들은.

딱히 구하고 싶은 것도 아니었고, 죽는다면 죽어도 상관없다고 지금도 생각하지만, 그렇다고 모조리 한탄하고 울부짖으며 무참히 죽으라고 생각한 것도 아니었던, 한심한 공화국인들 따위는.

"죽지 않아도 되었어. 나는……."

그런 놈들이라도 죽는 걸 보고 싶지는 않았지만, 무참하게 죽는 꼴을 보지 않아도 되어서 다행이라고 해야 할까…….

†

기동타격군의 본거지로 귀환한다는 소리는, 다시 말해 수천 기의 펠드레스와 인원을 수송한다는 뜻이다. 기재 반입만 해도 당일 중에 끝나지 않는다.

예정보다 이틀 앞당겼음에도 준비 만전의 태세로 기다려 준 수송 담당자에게 작업을 맡기고, 전사들은 숙영지인 가설기지에서 조금 이른 휴식을 취했다.

한계까지 지친 자들은 침대로 직행하고, 그렇지 않은 자도 샤워를 하고 간단한 식사를 먹으며 한숨 돌렸다. 피로를 모르는 〈스캐빈저〉들은 탄약과 에너지팩을 내려놓고, 수송담당자의 명령에 따라 뛰어다니고, 가설기지의 요원이 커다란 쟁반에 커피가 담긴 종이컵을 돌리고 다녔다.

　물론 레나를 포함하여 지휘관들은 곧바로 휴식할 수 없지만.

　"알겠습니다. 오늘은 이 정도면 되겠죠. 수고하셨습니다, 신."

　필요한 보고를 전부 들은 뒤, 레나는 앞에 선 신에게 집무의 끝을 알렸다. 지휘관이니까 배당된, 작기는 하지만 일인실.

　"그래, 레나도. 조금 늦었지만 식사하겠어? 지쳤다면 내가 받아오겠는데."

　"아뇨, 모두의 얼굴도 보고 싶으니까요."

　아마도 식사는 이미 마쳤겠지만, 분명 커피라도 마시면서 어울리고 있을 테니까 그 시간 정도는.

　"하지만 그 전에…… 잠깐 괜찮을까요?"

　눈치를 채고, 신은 고개를 끄덕였다.

　"그래……."

　작전 중이라는 이유로 레나는 분명 계속 참고 있었고.

　참고 있었지만, 이미 한계일 테니까.

　레나는 일어서서 눈앞의 사람에게 안겼다. 팔을 두르고 얼굴을 묻었다.

　갑자기 눈물이 흘러나왔다.

　고개를 들지 못하는 채로 간신히 말했다.

"미안해요. 신도 힘들었을 텐데, 나만 이렇게."

복수를 택한 〈양치기〉도, 공화국 시민이라고 해도 많은 사람의
죽음도.

마음 착한 당신에게는.

"그래……. 하지만 나는 아까 조금 토해냈으니까 괜찮아."

레나가 번쩍 고개를 들었다.

실언이었다고 깨달았지만 이미 늦었다.

레나는 아름다운 눈썹을 곤두세우고 뚱한 얼굴에 입술을 삐죽
거리는 것이, 명백히 기분이 상한 모습이었다.

"누구한테 말인가요. 라이덴? 아니면 파이드인가요?"

은방울 울리는 듯한 목소리도 어딘가 모르게 날카로웠다.

레나 말고 다른 사람에게 말했다고 입을 놀린 건 실수지만, 라이
덴이나 파이드에게까지 질투하지 않아도 되지 않나 싶은 게 신의
마음이었다.

"마르셀인데……."

"그런가요. 그럼 마르셀은 나중에 실컷 갈궈야겠네요."

"봐주지 않고?"

정해함에서 자신이 했던 말을 떠올리며 말하자, 레나도 전에 비
슷한 말이 있었음을 떠올린 모양이다. 곤두섰던 눈썹을 내리고
가볍게 웃으며 끄덕였다.

"예, 봐주지 않고."

"마르셀은 레나의 부하잖아. 너무 괴롭히면 가엾어."

"예……. 신이 그런 말을 할 처지인가요?"

서로 가볍게 웃고.

갑자기 레나의 눈에서 뚝 하고 눈물이 흘러내렸다.

"버리고 말았네요. 그렇게 많은 사람을."

"그래."

"구할 수 없었어요. 다들…… 죽게 해 버렸어요. 리햐르트 소장님도, 우리를 위해. 죽었고."

죽게 해 버렸다.

구할 수 없었다.

멸망해 버렸다.

공화국이.

내가 태어나고 자란 나라가 끝내.

멸망해 버렸다.

다들, 다들, 죽어버렸다.

"구할 수 없었어요. 사실은 버리고 싶지 않았는데, 구하고 싶었는데, 죽게 하고 싶지 않는데, 그럴 수 없었어요. 내가…… 내가……!"

"레나 탓이 아니야. 하지만."

등에 손을 두르는 게 느껴졌다. 근육이 붙어서 단단한, 힘 있는 팔. 두꺼운 기갑탑승복 너머의, 레나보다 높은 체온.

"울고 싶은 건 어쩔 수 없다고 생각해. 슬플 테니까."

그가 껴안아주었다. 울어도 된다고, 소리 없는 말을 들은 것 같았다.

그러니까.

멸망해 버린 조국을 위해, 죽어버린 사람들을 생각하며.

레나는 큰 소리로 울었다.

DIES PASSIONIS

성력 2150년 10월 19일
D+18

Judgment Day. The hatred runs deeper.

The number is the land which isn't
admitted in the country.
And they're also boys and girls
from the land.

86
EIGHTY SIX

〈레기온〉지배영역의 400킬로미터를 왕복하고, 아마도 그들의 주관으로는 성과라고 할 만한 결과도 내지 못하고, 게다가 너무나도 많은 인간들이 눈앞에서 무참하게 죽는 것을 보았다.

아무래도 완전히 지쳤겠지. 기지에 돌아와서 마음이 풀리자마자 자기 방으로 돌아가서 잠든 프로세서들을, 프레데리카는 돌아보며 다녔다. 닫힌 문 밖에서지만, 악몽에 시달리지는 않는지, 흐느껴 우는 소리가 흘러나오지는 않는지.

극히 일부에게만 정체가 알려지고, 보호받기만 하는 여제의, 최소한의 책무로서.

살모사 나름대로 연장자답게 행동한 것일까, 아니면 함께 기지에 남은 김에 프레데리카를 맡았다고 생각하는 걸까. 몇 걸음 뒤에서 천천히 따라오던 비카가 문득 입을 열었다.

"한 가지 물어도 될까, 로젠폴트."

"무엇이더냐."

프레데리카는 눈길도 주지 않았다. 그 뒷모습을 향해 비카는 물었다.

그렇다. 어쩌면 어느 대귀족의 숨겨둔 자식일지도 모른다.

제국에서는 꺼리는 혼혈이라고 해도 통치자의 피에 걸맞은 교육도 받았을지도 모른다.

그래도. 그렇다고 해도.

보라색 두 눈에 떠오른 의아함과─── 의심.

"경은 결국 마스코트다. 그런 경이 왜 그렇게까지 에이티식스에게…… 장병들에게 책임을 느끼지?"

홀로윈도에 투영된 보고서를 보지도 않고, 빌렘 참모장은 입을 열었다. 서방방변군 통합사령부에 있는 그의 집무실.

"당초의 작전 목표인 구원파견군 철수는 최소한의 피해만으로 성공. 〈바나르간드〉와 장갑차량, 장갑강화외골격 회수에서도 목표량을 달성."

이만큼 악화된 정세와 과로사할 정도의 업무량이었던 보름 남짓한 참모본부의 상황 속에서 얼굴색 하나 바뀌지 않는 점에서 역시나 이 친구는 과거 제국에 군림했던 대귀족들 중 하나, 틀림없는 괴물이라고 그레테는 생각했다.

상황의 변화를, 속내를 들키지 않기 위해. 표정은 물론이고 생각마저도 제어하고 완벽하게 갑옷을 두른다. 합리와 냉철함의 가면만을 남에게 보인다. 어쩌면 자기 자신에게까지도.

정말로 기계 같은 지배계급의 비인간성.

그들에게 가축인 신민, 사냥개인 전투속령민에게만 그런 게 아니다. 그들에게는 일족의 자식도, 자기 자신조차도 지휘와 통치를 위한 도구다.

기억하는 것보다도 아주 조금 더 예리함이 늘어난 칠흑의 두 눈동자만이 인간성의 잔재였다.

과거에 보았던 것과 같은 황량함과 처참함.

모든 것이 사라지는 전쟁터의 무정함과 자신의 무력함에 대한 분노의 잔재. 그것들을 뛰어넘은 곳의—— 감정이 죄다 불타버린 껍질.

"제2목표인 공화국민 피난을 봐도 국민 전체의 3할 이상을 수송하는 데 성공. 더불어서 지휘개체의 불사화 및 행동 변화를 확인. 큰 성과라고 해도 좋아, 벤체르 대령. 그러니까 그런 얼굴로 있지 마라, 그레테."

"당신에게 그런 소리 듣고 싶지 않아, 참모장 각하."

그 말에 담긴 뜻을 재빨리 알아차리고 참모장은 눈썹을 추켜들었다. 뒤에 대기한 부관 소년의 꾹 다문 입.

잃어버린 누군가 대신 감정을 억누르듯이. 잃어버린 누군가를 걱정하듯이.

잠시 뒤 스위치를 전환하듯이 얇은 눈꺼풀이 한 차례 껌뻑이더니 칼날의 예리함을 지웠다.

"알트너 소장님의 일은 유감이었다……. 하지만 정말 선배다웠다고 생각해."

"그래."

삼켜버려서는 안 되는 그 말을 꺼내게 하고 싶었다. 리햐르트를 위해서가 아니라 눈앞의 그를 위해서.

그걸 위해 말을 이어갔다.

"그리고…… 리햐르트 선배가 전하는 말이 있어."

"듣지."

"이제 사람 써는 식칼로 돌아가지 마라……. 정말 민폐였고, 더 이상은 사양이다, 라고 했어."

허를 찔린 듯이 참모장은 살짝 눈을 크게 떴다.

그리고 길게 탄식했다.

노골적으로 어이없다는 듯이.

"마지막에 무슨 말을 남겼나 싶었더니…… 당연하지. 그 이후로 몇 년이 지났고, 지금 내가 무슨 직무에 있다고 생각한 거지? 전선에 있을 때보다도 더 많은 쇳덩어리들을 없애는 입장에 있다고 해도, 이제 와서 누가 일개 장갑보병으로 돌아갈까."

진심으로 황당하다는 듯이 말하고, 그는 살짝 눈을 가늘게 뜨며 웃었다.

제2차 대공세 이후로 아마도 처음으로 흘리는 웃음으로.

"게다가 선배가 고생한 것도 알고 있었어. 알고는 있었지만, 선배는 열 살이나 연상이잖아. 당시 이미 한 집의 가장, 인생 경험이 풍부한 지휘관이신 알트너 경이 미숙하고 귀여운 젊은이의 뒤를 봐주는 건 당연하겠지."

그레테는 부드럽게 쓴웃음을 지었다. 그레테는 당시에 그런 걸 모르고 있었지만. 이 녀석은 정말이지.

"당신은 정말로 옛날부터 최악이었어."

"네가 할 말인가? 흑과부거미."

〈레기온〉을 죽이는 자. 잃어버린 남편을 따라 죽으려는 듯한 상복과 그 전투.

그레테는 웃었다.

잃어버린 무언가를 대신하는 것은 아니지만, 그래도 새로 얻은 많은 것을 생각했다.

지켜야 할 것을.

"이제는 아니야."

연방에서 공화국 시민 피난구역 안에 준비한 전쟁고아 수용시설. 연방군 헌병대가 유지, 관리하는 거기에 대장의 아들을 맡기고, 시설장인 헌병부대장에게 사정을 설명해 아무쪼록 잘 부탁한다며 고개를 숙이고.

물론이라며 맡아 준 부대장, 그리고 대장의 아들에게 전송받으며.

열차를 갈아타며 며칠 걸려서 세오는 전선에서 장크트 예데르로 돌아왔다.

당장에라도 눈이 올 듯한 수도는 출발 이전보다 한층 날씨가 쌀쌀해졌고, 한편으로 피부를 쿡쿡 찌르는 듯한 살벌한 분위기는 일단 수습된 기색이었다.

포탄위성은 그때를 마지막으로 다음 폭격이 없었고, 다음이 있다고 해도 최소한 예측은 가능하다고 군이 발표했기 때문일지도 모른다. 전선의 상황도 거리가 먼 수도에 영향이 적은 것은 이전과 똑같고, 전선을 전투속령에서 어떻게든 유지하는 것도 변함없다.

다만.

세오와는 차도를 사이에 둔 반대쪽 인도에서 역방향으로 나아가는 것은 에른스트와 그 정권, 나아가 군의 무능함도 비난 대상으로 더한 시위대였다.

중핵인 청년들은 10여 일 동안에 계절에 맞는 코트를 입수했고, 또한 사람도 한층 늘어난 모습이었다. 인도 하나를 완전히 다 점령하고 플래카드를 쳐들고 걷는 그들의 주장을, 반대쪽 인도에서 발걸음을 멈춘 이들도 힐끗힐끗 바라보았다.

왠지 모르게 안 좋은 느낌이 들었다.

길거리에 흐르는 깨진 유리 같은 목소리의 출처는 또 하나 있어서, 빌딩 벽면에 투영된 홀로스크린의 가도 텔레비전이었다. 보도방송에서 나오는 최근 며칠 동안의 전쟁 상황 보도.

며칠 전 공화국의 멸망은 별로 크게 보도되지 않았다.

하지만 이어지는 연합왕국 용해산맥 기슭의 예비진지대 함락 소식은 연방에도 충격을 가져다주었다.

나아가 연방 남부 제2전선이 일부 구역을 잃은 이후로, 세오가 전선에서 장크트 예데르로 돌아오는 며칠 동안 보도방송은 매일같이 전쟁 상황에 관한 뉴스로 도배되어 있었다.

지금이 전시라고 간신히 떠올리기라도 한 듯이.

실제로 현재 전쟁 상황이 나빠지고 있음을 모르는 자는 없다. 이미 웃지도 않는 젊은 여성 캐스터가 긴박한 표정과 목소리로 전해주는 어딘가의 전선 속보.

그걸 올려다보며 세오는 중얼거렸다. 그 또한 긴박과 일말의 위기감에 날카로워진 녹색 눈동자로.

"앞으로 어떻게 되는 걸까? 전쟁은."

그리고 우리는.

부관 소년이 몸에서 긴장을 푸는 것을 시야 한쪽으로 보며, 그레테 또한 숨을 내뱉었다. 그런 그녀를 올려다보며——아마도 부관의 거동도 알면서——참모장은 중단했던 이야기를 원래대로 되돌렸다.

"서부전선을 포함해서 연방의 각 전선은 일단 교착상태로 가져갔다. 앞으로 이걸 유지하든, 타개하든, 분석과 그걸 위한 정보가 필요하다."

그리고 시선을 준 그레테에게 어깨를 으쓱여 주었다. 거리낌 없는, 하지만 일말의 빈틈도 없는, 참모장으로서 그 직무를 다하기 위한 준비로서.

"〈무자비한 여왕〉의…… 제레네 빌켄바움의 심문을 재개한다. 일단 그 정보 중 무엇이 그릇되고, 무엇이 진실인지. 그걸 조사할 필요가 있다."

[EIGHTY SIX]

In the Republican Calendar of 368.8.27.

Two day has passed since the "First Great Offensive".

At the San Magnolia's capital.

공화력 368년 8월 27일
'대공세' 로부터 2일
제1행정구

Judgment Day.
The hatred runs
deeper.

"남 말 할 처지도 아니지만. 꼬락서니 한번 기막히군."

9년 전에 붕괴했던 과거의 공화국군, 그 기풍도 미덕도 이어받지 않은 현재의 공화국 군인은 결국 머릿수만 대충 갖춘 오합지졸에 지나지 않았다.

조국 함락까지의 시간도 며칠밖에 벌지 못한 꼬락서니하고는. 나와선 안 되는 많은 것들이 찢어진 배에서 흘러내리는 모습으로 칼슈타르는 비웃었다. 군인으로서 교육이 부족하고, 훈련을 싫어하고, 긍지도 의무도 배우지 않은 채로 이익만을 탐한 끝에 〈레기온〉의 침공을 견뎌내지 못한 이 말로.

무전에 응하는 목소리도, 지각동조에 응하는 것도 이미 없다. 총성도 노호도, 어린애처럼 울어대는 비명조차도 끊어진 지 오래고, 들려오는 것은 불타버린 새하얀 도시에서 터지는 불꽃과 화염으로 인해 생겨난 바람이 하늘로 윙윙 올라가는 소리뿐.

제대로 교육도 받지 못하고, 훈련도 받지 않고, 그래도 9년 동안 싸워온 에이티식스들은 앞으로도 조금 더 저항을 계속할 텐데.

그렇게는 되지 않을 거라고 칼슈타르는 예상하고 있었다. 86구에는 전력 자체야 있지만, 그걸 지탱할 생산 플랜트와 발전 플랜트가 공화국 85구 안에 있다. 그랑 뮬로 분단된 채였으면 에이티식스들은 공화국의 함락과 함께 아무런 보급도 받지 못해 싸울 의지와는 관계없이 무력하게 〈레기온〉에 잡아먹혔겠지.

그렇게 되지 않았다.

85구와 86구를 나누는 그랑 물을 레나가 개방했으니까.

"내가 말할 처지는 아니지만. 너의 그 꼬락서니는 대체 뭐냐. 아내도 딸도 두고 가서 된 것이 인류의 적인가."

이미 움직일 수도 없는 칼슈타르의 앞에는 중전차형 한 대가 묵묵히 서 있었다.

전투중량 100톤, 전고 4미터급, 육상전함 같은 그 위용. 붉은 화염의 빛을 받은 쇳빛 장갑은 전장 한가운데임에도 불구하고 생채기도 없이 반짝이고, 중기관총 2정도 전차포 2문도 칼슈타르에게 조준을 맞추지 않았다.

내버려둬도 오래 못 버틸 약해 빠진 인간 따윈, 짓밟아버릴 것도 없다고 말하는 듯한 패자(覇者)의 불손함.

그걸 올려다보며 칼슈타르는 핏기를 잃은 얼굴로 희미하게 웃었다.

"네 딸은 정말로 널 빼닮았다. 몽상가 같은 소리나 해대고. 정말로 포기할 줄을 몰라. 너와 마찬가지로 이 세계에서 죽을 때까지 저항하겠지. 지금의 네게는 최대의 적이 되겠지."

아내와 딸이 있는데도 인류의, 이 공화국의 적이 되어버린 지금의 네게는.

사랑하는 가족이 자신의 부하 〈레기온〉으로 무참하게 찢기고 짓밟혀 죽는 것을 살육기계의 지휘관으로서 용인하는 지금의 한심한 네게는.

중전차형은 묵묵히 칼슈타르의 앞에 서 있다.

중전차형의 광학 센서의 불길한 도깨비불 같은 푸른빛이 스윽 칼슈타르를 내려다보았다.

강철의 괴물로 변한 '그'에게, 이미 인간의 말을 하는 기능이 있을 리가 없다. 인간과 통하는 사고도.

그래도 뭘 물으려는 건지는 알았다.

──이쪽으로 오겠나?

인간으로서 목숨이 다하기 전에.

출혈 때문에 백지장보다 하얀 낯빛과 보라색을 넘어서 파랄 정도의 입술로 칼슈타르는 내뱉었다.

어쩌면 〈레기온〉으로 변한 지금의 '그'로서는 그것도 나름대로 최대한의 우정 표현이겠지만.

"사양하겠다."

오래전에 포기한 조국이지만…… 멸망해 버린 주인의 명령에 사로잡혀서 목적도 의미도 없이 살육에 치닫는 한심한 전투기계로 전락할 마음 따윈 전혀 없다.

움켜쥔 권총을, 1킬로그램도 안 되는데도 믿기지 않을 만큼 무거운 그것을 들어서 총구를 관자놀이에 댔다. 초탄은 약실에 장전 완료, 수동 안전장치 따윈 없고, 더블 액션이니까 격철을 올리지 않아도 방아쇠만 당기면 탄이 나온다. 정말로 자살하기 딱 좋은 공화국군 제식 자동권총.

중전차형은 묵묵히 칼슈타르를 내려다보았다.

──그런가.

"그렇고말고. 그보다 일단 먼저 가서 구경하는 게 낫겠지……. 네 무운 따윈 빌지 않아. 어디 한 번 고전해 봐라."

너와 비슷하지만, 너와는 전혀 다른 딸 앞에서.

몽상가 같은 소리나 하고—— 인간의 이상이란 것이 아무리 짓밟혀도 포기하지 않는다. 자신의 이상을 위해 죽지도 못하고, 사랑하는 딸이 있는데도 인류의 적으로 전락한 너와는 다른, 아마도 끝까지 〈레기온〉과 인간의 악의에 저항할, 네가 모르는 모습으로 성장한 딸의 앞에서.

고전해 봐라.

기원할 무운은 네가 아니라 네 딸에게 주었으니까.

"바츨라프."

86

— 에이티식스 —

Judgment Day.
The hatred runs deeper.

후기

유성우를 보고 싶습니다. 아사토 아사토입니다.

1권의 유성우에는 모델이 있어서, 그 정도로 쏟아지는 유성우를 보고 싶습니다.

물론 그것이 이유는 아니지만, 11권은 시작부터 모든 대륙에 별의 비가 내렸습니다. 기록적인 호우 소식 전합니다. 그런고로 항상 감사합니다! 『86 -에이티식스 -』 11권 'Dies Passionis' 입니다.

· 빌렘 참모장

정보 분석 관련 직무에 제일 가까운 등장인물이었기에, 이번에 고생을 시켰습니다만.

실제로 사고를 친 당사자는 더 높으신 분입니다. 아마 중앙의 통합참모본부 근처로, 높으신 분이 책임을 지고 자결……하려고 했는데 주위에서 막았습니다.

· 스핀로드

레버액션 총기의 최고로 멋진 장전법. 이걸 쓰고 싶었으니까 시덴의 기체를 샷건 사양으로 했습니다만, 드디어 나왔습니다!

마지막으로 감사의 말을.

일단 이번 권부터 새로 오신 담당자, 타바타 님. 11권의 지옥도를 상승시키는 사악한 제안을 첫 회의 때부터 느닷없이 던져주었습니다. 조금 무섭다 싶었습니다.

담당편집자 키요세 님. 츠치야 님. 플롯 시점에서는 '11권은 얇게 가겠습니다' 라고 말했는데, 실제로 써보니 오히려 두꺼워져서……. 시라비 님, 리햐르트 소장, 표지 데뷔! 살벌한 배경에서도 확실하게 손을 잡고 있는 신과 레나가 멋집니다. Ⅰ-Ⅳ 님. 중전자형의 새로운 사양이 흉악하고 살의로 가득해 멋집니다! 요시하라 님, 야마사키 님. 코미컬라이즈 공화국 편, 연방 편의 코믹스 신간 발매 축하합니다! 소메미야 님, 「오퍼레이션 하이스쿨」 연재 수고하셨습니다. 또 특전 소설의 마법소녀 IF도 감사합니다! 신죠 님. 「프래그멘탈 네오테니」, 드디어 파이드가 등장했습니다! 귀여워! 이시이 감독님. 이 책이 나올 즈음에는 애니메이션의 나머지 편 방영까지 초읽기 단계로군요! 기대됩니다!

그리고 이 책을 찾아주신 당신. 1권 6장의 라이덴의 대사를 쓰던 때부터 언젠가 쓰려고 했던 것이 이 11권입니다. '또 하나의 에이티식스' 들의 선택, 그들과 기동타격군과 사이의 상극이 어떻게 되는지 지켜봐 주세요.

그럼 아름답고 냉담한, 푸르고 푸른 하늘 아래에. 당신을 한때나마 데려갈 수 있기를.

후기 집필 중 BGM : Hotel California (Eagles)

86 -에이티식스- Ep.11
-Dies Passionis-

2023년 09월 25일 제1판 인쇄
2024년 02월 20일 제2쇄 발행

지음 아사토 아사토
일러스트 시라비

옮김 한신남

발행 영상출판미디어(주)
등록번호 제 2002-000003호
주소 07551 서울특별시 강서구 양천로 570 NH서울타워 19층
대표전화 02-2013-5665

ISBN 979-11-380-3300-8
ISBN 979-11-319-8539-7 (세트)

86—EIGHTY SIX—Ep. 11 —DIES PASSIONIS—
©Asato Asato 2022
Edited by 전격문고
First published in Japan in 2022 by KADOKAWA CORPORATION, Tokyo.
Korean translation rights arranged with KADOKAWA CORPORATION, Tokyo,
through Korea Copyright Center Inc.

구매 시 파손된 도서는 구매처에서 교환하실 수 있습니다.
기타 불편사항, 문의사항이 있으신 독자님께서는 노블엔진 홈페이지 [http://novelengine.com] 에서
Q&A 게시판을 이용해 주시기 바랍니다.

 노블엔진(NOVEL ENGINE)은 영상출판미디어(주)의 라이트노벨 및 관련서적 브랜드입니다.

아사토 아사토
관련작 리스트

리빌드 월드

1~4

옛 문명의 유산을 찾아서 수많은 유적에 헌터들이 몰리는 세계.
슬럼의 소년 아키라는 풋내기 헌터가 되어서 목숨을 걸고 구세계의 유적에 첫발을 내디딘다.
그곳에서 아키라가 마주친 것은 유령처럼 배회하는 정체불명의 미녀 〈알파〉.
알파는 아키라가 유적을 공략하게 도와주는 대신, 특별한 의뢰를 요청하는데——?

의지와 각오를 품고, 소년이여 날아올라라!
옛 문명의 유적을 둘러싼 헌터들의 뜨거운 SF 배틀 액션!

©Nahuse 2021 Illustration : Gin,yish
KADOKAWA CORPORATION

나후세 지음 / 긴, 와잇슈 일러스트

영상출판
미디어㈜